中华文化一本通

一本书读懂中国文学

YI BEN SHU DU DONG ZHONG GUO WEN XUE

博大精深

姜越 / 编著

中国文史出版社

图书在版编目（CIP）数据

博大精深：一本书读懂中国文学 / 姜越编著. —
北京：中国文史出版社，2023.10
ISBN 978-7-5205-4319-4

Ⅰ. ①博…　Ⅱ. ①姜…　Ⅲ. ①中国文学—文学史—青
少年读物　Ⅳ. ①I209-49

中国国家版本馆CIP数据核字（2023）第180694号

责任编辑：殷旭

出版发行：中国文史出版社
网　　址：www.wenshipress.com
社　　址：北京市海淀区西八里庄路69号　邮编：100036
电　　话：010-81136662　81136606（发行部）
传　　真：010-81136666
印　　装：廊坊市海涛印刷有限公司
经　　销：全国新华书店
开　　本：16开
印　　张：18.125
版　　次：2024年10月北京第1版
印　　次：2024年10月第1次印刷
定　　价：66.00元

前　言

　　中国文学史是一条长河，它的源头不可详辨。但从《诗经》起，这条长河的轮廓就已经明朗起来了，后来逐渐汇纳支流，变得越来越宽广。若论文学传统的绵延不断，任何别的国家和民族的文学都不能与中国文学相比。

　　先秦文学的典型代表是《诗经》和《楚辞》，它们丰富多彩，奠定了我国文学发展的坚实基础。

　　秦汉文学主要在辞赋、史传文、政论文和乐府诗歌四个方面取得较高成就，在文学史上有深远的作用和影响。

　　魏晋南北朝文学是中国文学发展史上一个充满活力的创新期，诗、赋、小说等体裁，在这一时期都出现了新的时代特点，并奠定了它们在此后的发展方向。佛教对这一时期文人的影响是深远的。

　　唐宋是诗歌的鼎盛时期。戏曲、说话等通俗文艺在宋代也有快速的发展。元代文学中最突出的成就在戏曲方面，后人常把"元曲"和唐诗、宋词并称。

　　明清是市民文学发达的时代，小说、戏曲、民间讲唱发达，出现了《三国演义》《水浒传》《西游记》《金瓶梅》四大奇书。

　　1840年鸦片战争打开了中国的国门，迫使中国人睁眼看世界，救亡图存成了时代主题。这一历史变局给中国社会带来的变化是前所未有的。文学为政治服务的目的更加明确，各种文学形式一时都成为革命斗争的工具，进步的文学得到进一步的发展。中国文学开始了挥别传统、重塑现代精神的漫漫长路。

　　本书是一部简明的中国文学史，它将文学史分作九个阶段，先总述该段文学发展的总体风貌，然后对重点作家作品、文学流派、文学现象予以扼要的介绍，文字风格力求轻松活泼，或以幽默风趣之言揭示作家个性，或以纯净朴实之笔赏析奇文好诗，内容高度浓缩，信息量大，是青少年读者的理想读物。

目　录

第三章　魏晋南北朝文学　　　>>>

第四章　隋唐五代文学　>>>

第五章　宋代文学　>>>

第六章　元代文学　>>>

第七章　明代文学　>>>

第八章　清代文学　>>>

第九章　近现代文学　>>>

第一章

先秦文学

先秦文学是我国文学发生发展的最早阶段，它包括秦代以前各个历史时期的文学。在这一阶段里产生了很多优秀作品，有成为我国文学先导的古代神话和古代歌谣，有标志着我国文学光辉起点的《诗经》，有作为后代史传体文学和小说、戏剧滥觞的历史散文，有体现战国时代百家争鸣之局的诸子散文，有作为我国寓言文学鼻祖的先秦寓言，有光耀千古的浪漫主义杰作《楚辞》，等等。先秦文学丰富多彩、斑斓灿烂，奠定了我国文学发展的坚实基础。

上古神话

　　我国是一个多民族国家，上古文化呈现多元融合的特点。因此，我国的上古神话具有多族多源的特点。一般所说的神话主要指唐宋以前汉族经籍所记载的古代神话。这些典籍主要有《诗经》《庄子》《韩非子》《山海经》《楚辞》《吕氏春秋》《淮南子》《风俗通义》《三五历记》《列子》等。其中，以《山海经》《楚辞》和《淮南子》保存的神话较多，尤以《山海经》最多，而且接近上古神话的原貌。

　　我国神话原本应是很丰富的，但由于儒家一向有"不语怪力乱神"的传统，将神话视为荒唐之说，在历代文献整理中不予重视，所以记录和保存下来的不多。

　　我国现存神话，按表现内容可分以下几类：一是开天辟地神话，如盘古开天、女娲补天等；二是自然神话，多以风、雷、鸟、兽、草、木为描述对象，反映了先民敬畏和征服自然的心态，如精卫填海和夸父逐日；三是英雄神话，表现先民主体意识的初步觉醒，他们朦胧地意识到人是世界的中心、宇宙的主人，其主角是半人半神或受神力支持的"英雄"，如鲧禹治水和后羿射日；四是传奇神话，如《山海经》中的"一臂三目""吐丝女"等。

我国上古神话有着鲜明的艺术特色。

一是表现出了为人生、以人的生存为中心的原始艺术精神，展示了我们民族未来的艺术思维特征，对后世的艺术审美与创作产生了重大作用。

二是在原始生产生活的斗争实践中，积累了丰富经验，创造了无数神话中的英雄形象，逐渐形成了追求真理、富于理想、意志坚强、积极进取、乐观豪迈的民族性格。在此基础上，形成了神话的积极浪漫主义精神。

三是成功运用了后世所说的幻想、想象和夸张、拟人等浪漫主义手法。先民们在万物有灵的思维基础上，常常把事物拟人化，并对对象进行奇特的想象和夸张描述。对于害人的怪物，他们总是将其描写得异常凶恶，如人形而牙长五六尺的凿齿，牛形、赤身、人面、马足的猰貐；而对于人类有功的神或神性英雄，则将其神力予以大胆夸张，如女娲、后羿、禹、黄帝等都被描写得气魄宏大、威力无边。其他如共工怒触不周山（《淮南子·天文训》）、巨鳌戴山（《列子·汤问》）及《山海经》里种种殊方异物、奇人怪事的神话，都具有此艺术特点。

四是体现了悲剧美与崇高美的统一。我国一些著名神话，其主人公大都是悲剧角色，具有浓烈的悲剧色彩。但这些神话故事，又不是一悲到底，它们一方面写了自然力的强大和英雄的悲惨死亡，另一方面又写了先民控制自然的信心、力量及幻想中的最后胜利，以及为此所表现出的自我牺牲精神。比如鲧禹治水、精卫填海、夸父逐日等故事，都不同程度地体现了先民的悲剧命运和崇高情怀。他们的牺牲是悲剧，但他们牺牲是出于崇高的目的，这就使故事悲而不哀，悲而能壮，引起人们对牺牲者的崇敬，同时展示出光明和希望。因而，这类神话既富于悲剧情怀，又充满乐观向上的精神。

第一部诗歌总集《诗经》

《诗经》是我国第一部诗歌总集。它收集了自西周初年至春秋中叶五百多年的诗歌305篇，常称为"诗三百"。《诗经》中的作品，按照音乐的不同，分编为"风""雅""颂"三类。风是带有地方色彩的音乐，也称"国风"；"雅"是周王朝直接统治地区的音乐，即"王畿"之乐；颂是宗庙祭祀的乐歌。

《诗经》由于其思想和艺术上的高度成就，在中国乃至世界文化史上都占有重要的地位。

《诗经》广泛而深刻地描写、反映了现实生活，大胆直接地干预现实政治的创作倾向，开创了中国诗歌"饥者歌其食，劳者歌其事，爱者歌其情"的现实主义传统，给后代诗人以深刻的启迪。历代诗人、作家继承《诗经》传统，主动自觉地关心国家的命运和人民的疾苦，针砭时政，为民请命，而不是把文学看成流连光景、消遣闲情的东西。作为嫡传的历代民歌都深刻体现了这种精神。历代进步文人在创作中，特别是在反对形式主义倾向时，常以"风雅"相号召，实质上也是倡导这种现实主义精神。唐初陈子昂以"风雅不作""兴寄都绝"批判齐梁间诗风的"采丽竞繁"，大诗人杜甫以"别裁伪体亲风雅"作为自己的创作方向，倡导新乐府运动的白居易提出"文章合为时而著，歌诗合为事而作"的要求，以及陆游、元好问、龚自珍等人的诗歌创作，都是对《诗经》现实主义创作精神的进一步发展。

《诗经》的赋、比、兴成为后世诗文最基本的表现手法，并影响后代一些文体的形成。赋的铺排特征被汉赋加以充分发展，成为汉赋的主要特征之一；赋的直叙和白描写法，在汉乐府民歌《孔雀东南飞》、北朝乐府《木兰辞》、杜甫诗《石壕吏》、白居易诗《卖炭翁》等作品中得到继承和发展。《诗经》的以抒情为主的特征，成为中国诗歌的基本美学特征，而比、兴的烘托事物，富于联想、想象和夸张，使诗歌委婉含蓄、富有情味，恰好是抒情诗所必需的形象思维的一种有效实现方法。屈原的《离骚》系列化地运用比、兴，是对《诗经》比、兴方法的发展。历代优秀作家无不运用比、兴，创作出韵味悠长、含蓄蕴藉的华美篇章。比兴手法已成为我国诗歌的一种基本表现方法，也从一个侧面体现了中国文学的民族特色。

《诗经》在中国文学史上有崇高的地位，它是我国文学的光辉起点，它以丰富的思想内容、崇高的审美情趣与精湛的艺术手法，一直哺育着我国历代文学创作的发展。它的影响是十分巨大而深远的。

　　《诗经》确立了民间文学在文学史上的地位。《诗经》中的民歌，为后世诗人学习民间文学创作开辟了广阔的道路。向民间文学学习，从而发展中国文学事业，这是中国文学发展历史的优良传统。

左丘明《左传》

　　《左传》即《春秋左氏传》，是对编年体史书《春秋》进行详解的书。它与《春秋公羊传》《春秋穀梁传》合称"春秋三传"。《左传》实质上是一部独立撰写的史书。《左传》的作者，司马迁和班固都说是左丘明，现在一般认为是战国初年之人所作。

　　《左传》是记录春秋时期社会状况的重要典籍。取材范围包括了王室档案、鲁史策书、诸侯国史等。记事基本以《春秋》鲁十二公为次序，内容包括诸侯国之间的聘问、会盟、征伐、婚丧、篡弑等，主要记录了周王室的衰微和诸侯争霸的历史，对各类礼仪规范、典章制度、社会风俗、民族关系、道德观念、天文地理、历法时令、古代文献、神话传说、歌谣言语均有记述和评论。晋范宁评"春秋三传"的特色说："《左氏》艳而富，其失也巫（指多叙鬼神之事）；《穀梁》清而婉，其失也短；《公羊》辩而裁，其失也俗。"

《左传》是研究先秦历史和春秋时期历史的重要文献，它代表了先秦史学的最高成就，对后世的史学产生了很大影响，特别是对确立编年体史书的地位起了很大作用。它补充并丰富了《春秋》的内容，不但记鲁国一国的史实，还兼记各国历史；不但记政治大事，还广泛涉及社会各个领域的"小事"；一改《春秋》流水账式的记史方法，代之以有系统、有组织的史书编纂方法；不但记春秋史实，而且引证了许多古代史实。这就大大提高了《左传》的史料价值。

《左传》有鲜明的政治与道德倾向，其观念较接近于儒家，强调等级秩序与宗法伦理，重视长幼尊卑之别，同时也表现出"民本"思想，这是春秋战国时期一种重要的思想进步。作者要求担负有领导国家责任的统治者，不可逞一己之私欲，而要从整个统治集团和他们所统治的国家的长远利益考虑问题，这些地方都反映出儒家的政治理想。

《左传》虽不是文学著作，但从广义上看，仍可说是中国第一部成熟的叙事性作品。比较以前任何一种著作，它的叙事能力表现出惊人的发展。许多头绪纷杂、变化多端的历史大事件，它都能处理得有条不紊，繁而不乱。其中关于战争的描写尤其出色。作者善于将每一场战役都放在大国争霸的背景下展开，对于战争的远因近因、各国关系的组合变化、战前策划、交锋过程、战争影响，以简练而不乏文采的文笔条分缕析，且行文精练、严密而有力。这种叙事能力，无论对后来的历史著作还是文学著作，都是具有极重要意义的。《左传》注重故事的生动有趣，常常以较为细致生动的情节表现人物的形象，对《战国策》《史记》的写作风格产生了很大影响，奠定了我国史学文史结合的传统。

气势澎湃的《孟子》

　　《孟子》是记载孟子言行，集中反映孟子政治主张和哲学思想的一部语录体著作。全书7篇，261章。

　　孟子在"性善论"的基础上提出了施行"王道"和"仁政"的主张，这是他政治思想的核心。同时，孟子还提出了"民贵君轻"的民本思想，认为"得乎丘民而为天子"，主张"保民而王"。

　　《孟子》文章雄辩，充满论战性质，表现出高度的论辩技巧，可以根据不同对象，掌握对方心理，善设机巧，层层紧逼，步步追问，表现出一种令人无可抗拒的气势。《梁惠王上》"齐桓晋文之事"章与《梁惠王下》"庄暴见孟子"两文，就是体现孟子高度的论辩技巧的代表作品。

　　"齐桓晋文之事"一章记述了孟子向齐宣王宣传仁政治国的谈话经过。开始，孟子巧妙地避谈桓文之事，利用齐王想称霸诸侯的野心来诱导他对行王道当天子的兴趣，继而提出"保民而王"的主张，强调"保民”是“王天下”的根本，然后举出齐王不忍牛之“觳觫”而以羊易牛的生动事例，肯定齐王有不忍之心是“仁术”的表现，具有“保民而王”的品德。孟子用一番迂回曲折又打又拉的言辞，说得齐王既高兴又惭愧，对实行仁政开始感兴趣了。接着孟子在“仁术”二字上做文章，劝勉齐王发扬恻隐之心，推恩爱民，就可以保四海，得天下。继而又抓住齐王求“大欲”的要害，从正反两方面，揭破“大欲”会导致兵败国亡的后果，引起齐王思想震动，不得不对“大欲”有所警惕，俯首聆听孟子的说教。孟子因势利导，抓住齐王畏惧后灾的心理，指出逢凶化吉的办法是“反本施仁”，明确地告诉他这是“王天下”最好的和唯一的施政措施。至此，齐王已被引入彀中，甘心承教。孟子就这样一路婉转说来，陈陈相因，终于打动了齐王的心弦。

　　“庄暴见孟子”一文记述了孟子劝说齐宣王接受“与民同乐”的过程。文章的论辩方法与上文类似。孟子首先向齐王发出“好乐”的诘问，以此作为论辩的引线，然后采用欲擒故纵的手法，避开观点对立的一面，以“今之乐犹古之乐”的话来鼓励安慰他，诱导齐王乐于闻教。为了完全掌握论辩的主动权，孟子不直接回答古今之乐并非对立的问题，而是采用迂回包围的战术，先虚设两三个问题反诘：“独乐乐，与人乐乐，孰乐？”“与少乐乐，与众乐乐，孰乐？”将齐王引入彀中，齐王不经意间如实地承认了“不若与人”“不若与众”。接着孟子层层进逼，因势利导地展开了凌厉的攻势，从正反两方面举出“鼓乐”和“田猎”的具体事例，说明不“与民同乐”的危害和“与民同乐”就会得到人民的关心爱戴，将道理阐述得淋漓尽致，最后水到渠成地得出结论：“今王与百姓同乐，则王矣。”

综上所述，《孟子》的论辩方法是灵活多样的：或顺应对方心理，启发诱导；或迂回包围，引人入彀；或设问反诘，步步紧逼。文章因此显得跌宕多姿，富于雄辩性和说服力。

《孟子》文章文采华赡，清畅流利，气势充沛，感情强烈，很富于鼓动性。如"齐桓晋文之事"章，孟子在劝说齐王推恩保民时，对齐王的"大欲"先虚设了五个生活享受方面的问题，以一组排偶句式发出连珠炮般的诘问，文辞铺张华赡，酣畅淋漓，已造成蓄势，待齐王否认，孟子就倚势展开攻击，一针见血地揭露齐王真正的"大欲"是"欲辟土地，朝秦、楚，莅中国，而抚四夷也"。文章纵横开阖，气势很盛，如江河奔泻，词锋锐不可当，使齐王难以招架，只好俯首就教。

《孟子》文章还善于运用比喻和寓言来说明事理，形象生动，引人入胜，增强了论辩的说服力。据近代人统计，《孟子》全书使用的比喻，竟达159种之多。如《告子上》"鱼我所欲也"章，以味美而为人嗜爱的鱼和熊掌为喻体，用"舍鱼而取熊掌"作为合乎逻辑和情理的推论基础，引出本体即文章的中心命题"舍生而取义"，文章由浅入深，并能引人入胜。《孟子》中的寓言也很精彩，如"揠苗助长""齐人乞墦"等，就是构思新奇、描写生动、寓意深刻、讽刺辛辣的寓言名篇。

色彩奇瑰的《庄子》

《庄子》是庄子和他的后学者的哲理著作。《汉书·艺文志》著录52篇，现存33篇。全书分为内篇七，外篇十五，杂篇十一。一般认为内篇是庄子亲笔，外篇、杂篇则出自其门人或后学的手笔。

庄子（约公元前369—公元前286年）是战国中期著名的思想家，道家学派的代表人物。他愤世嫉俗，对现实采取一种消极逃避的态度，主张顺应自然，反对人为，否定是非，追求绝对的精神自由。他攻击儒、墨，蔑视礼法和权贵，对社会做了某些批判和揭露。

《庄子》善于通过生动形象的比喻和情节性很强的寓言故事来说明抽象的哲理，把文学和哲学融为一体，使深邃的哲理显得形象具体，充满情趣。如《逍遥游》为了阐明"逍遥游"（绝对自由）的思想，作者编织了大鹏乘风徙南冥、小雀翱翔于蓬蒿之间的寓言，暗示这种必须借助风力的"有所待"，并未达到逍遥的境界，为后文的"乘天地之正，而御六气之辩，以游无穷"的逍遥境界铺垫，使读者从寓言的具体形象中更易理解和接受作者的"无所待"思想。至于比喻，几乎通篇皆是，蔚为奇观。寓言本身就是一个大的比喻，比喻这物质世界里没有绝对的自由。小的比喻只有一句或几句，如野马、尘埃、天之苍苍、深水负大舟、杯水芥为之舟、行路聚粮、朝菌、蟪蛄、螟蛉、大椿、彭祖、众人等都是比喻。这些比喻都是生动说明大小之物都是"有所待"的。如野马、尘埃这样极纤细、轻微的东西，也必须靠生物之"以息相吹"，受到客观条件的制约，大舟有待深水才能漂浮，而芥草杯水就能负载的比喻，再进一层说明万物与客观条件的依存关系。大小之物，尽管"所待"有多有少，但对外物的凭借和依赖都是相同的。这里以水比风，以大舟比大鹏，比中有比，层层深入，环环相扣，得出"风之积也不厚，则其负大翼也无力"的结论。全书运用大大小小、层出叠见的比喻，将抽象的思想形象化，显示出高超的说理艺术。

《庄子》和《孟子》都善用比喻，但两者的比喻在创作方法和效果上存在着差异。《孟子》的比喻是现实主义的，如"齐桓晋文之事"章中的"为长者折枝""缘木求鱼"等，《告子上》"鱼我所欲也"章中的"舍鱼而取熊掌"，都是现实生活中具体可感的事物；而《庄子》设喻的本体多是奇特怪诞的事物，有很大的虚拟性，取材神奇，似喻非喻，似真非真，极富浪漫主义色彩，如《逍遥游》中的鲲鹏、大瓠、大椿，《应帝王》中的倏和忽等，都是一些世间并不存在的"谬悠之说，荒唐之言，无端崖之辞"。从运用比喻的效果看，《孟子》中的比喻贴切巧妙，主要用于说明事理，使文章引人入胜，增强文章的说服力，如以"力足以举百钧，而不足以举一羽；明足以察秋毫之末，而不见舆薪"为喻，说明齐王"恩足以及禽兽，而功不至于百姓"的原因，是

"不为也，非不能也"，"舍鱼而取熊掌"比喻"舍生而取义"。这些比喻都非常通俗明晓，具有雄辩的说服力。而《庄子》的比喻，固然是为阐发其深奥的哲理服务，但往往并不直接道破其旨，重在对丛集迭出的比喻做精确传神的描绘，造成一种奇幻的境界，使人心驰神往，深思方能悟其喻义。例子中除上文所述《逍遥游》具有这一特色外，另如《养生主》以"桑林之舞"和"经首之会"描绘庖丁解牛时发出的声响，仿佛把我们带入了一种美妙的艺术境界，启人领悟，顺应自然，方能达此佳境。

《庄子》想象丰富、构思奇特、夸张大胆、意境雄阔，具有浓厚的浪漫主义色彩。如《逍遥游》描绘了大鹏展翅九万里的雄姿和青苍辽阔的太空，展现了广阔壮丽的意境，显示出《庄子》奇特丰富的想象力。宏伟的想象又离不开夸张，如大到"不知其几千里"的鲲鱼，"其翼若垂天之云"的大鹏；小到野马、尘埃、芥舟、杯水；长寿到"八千岁为春、八千岁为秋"的大椿，短寿到"不知晦朔"的朝菌；鹏鸟飞徙南冥是"水击三千里，抟扶摇而上者九万里"，芥舟航行却只在堂坳的杯水中。这些大小、寿夭、高低的幻想和夸张描写，把人们带到一个神奇超凡的境界，从而构成了《庄子》文章迷离惝恍、恢宏诡谲的浪漫主义风格。

笔法抑扬捭阖，变化万千。《庄子》之文，无不意到笔随，放得开，收得拢，欲行则行，欲止则止，笔法变化无穷，形散而神不散，真是"汪洋自恣以适己"。例如《逍遥游》，开篇即以大笔起首，塑造了一个一举千里、硕大无比的大鹏鸟形象。作者先从大鹏的来历写起，从静态极写鹏形体之大，接着从动态极写鹏气势之大。这一静一动的描写，在大海的广阔背景上，勾勒出大鹏鸟雄伟豪壮的形象。起笔叙事之后，引证《谐》之言，进一步渲染大鹏飞徙南海时"水击三千里，抟扶摇而上者九万里"的气概更胜于前，似乎褒扬得可以，其实这是庄子的先扬后抑之笔，继而就是从极大的鹏鸟和微细的野马、尘埃相比，再与介乎大小之间的蜩与学鸠相比，又引出一系列"大小之辩"的比喻铺陈，并推演排列出具有不同德能的人，他们虽有现象的不同，却都是"所待"于客观条件，达不到逍遥之境。反复层层申论之后，最后突然急转直下，由开放到收合，由铺垫而点题，开处似断，合处见续，使上文大小各有所待的暗示豁然开朗且尽收画龙点睛之妙。全文交叉运用了寓言、重言、卮言的不同体裁和笔法，"忽而叙事，忽而引证，忽而譬喻，忽而议论；以为断而非断，以为续而非续，以为复而非复。只见云气空蒙，往返纸上，顷刻之间，顿成异观"。这很能说明《逍遥游》时断时续、摇曳多姿的笔法变化的特点。

语汇生动、准确、丰富、新奇，有浓厚的抒情色彩。如《逍遥游》写大鹏鸟"怒而飞，其翼若垂天之云"，着一"怒"字，形容大鹏展翅振羽的姿态。写蜩与学鸠，则是"决起而飞""抢榆枋""控于地"，寥寥数语，写尽了小鸟不能高飞远行，眼丸如豆，然而却自满自足、自鸣得意的情态。这些词汇，运用得极为准确传神。又如写藐姑射山的神人："肌肤若冰雪，绰约若处子。不食五谷，吸风饮露。乘云气，御飞龙，而游乎四海之外。其神凝，使物不疵疠而年谷熟。"神人的肌肤身段是多么峻洁冰莹，饮食活动又是多么绝俗神奇！体物入微的描绘，使神人形象极为鲜明生动。这种诗情画意的艺术境界，笔端融注着作者向往超尘脱俗生活的激情。

辞采绚烂的《楚辞》

"楚辞"之名，首见于《史记·张汤传》，本义泛指楚地的歌辞，以后才成为专称，指以战国时楚国屈原的创作为代表的新诗体。西汉末年，刘向辑录屈原、宋玉以及汉代人模仿该诗体的作品，书名题作《楚辞》。

《楚辞》的形成，同楚地歌谣有密切关系，因楚地音乐舞蹈发达，从中可见到众多楚地乐曲的名目，如《涉江》《采菱》《九歌》《薤露》《阳春》《白雪》等。其体式与中原歌谣不同，非整齐的四言体，每句可长可短，句尾或句中多用语气词"兮"字，这也成为《楚辞》的显著特征。《楚辞》标志着先秦诗歌发展的一个新高峰，它突破了《诗经》四言为主的句式，以六字句和五字句为基本句式，大大提高了诗歌的表现力。

《楚辞》是中原文化和楚国文化相融合的产物。它的产生和成熟，经历了很长的发展过程。一方面，楚国有自己的文化传统，又接受了中原文化的影响，这种南北文化的交流，为楚辞的产生奠定了基础；另一方面，楚国的现实，屈原在政治上的遭遇，他的非凡的文学才能，以及对于向民歌学习的重视，便使他能够创造出"骚体诗"。特别是楚国的民歌直接孕育了《楚辞》。另外，楚地特有的民间习俗对《楚辞》的产生有直接影响。这一带民间巫风很盛，祭祀时则歌舞以娱神，所以很早就流传着有别于中原地区的楚声，也蕴藏着许多生动优美的神话传说和栩栩如生的人物形象。这些因素都为《楚辞》的产生提供了丰富的养料。总之，《楚辞》是在楚民歌基础上，不断地经过加工修改，到战国时代屈原时，作为一种新体诗，正式由文人创作定型。

《离骚》是屈原最重要的代表作，是诗人在遭受政治挫折之后，面临个人与国家的双重厄运之时，对过去和未来的思考，是一个崇高而痛苦的灵魂的自传。作品前半篇侧重于对以往经历的回顾，多描述现实情况；后半篇借助神话材料，以幻想形式展示其内心世界和对前途的探索。文中可见屈原深沉的忧患意识：山河破碎，黍稷离离，他为祖国忍辱负重、含悲苦行；可见其执着的人生追求；他为理想九死不悔，从现实走到幻想走到问卜，寻求出路矢志不渝；可见其自我完善的高洁人格——他不与群小苟合取容，即使幻境毁灭，仍未退让半步，当矛盾无法解决时，以死殉志。文中通过大量的关于美人、香草等富于象征意义的辞藻铺陈，通过上天下地驱使神灵的辉煌奇幻的场面，通过反复表述自己的心迹，重建了诗人崇高的自我形象。

屈原的作品除《离骚》外，还有《九歌》《天问》《九章》等。

《九章》由《惜诵》《涉江》《哀郢》《抽思》《怀沙》《思美人》《惜往日》《橘颂》《悲回风》九篇构成，内容都与诗人的身世有关。

《橘颂》以拟人手法，描绘橘树灿烂夺目的外表和"深固难徙"的品质，以表现自我的优异才华、高尚品格和眷恋故土的情怀。

《涉江》是屈原在江南长期放逐中所写的一首纪行诗，其中一段风光描写最为人称道："入溆浦余儃徊兮，迷不知吾所如。深林杳以冥冥兮，乃猿狖之所居。山峻高以蔽日兮，下幽晦以多雨。霰雪纷其无垠兮，云霏霏而承宇。"此景恰到好处地衬托了诗人寂寞而悲怆的心情。《楚辞》中这类风光描写，成为后世山水诗的滥觞，屈原也被推为我国山水文学的鼻祖。

《哀郢》表达了诗人对于郢都失陷的哀叹。诗歌从质问苍天开篇，突兀而起，将读者引入国都残破、人民罹难的悲惨情景中。而后以郢都为起点，由近到远，写出流亡过程中一步一回首、一步一挥泪的沉痛情感："望长楸而太息兮，涕淫淫其若霰。过夏首而西浮兮，顾龙门而不见。"最后的"乱辞"写道："鸟飞返故乡兮，狐死必首丘。信非吾罪而弃逐兮，何日夜而忘之！"以动人心弦的怀念之情及返回故乡、重振家邦的愿望收尾。

《怀沙》被视为屈原的绝笔。在做出最终的选择后，诗人一面再次申述自己志不可改，一面更为愤慨地指斥楚国政治的昏乱，并表现出对俗世庸众的极度蔑视。

《九章》的大部分内容反映了屈原流放生活的经历，作品善于把纪实、写景与抒情相结合，以华美而富于表现力的语言，写出诗人复杂的、激烈冲突下的内心世界。

屈原《离骚》

屈原（公元前340—公元前278年），战国时期诗人，名平，字原，楚国人，出身于没落贵族，是中国历史上第一位伟大的浪漫主义诗人。屈原一生经历了楚怀王和楚顷襄王两朝，正处于楚国由盛转衰的转折期。《史记·屈原列传》载屈原"博闻强记，明于治乱，娴于辞令"，曾被楚怀王任为左徒，"入则与王图议国事，以出号令；出则接遇宾客，应对诸侯"。面对当时秦楚争雄的局面，他颇具政治远见地提出联齐抗秦的主张，并着手推行"美政"：举贤授能，修明法度，使祖国独立富强，进而统一长期分裂的中国，达到古人理想中的所谓唐虞三代的政治局面。然而屈原的这些主张触犯了楚国旧贵族的利益，遭到了他们的一致反对。怀王听信上官大夫等人的谗言，疏远了屈原，并于公元前304年将屈原流放至汉北。怀王客死秦国后，顷襄王立，以令尹子兰为首的上层集团仍排挤屈原，并于公元前286年再次将屈原流放至洞庭湖一带。此后，楚国国力日衰。公元前278年，秦将白起攻下郢都，屈原的强国希望彻底破灭。面对国破人亡的惨痛现实，屈原自沉于汨罗江。

　　屈原一生忧国忧民，在实现理想的过程中，他九死而不悔，坚持不懈，表现出崇高的品格和坚毅的操守。文如其人，在他的作品中，也多表达热爱祖国、热爱人民之情，以及为追求真理、实现理想的坚忍不拔的斗争精神，对腐朽势力的憎恨和对祖国濒危的沉痛。他的代表作《离骚》是中国古典文学中最长的抒情诗，它通过诗人大半生斗争历史的回顾与痛苦矛盾的心理抒写，展现了一幅楚国腐朽政治及黑暗现实的广阔画面，全诗着重表现诗人的主观感情和态度，将现实与神话传说糅合，创造幻境，表现出积极浪漫主义的特质。

　　《离骚》的艺术成就，具体说来有以下四方面。

　　一是成功地塑造了一个忧国忧民的爱国者形象。长诗热情地歌颂了诗人忠贞爱国、同情人民以及与邪恶势力进行顽强斗争的高洁情操，从而使诗人屈原成为我国文学史上一位不朽的爱国诗人的典型，对后世产生了深远的影响。

　　二是富于浓厚的浪漫主义色彩。《离骚》是一篇光耀千古的浪漫主义杰作，它吸收和发展了我国古代神话的积极浪漫主义精神：它不是用直接的形式来表现现实和作者的理想，而是更多地通过幻想的形式来抒写。作者以奇特而丰富的想象，将现实的事物，寄托在超现实事物的形象之中，因而使作品产生了离奇曲折的情节和奇丽异常的艺术形象。这样，不但深刻揭露了现实的黑暗，同时也表现了诗人追求理想的强烈愿望，富有浓厚的浪漫主义色彩。

　　三是发展了比、兴艺术表现手法。在这里，比、兴已不局限在修辞手法与遣词造句上，它渗透在诗篇整体的艺术形象构思中。诗中用众多比喻构成一连串的艺术形象。这些比兴形象是互相关联的，诗人借以表达强烈的爱憎感情，使人通过草木的形象联想到真善美和假恶丑的社会内容。这样，不但使诗篇文采斑斓，而且创造出一种寄托幽远、耐人寻味的意境，开拓了我国诗歌以香草美人寄情言志的境界。

四是创造出新的诗体形式和精美语言。《离骚》突破了《诗经》以四言为主的格式，汲取了楚地民歌的韵调与句式，把诗句加长，结构扩大，既增加了内涵容量，又增强了表现力。在语言运用上，《离骚》大量吸收楚国民间方言，特别是"兮"字的运用，增强了诗的抒情气氛，增加了诗句的节奏感和音乐美。

屈原在中国文学史上的地位很高，不仅因为他独特的人格魅力，还因为他的作品在楚地民歌的基础上，充实了丰富的社会政治内容，又接受了战国时期散文的影响，创作出一种句式加长、句法错落、形式自由的新诗体——楚辞。这种新诗体开创了浪漫主义诗歌的源头，与《诗经》并称为"风骚"或"诗骚"，对后世作家和文学产生了深远影响。

铺张扬厉的《战国策》

　　《战国策》初名《国策》，作者已不可考。西汉末年，刘向校理宫中图书，编订该书为33篇。他认为这部书是战国时代游士辅国谋划之策，因此定名为《战国策》。

　　《战国策》是一部杂编性质的史书。它记载战国时期谋臣策士的活动，包括他们的谋议与说辞。它突破了春秋以来的诸如礼法信义的传统观念，肯定了诡诈的政治谋术，突出地表现了士人追求个人名利以至于"朝秦暮楚"的利己主义的人生观，客观地反映了战国时期士阶层壮大的形势下，他们在政治、军事、外交诸方面所起的重要作用。此外，也赞扬了某些人物的可贵品格，如唐雎的"布衣之怒"（《魏策四》），颜斶的直叱"王前"（《齐策四》），他们的不畏强暴，蔑视王侯，撼人心魄。这些都表现了《战国策》的特色。

　　《战国策》文章特点首先突出地表现在谋臣策士纵横捭阖的言谈论辩上。他们喜欢夸张渲染，放言无惮，甚至危言耸听，大多辞情慷慨，具有气势雄壮、纵横驰骋的特点，形成了不同于《左传》辞令的从容委婉的雄隽风格。

其次是描写人物的形象极为生动。比如"苏秦始将连横说秦惠王"（《秦策一》）：苏秦失败归来，资尽裘弊，"形容枯槁，面目黧黑"，十分狼狈，并且受到全家人的冷落；等到他官拜赵相，衣锦还乡，春风得意，家人也前倨后恭，极尽恭敬。世态炎凉，人情冷暖，于此可见。又如"鲁仲连义不帝秦"（《赵策三》）：鲁仲连力主抗秦，疾恶如仇，同时又"为人排患释难，解纷乱而无所取"，是一位极富正义感的高士，其形象生动感人。

与《左传》相比，《战国策》更注意情节的设置、气氛的渲染、人物神情的描绘。如"冯谖客孟尝君"（《齐策四》）：冯谖初入孟尝君之门，不受重视，他弹铗长歌，在特异的举动中显出磊落之气。接着，冯谖去薛地收债，却空手而归，"孟尝君不悦"，可是后来的事实却证明此举完全正确。直至最后，冯谖最终为孟尝君凿成"三窟"，使孟尝君可以高枕无忧。通过情节的跌宕与抑扬，冯谖的恃才傲物、智慧非凡的性格便展现了出来。

《战国策》不像《左传》那样如实地记言记事，它与事实有不少违背之处，但却充溢着纵横驰骋、铺张扬厉之气，因而更具有文学色彩。它对后世文学有很大影响。汉代的散文家贾谊、晁错和司马迁都受到它的影响。汉赋的笔法和《战国策》铺张渲染的文风有着血缘关系。宋代苏洵、苏轼、苏辙的散文也都明显受到它的影响。

第二章

秦汉文学

由于秦代历时短促，文学成就不高，因而本章主要讲述两汉文学的成就。从文学样式看，秦汉文学主要在辞赋、史传文、政论文和乐府诗歌四个方面取得较高成就，在历史上有深远的作用和影响。汉人文体以辞赋最著，汉人辞赋出于楚辞，又更加丽靡；史传文和政论文独树一帜；汉乐府民歌继承和发扬了《诗经》民歌的现实主义传统。它"感于哀乐，缘事而发"，传达了汉代民众的心声，反映了广阔的社会现实，是汉代社会生活的一面镜子。

贾谊与汉初政论文

　　贾谊（公元前200—公元前168年），洛阳人，世称贾生，西汉初期杰出的政治家和文学家。18岁时，就以博学能文而闻名于郡中，20多岁成为最年轻的博士，以见识和善策对得到汉文帝的重视，但却因此受到一部分朝臣的诋毁，被贬为长沙王太傅。后被召回京师长安，任文帝少子梁怀王太傅。后梁怀王坠马身亡，贾谊自惭失职，年仅33岁便郁闷而死。

　　贾谊思想以儒家为主，也杂有法家、黄老之学的成分，所著文章58篇，刘向辑为《新书》，亦名《贾子》，流传过程中多有错乱和散失，残缺不全但基本可信。首篇《过秦论》是贾谊最著名的政论作品，分上、中、下三篇，都是议论秦的过失，总结秦兴亡的历史教训。

　　《过秦论》三篇中心明确，又各有侧重。上篇写强秦速亡，引发历史教训；中篇和下篇写秦二世和子婴应该采取什么措施，才能挽回败局。《过秦论》的艺术价值以上篇最高，全篇以高度概括的笔墨铺排史实，极力渲染自秦孝公开始，到秦始皇统一天下那种蓬勃强大、不可逆其锋的显赫声势。为了壮此声势，还虚拟九国之师叩关攻秦，不战而败的论据，加以夸张。这种渲染和夸张的事例，最后与秦朝迅速崩溃形成鲜明的对比。文章有明显的特点：极富气势，铺张扬厉，雄辩滔滔，有战国纵横家文章遗风，其恢宏气度，胜过前人；夸张、渲染、对比手法的运用，大大增强了文章的形象性和说服力；语言重修饰铺排，又长短错落，显得跌宕遒丽。

《治安策》是贾谊的又一优秀政论文。汉文帝时，匈奴入侵，贾谊上《治安策》，详尽地讨论国家所面临的各种危机和应取的对策。作者抱有改革政治的热情，笔端常带感情，说理缜密而直言无忌，行文畅达而又持重。

作者观察敏锐，能够看到安定表象后面潜伏的社会危机；文章指陈时弊一针见血，而忧时济世的感情溢于言表；言辞犀利激切，用语准确，具有打动人心的力量。

在赋的发展史上，贾谊是一位具有开创性的人物。由于在朝中遭谗被毁，贾谊被贬为长沙王太傅。在赴往长沙的途中，路过湘水，贾谊深感自己与屈原有类似遭遇，便写了一篇《吊屈原赋》以自况。这篇赋继承了楚辞的抑郁不平之气和感情激越的特点，使用了大量新鲜生动的比喻，从多角度展示了楚国污浊的现实，从这个意义上讲，它实际开了汉赋铺排之风。另外，比起楚辞，它的语句已经散文化，不再是诗，开始从诗中蜕化出来，成为一种新的文体形式，因此，它可以被认为是汉赋形成阶段的一篇代表作品。

贾谊在长沙谪居三年后，又写过一篇《鵩鸟赋》。此赋借鸟言志，抒发了作者怀才不遇的感慨和忧生畏祸的心情，抒写了作者对人生哲理的深入思考，最后以"同生死、轻去就"的道家思想作结，表达了作者看似旷达的人生观。赋作情调感伤低沉，思想价值不如《吊屈原赋》高，但在形式上有新的开拓：注重叙事和说理，直接抒情的成分减少了；语言上，除去"兮"字，基本上形成了整齐的散文四字句式；以人鸟对话展开内容描写，俨然开汉赋问答体的先河。在文体特征上，此赋可看作骚体赋向散体大赋过渡的桥梁。

枚乘、司马相如与扬雄

赋这种文体在汉代大盛，涌现出一大批善写赋的作家，如枚乘、司马相如、扬雄等。

枚乘（？—公元前140年）是汉初著名辞赋家，其赋作《汉书·艺文志》著录九篇，但只有《七发》最为可靠。

《七发》以楚太子有病、吴客问病为线索，指出腐化怠惰、安逸享乐是贵族子弟的病根，接着连续用音乐、饮食、车马、宫苑、田猎、观涛六件事情诱导太子不可懒卧于床，但太子面有起色，仍卧于床，而当吴客谈及"要言妙道"时，太子竟"涩然汗出，霍然病已"。这篇赋作旨在劝谏，但它对后代的影响主要在艺术方面。

首先，《七发》的描写内容正式向体物大赋转化。作品已基本离开了抒情的格调，而侧重于描写音乐、饮食、车马等物，并且对物的描写达到了"铺采摛文"的地步，这是体物大赋的基本倾向。

其次，《七发》充分发挥了夸张和想象的艺术功能，调动各类大量词汇充分描写事物，极尽华丽，辞采富赡，洋洋洒洒，展现了世界的丰富多彩。以后的散体大赋在这方面有更充分的表现。

再次，主客对答体的使用。《七发》中借吴客与楚太子的反复问答，拓展了内容和篇幅，扩大了作品的容量，使作品有可能发展成海纳百川式的鸿篇巨制。

最后，《七发》已经显露出审美价值与讽谏之意的矛盾。《七发》的主旨本在劝诫膏粱弟子，但作品所描述的事物，尤其是前六种事物，无疑会更多地引起人们的审美快感，甚或引发人们对这种审美的追求，很难于现实有补。这种目的与结果的背驰，也是汉大赋后来共有的特点。

从以上几个方面来看，《七发》可以说是从骚体赋向散体大赋转变的标志。

此外，《七发》的结构形式也对后世有重要影响，以至形成了一种"七体"形式。据清代平步青统计，枚乘之后至唐代，可查的七体作家就有40家之多，如傅毅《七激》、崔骃《七依》、张衡《七辩》、崔瑗《七厉》、曹植《七启》、左思《七讽》等，可见枚乘影响之大。

司马相如（公元前179年—公元前118年）字长卿，蜀郡成都人，杰出的辞赋作家。少喜读书，击剑，曾为汉景帝武骑常侍，但因景帝不好辞赋，辞官，与枚乘等从游于梁孝王门下。梁孝王死后，归蜀，与卓文君相爱并私奔的故事即发生于此时。汉武帝继位后，读了他的《子虚赋》，大为叹赏，于是将他召入宫中，成为宫廷辞赋家。司马相如著有《子虚赋》《上林赋》《美人赋》《长门赋》等。

《子虚赋》《上林赋》内容相连，讲的是子虚先生和乌有先生争相夸耀本国的故事。两赋极尽铺叙、夸张、想象、排比之能事，铺采摛文，张扬物色，穷声极貌，气势恢宏；同时也堆砌典故，连篇累牍，搬弄文字，刻意求新，粉饰太平，劝百讽一，真正从各个方面展示了散体大赋的特点。

这两篇赋，显然在牢笼万物方面超越了前人。由于二赋写于汉代社会十分昌盛、经济高度繁荣的武帝盛世，因而能够展示出中华民族进入一个新的历史时代之际那种征服世界、开拓进取的自豪和骄傲，反映那个时代繁华富庶的现实，展示汉人海纳百川式的胸襟和气度。但二赋也把汉赋的艺术手法用到极致，要铺叙某地盛况，往往是"山则某某，水则某某，草木鸟兽虫鱼则某某"，结果使赋成了多识草木鸟兽虫鱼的类书，使大赋由于夸张过分，反显累赘；由于多方排比，反显板滞；由于堆砌辞藻，反显华而不实；由于好用生词僻句，反显晦涩艰深。

这两篇大赋，可以说是探索中的收获，虽然缺点与优点并存，但在文学史上的地位仍是功不可没。首先，它奠定了典型的散体大赋的体制，后来的大赋基本沿袭的它的体制；其次，它在描绘万物的技巧方面进行了全方位的探索，丰富了我国文学的表现手法；最后，它在语言上的刻意求新，丰富了我国的文学语言，并对汉语文字学的发展做出了贡献。

司马相如还是一位写作骚体赋的能手。他的《哀秦二世赋》借旅途景色伤今怀古，开纪行赋先河；《大人赋》借幻想中的神奇景物迎合武帝好神仙的心理，上承楚辞，下开游仙文学的先河；《长门赋》写陈皇后被幽居长门宫的孤独、寂寞、无奈的情怀，并对武帝的负心进行了揭露，对后来的宫怨文学有一定的影响……正因为他对后代文学的影响较大，所以他被称作西汉与司马迁齐名的重要作家。

扬雄（公元前53—公元18年），字子云，蜀郡成都（今四川成都）人，出身于小地主或自耕农家庭，经宣帝、元帝、成帝、哀帝、平帝以及王莽的新朝。

他自幼喜好读书，不喜交游，简易佚荡，不慕荣利。喜文字之学，曾致力于搜集八方文字，成《方言》一书。扬雄一生赋作很多，《汉书·艺文志》著录有十二篇，今存《甘泉赋》《羽猎赋》《河东赋》《长杨赋》《反离骚》《解嘲》《解难》七篇及一些残文。扬雄的赋作大部分模拟司马相如的作品，如模仿《子虚赋》《上林赋》而作《甘泉赋》《羽猎赋》《河东赋》《长杨赋》等，因此，其作品缺少个性。与司马相如的赋作相比，扬雄也歌颂汉代帝国的声威和帝王的功德，也有司马相如赋的声威和气魄，体式和文辞也不比司马相如逊色，甚至他比司马相如更注重语言的锤炼和修饰。但因扬雄所在的时代已经不是武帝盛世的时代，因此他的作品比司马相如的作品有更多形式主义的因素。需要提及的是，扬雄的赋作在形式上稍有变化，如《甘泉赋》《河东赋》就没有采用主客对答的陈套，而是用简洁的叙述迅速入题。扬雄的有些作品还敢于揭示现实的阴暗面，并且感情激越，这对后来的抒情小赋有一定的影响。例如，他在《解嘲》中说：

夫上世之士，或解缚而相，或释褐而傅；或倚夷门而笑，或横江潭而渔；或七十说而不遇，或立谈间而封侯；或枉千乘于陋巷，或拥帚彗而先驱。是以士颇得信其舌而奋其笔，窒隙蹈瑕无所诎也。当今县令不请士，郡守不迎师，群卿不揖客，将相不俯眉；言奇者见疑，行殊者得辟。是以欲谈者宛舌而同声，欲步者拟足而投迹。向使上世之士，处乎今世，策非甲科，行非孝廉，举非方正，独可抗疏，时道是非，高得待诏，下触闻罢，又安得青紫？

在强烈的对比中，当今人才不被重用的现实被清晰地呈现在读者面前，作者对这种现实的不满情绪也如江河泄水，滚滚而来。

扬雄一生对作赋用力颇深，但他晚年却改变了对赋的看法，认为赋"劝而不止"，在本质上不合儒家教义，又认为写赋是"童子雕虫篆刻""壮夫不为"，这实际是对追求形式的大赋的否定。

司马迁与《史记》

司马迁（公元前145—？年），字子长，左冯翊夏阳（今陕西韩城南）人，我国西汉伟大的史学家、文学家、思想家。他编撰的《史记》

记载了从上古传说中的黄帝时期，到汉武帝元狩元年（公元前122年），长达3000多年的历史。司马迁以其"究天人之际，通古今之变，成一家之言"的史识完成的《史记》，成为中国历史上第一部纪传体通史，被鲁迅誉为"史家之绝唱，无韵之离骚"，对后世影响极为深远。

《史记》不仅是我国第一部体例完整、规模宏大的新型通史，开创了二十四史的先河，还是古代文学遗产中光彩照人、千古不朽的文学名著，历代研究评点《史记》文学成就的层出不穷，形成一门独特的学问。

《史记》在叙述历史人物事迹的同时，处处渗透了作者自身的人生感受、内心的痛苦和郁闷，所以我们千年之下读《史记》，仍不禁为之感动。《史记》使用了大量的文学手段，达到了很高的文学成就。以下，我们从它的叙事艺术、人物形象塑造艺术和语言艺术三方面加以介绍。

在《史记》以前，中国的叙事文学已经历了漫长的发展过程。先秦历史著作中已有颇为宏大的战争场面的描写和较为复杂的历史事件的叙述，其中也包含不少生动有趣的故事，这为《史记》提供了一定的基础。但是，先秦史家的主要兴趣还在于首尾完整地记述历史事件，并通过这些事件来表达政治和伦理评判，其叙事态度主要是史学性的。司马迁则除了记述历史事件以外，具有更强烈的要努力再现历史上曾经出现过的场景和人物活动的意识；除了政治和伦理评判以外，具有更强烈的从多方面反映人类生活的意识。所以他的叙事态度，有很明显的文学性。

《史记》的叙事方式，基本上是第三人称的客观叙述。司马迁作为叙述者，几乎完全站在事件之外，只是在最后的"论赞"部分，才作为评论者直接登场，表示自己的看法。这种方式，为自如地展开叙述和设置场景提供了广阔的回旋余地。但是，所谓客观叙述，并不是不包含作者的立场和倾向，只是不显露出来而已。通过历史事件的展开，通过不同人物在其历史活动中的对比，实际也体现了叙述者的感情倾向。这就是前人所说的"寓褒贬于叙事之中"。这种含而不露的褒贬，是经由文学的感染来传达的。

为了再现历史上的场景和人物活动，《史记》中很多传记是由一系列栩栩如生的故事构成的。如信陵君的传是由亲迎侯生、窃符救赵、从博徒卖浆者流游等故事构成的；廉颇和蔺相如的传是由完璧归赵、渑池会、负荆请罪等故事构成的；孙武的传主体是吴宫教战的故事；孙膑的传包含教田忌赛马、马陵道破杀庞涓等故事……这种情况非常普遍，不胜枚举。众多大大小小的故事，构成了《史记》文学性的基础。虽然先秦历史著作中也包含有故事成分，但同《史记》相比，不但数量少得多，而且除了《战国策》中少数几个故事外，总体也显得简略得多。以后的历史著作，也不再有《史记》那样的情况，这是《史记》在中国众多的史籍中极具文学魅力的原因之一。

《史记》的故事，又有不少是富于戏剧性的。司马迁似乎很喜欢在逼真的场景、尖锐的矛盾冲突中展开他的故事，由书中人物的直接行动以表现人物自己，使读者几乎忘记了叙述者的存在。如《李将军列传》中的一个场景：

（李广）尝夜从一骑出，从人田间饮。还至霸陵亭，霸陵尉醉，呵止广。广骑曰："故李将军。"尉曰："今将军尚不得夜行，何乃故也！"止广宿亭下。

这像是一个很好的戏剧小品。另外，像著名的"鸿门宴"故事，简直是一场高潮迭起、扣人心弦的独幕剧。人物的出场、退场、神情、动作、对话，乃至座位的朝向，都交代得一清二楚。这段故事不需要花多少力气，就可以改写成真正的戏剧作品在舞台上演出。这一类戏剧性的故事，具有很多优点：一则具有逼真的文学表现效果；二则避免了冗长松缓的叙述，具有紧张性，由此产生文学所需要的激活力；三则在尖锐的矛盾冲突中，最容易展示人物的性格。

《史记》以"实录"著称，这是指司马迁具有严肃的史学态度，不虚饰、不隐讳。但他的笔下那些栩栩如生的故事，不可能完全是真实的。为了追求生动逼真的艺术效果，追求对于读者的感染力，他运用了很多传说性的材料，也必然在细节方面进行虚构。这是典型的文学叙述方法。

另外，《史记》所创造的"互见法"，也同时具有史学与文学两方面的意义。所谓"互见法"，即是将一个人的事迹分散在不同的地方，而以其本传为主；或将同一件事分散在不同的地方，而以一个地方的叙述为主。司马迁运用此法不仅是为了避免重复。为了使每一篇传记都有审美意味上的统一性，使传主的形象具有艺术上的完整性，就需要在每一篇传记中只写人物的主要特征和主要经历，而为了使整部《史记》又具有史学意义上的真实性和完整性，就必须在其他地方补写出人物的次要特征和次要经历。这是人物互见法的意义。因为《史记》是以人物为本位的，往往需要在许多人的传记中涉及同一件事，为了避免重复而又能把事件叙述清楚，司马迁就在不同的传记中从不同的角度叙述同一件事，这样就既突出了每个人在事件中的作用，又不致给人以重复之感。这是事件互见法的意义。通过人物和事件的互见法，司马迁使《史记》既有了史学的可信性，又有了文学的可读性。

在人物形象的塑造方面，过去的著作也已有所积累。在《左传》中，可以看到若干有一定个性的人物形象；到了《战国策》，人物的描写更为细致，性格也更为鲜明。但由于它们以历史事件为本位，人物的描写只是片段地散见于叙事之中，缺乏完整性。另外，像《晏子春秋》专写一人之事，也很值得注意。不过，它也只是把晏子的许多故事结集在一起，相互之间没有内在的联系。总之，在汉代以前，还没有出现完整的人物传记，人物形象的刻画总地说来也还比较简略。《史记》在这样的基础上，取得了巨大的发展，把中国文学塑造人物形象的艺术，提高到一个划时代的新高度。

从总体上说，《史记》在人物形象塑造方面，具有数量众多、类型丰富、个性较鲜明三大特点。它以大量的个人传记组合成一部宏伟的历史，其中写得比较成功、能够给人留下深刻印象的，如项羽、刘邦、张良、韩信、李斯、屈原、孙武、荆轲的传记等，有近百个。正如前面已经提到的，这些人物来自社会的各种阶层，从事各不相同的活动，经历了不同的人生命运。从帝王到平民，有成功者，有失败者，有刚烈的英雄，有无耻的小人，共同组成了一条丰富多彩的人物画廊。这些人物又各有较鲜明的个性。不同身份、不同经历的人物固然是相互区别的，身份和经历相似的人物，也并不相互混淆。张良、陈平同为刘邦手下的智谋之士，一则洁身自好，一则不修细节；武帝任用的酷吏，有贪污的，也有清廉的……凡此种种，让我们了解历史知识的同时，又给予我们丰富的人生体验。

对各种历史人物，司马迁亦有偏爱，那就是"好奇"，就是喜爱非凡的、具有旺盛生命力与出众才华的人物。那些奋起草莽而王天下的起义者，那些看上去怯懦无能而胸怀大志的英雄，那些不居权位而声震人主的侠士，那些胆识过人、无往不胜的将帅，那些血溅五步的刺客，那些运筹帷幄、智谋百出的文弱书生，乃至富可敌国的寡妇，敢于同情人私奔的漂亮女子……这些非凡的人物，构成《史记》中最精彩最重要的部分。因此《史记》洋溢着浪漫的情调，充满传奇色彩。尤其将秦汉历史剧变之际人物的传记合起来作为一个单独的部分来读，真像是一部英雄史诗。

在描写人物的一生时，司马迁特别注重表现人物命运的巨大变化，如写那些建功立业的大人物，常写他们在卑贱时如何受人轻视的情形；而写那些不得善终的大人物，又常写他们在得志时是如何的不可一世的情形。前者如刘邦、韩信、苏秦，后者如项羽、李斯、田横。又在这变化过程中，充分暴露出当时人的诸如势利、报复心之类普遍的缺点。如刘邦微贱时嫂子不给他饭吃，父亲也不喜欢他，成功之后刘邦不肯忘记把他们嘲弄一番；李广免职时受到霸陵尉的轻蔑，复职后他就借故杀了霸陵尉；韩安国得罪下狱，小小狱卒对他作威作福，他东山再起后，特地把狱卒召来，旧事重提……这些命运变化和恩怨相报的故事，最能够表现人与环境、地位的关系，揭示出人性的复杂性。

司马迁非常清楚地知道：迎合社会、迎合世俗的人，往往得到幸福；反之，则容易遭遇不幸。他常常用比较的方法，表现他的这种看法。如《苏秦列传》写才能杰出的苏秦被人刺死，他平庸的弟弟苏代、苏厉却得享天年；《平津侯主父偃列传》写主父偃锋芒毕露而遭到灭族，公孙弘深衷厚貌却安享富贵尊荣。但司马迁绝不赞美平庸、苟且、猥琐的人生。《史记》中写得最为壮丽动人的，是英雄人物的悲剧命运。《项羽本纪》写项羽最后失败自杀，竟用了一二千字，作为历史记载，可以说毫无必要；作为文学作品，却有一种酣畅淋漓的效果。项羽在可以逃脱的机会中，因无颜见江东父老，拔剑向颈；李广并无必死之罪，只因不愿以久经征战的余生受辱于刀笔吏，横刀自刭；屈原为了崇高的理想抱石沉江；等等。在这种反复出现的悲剧场面中，司马迁表现了思想崇高的人对命运的强烈抗争。他告诉人们：即使命运是不可战胜的，人的意志也同样是不可屈服的。我们从中看到汉武帝时代的文化中那种壮烈的人生精神，为之感叹再三。

对于《史记》所描写的人物，人们可以强烈地感受到他们面目活现，神情毕露，如日本近代学者斋藤正谦所说："读一部《史记》，如直接当时人，亲睹其事，亲闻其语，使人乍喜乍愕，乍惧乍泣，不能自止。"（《史记会注考证》引《拙堂文话》）这种艺术效果是如何形成的呢？

《史记》注意并善于描写人物的外貌和神情，使得人物形象具有可视性。如写张良"状貌如妇人好女"，李广"为人长，猿臂"，蔡泽"易鼻、巨肩、魋颜、蹙齃、膝挛"，等等，虽然比较简单，却各有特征。而且司马迁很少单纯地描写人物外貌，而总是同人物的性格有某种或隐或显的联系，所以给人留下很深的印象。譬如读过张良的传，我们很难忘记他的"如妇人好女"的相貌。神情的描写则比比皆是。《廉颇蔺相如列传》写蔺相如使秦，秦王欲强夺和氏璧，相如"持其璧睨柱，欲以击柱"、"张目叱之，左右皆靡"、"怒发上冲冠"，这些情景，作者好像是亲眼看到的一样。

生活细节的描写，是文学作品塑造人物形象、表现人物性格、展现其内心世界的基本手段。这在一般历史著作中出现很少，在《史记》中却相当多。《李斯列传》一开始就是这样一段：

（李斯）年少时为郡小吏，见吏舍厕中鼠食不洁，近人犬，数惊恐之。斯入仓，观仓中鼠食积粟，居大庑之下，不见人犬之忧。于是李斯乃叹曰："人之贤不肖，譬如鼠矣，在所自处耳！"乃从荀卿学帝王之术。

单纯从史学角度来看，这种细琐小事价值并不大。但从文学角度来看，却是非常具体而深刻地揭示了李斯的性格特征、人生追求。又如张汤儿时劾鼠如老吏，刘邦微时的豪放无赖，陈平为乡人分割祭肉想到宰割天下，等等，都是由细琐的事件呈现人物的性格，避免抽象的人物评述。自然，在这种描写中，难免有传说和虚构的成分。

对话往往最能活生生地体现人物的生活经历、文化修养、社会地位，也为《史记》所注重，书中有许多优秀的例子。如刘邦、项羽微时见秦始皇巡游的威仪，各说了一句不甘于自己地位的表白。刘邦说："嗟乎！大丈夫当如是也！"多有羡慕；项羽说："彼可取而代也！"则更多仇恨与野心，可以看出他们当时不同的处境。韩安国下狱为狱卒所辱，他以"死灰岂不复燃"威胁狱卒，狱卒大言不惭地说："燃即溺（尿）之！"活现出小人物在可以欺凌大人物时不可一世的粗野和痛快。《陈涉世家》写陈胜称王后，旧日种田时的伙伴见了他的宫殿，惊叹说"夥颐！涉之为王沉沉者！"用了乡间的土语，表现说话人的质朴鲁莽，也是非常生动逼真的。

前已提及，戏剧性的场景也是展示人物性格的绝佳手段。因为在尖锐的矛盾冲突的焦点上，各种人物都依据自己的利益立场、处世习惯、智慧和能力、与他人的关系，紧张地活动着，既各显本色，又彼此对照，个性能够表现得格外鲜明。如在"鸿门宴"一节，我们可以那样清楚地看到刘邦的圆滑柔韧，张良的机智沉着，项羽的坦直粗率，樊哙的忠诚勇猛，项伯的老实迂腐，范增的果断急躁。同样的例子，还有荆轲刺秦、钜鹿之战、窦婴宴田蚡等。司马迁是喜欢把人物放在这样的场景中来表现的。

总地说来，司马迁描绘人物形象，主要是在具体的行动中，在尖锐的矛盾冲突中，在人物的命运变化中，在不同人物之间的对比中完成的；由于司马迁对各种人物都有深刻的观察，对人的天性及其在不同环境、地位上的变化有深刻的体验，这些人物形象才能如此活跃而富有生气地浮现在我们面前。

《史记》的语言艺术，也历来受到人们的推崇，被尊为典范，代表了骈文出现以前所谓"古文"的最高成就。

从战国诸子的文章、纵横家的游说之辞，到汉代一些代表性作家如邹阳、枚乘、贾谊等人的散文，可以看到铺张排比被作为一种普遍的手段。司马迁在吸取前人经验的基础上，抛弃了铺张排比，形成淳朴简洁、疏宕从容、变化多端、通俗流畅的散文风格。《史记》中极少用骈俪句法，文句看起来似乎是不太经意的，偶尔甚至有些语病，却很有韵致、很有生气。因为司马迁在叙述中始终是倾注情感的，根据不同的场面，出于不同的心情，语调有时短截急促，有时舒缓从容，有时沉重，有时轻快，有时幽默，有时庄肃，具有很强的感染力。

司马迁在古代语言和现实生活中的语言方面都有很高的修养，并且善于把两者融合成统一的整体。他引用古代史料，都经过适当处理。对最古老的、同当时语言已经差距很大的《尚书》，是彻底的译写；对《左传》《国语》，有很多的改动；对同当时语言最接近的《战国策》，则主要是做剪裁功夫，有时也大段抄录。《史记》基本上属于书面语，但同当时的口语距离并不很远。书中还广泛引用了许多民谚民谣，如《李将军列传》中的"桃李不言，下自成蹊"，形容李广不善言辞而深得他人敬重，既富于概括性，又富于生活气息。此外，前面说到《史记》写人物对话，常使用日常生活中的口语，也增加了语言的生气。后人把《史记》的文章作为一种典范来学习，但不少人忽略了《史记》语言的主要特色，就在于它充满情感、富于生气。

汉乐府民歌

"乐府"本是古代掌握音乐的官署机构，六朝时，人们把合乐的歌辞、袭用乐府旧题或模仿乐府体裁写成的诗歌统称为"乐府"，于是乐府演变成为一种诗体名称。沿用到后世，含义进一步扩大，如宋人把词，元、明人把散曲也称作乐府。设立乐府机构的记载，最早见于秦代，汉初承之。当时的乐府只管民间俗乐，祭祀的雅乐则属太乐掌管。汉武帝时重建乐府机构，扩大其规模。其职能除制定乐谱、训练乐工、填写歌辞、编配乐器进行演奏外，还负有采集民歌的使命，始形成雅乐俗乐并存的局面。当时采集民歌不独为了观察民情，供朝会、祭祀等典礼之用，也有愉悦耳目的作用，更有满足自己"大一统"心理的动机。但它在客观上起到了收集、整理和保存民歌的作用。

汉乐府诗歌包括文人乐府和乐府民歌，现仅存百余首，主要保存在宋郭茂倩编的《乐府诗集》中的郊庙歌辞、相和歌辞、杂曲歌辞和鼓吹曲辞中。民歌是其精华，现仅存四十多首，主要保存在相和歌辞、鼓吹曲辞和杂曲歌辞中，其中多数是东汉作品。

汉乐府民歌继承和发扬了《诗经》民歌的现实主义传统。它"感于哀乐，缘事而发"，传达了汉代民众的心声，反映了广阔的社会现实，是汉代社会生活的一面镜子。例如《妇病行》描写病妇托孤、丈夫乞求、孤儿啼索母抱的情景，惨绝人寰，具有强烈的现实意义。《东门行》则表现了百姓困不可忍之后的反抗。该诗写了一个城市贫民，面临生活绝境，被迫铤而走险的情景。诗中的男主人公下了很大的决心，才出东门，却又转回，再看家徒四壁，无食无衣，难以活命，于是决计"拔剑东门去"。妻子用天道和人情劝阻，丈夫也全然不顾，毅然走上反抗道路。这种对剥削压迫的自发反抗，正是汉代"群盗并起，国之将亡"的预兆。这类民歌，远超先秦民歌"怨刺"的界限，反映了新的时代特点。

汉乐府的另一内容是控诉战争、徭役给人民带来的沉重灾难。《十五从军征》通过一位老兵回乡后目睹的悲惨情景表现了这一点。他15岁从征，80岁才得返家，65年的兵役，使他备受苦难，而归来后，早已家破人亡，亲戚丧尽，只有累累荒冢和断壁残垣，格外让人伤感。

汉乐府民歌有很多作品反映了爱情、婚姻、家庭问题这一永恒主题。有一首《上邪》诗，是女主人公向自己的爱人发出的爱情誓言："上邪！我欲与君相知，长命无绝衰。山无陵，江水为竭，冬雷震震，夏雨雪，天地合，乃敢与君绝！"感情炽烈，语气坚决，寥寥几句却铿锵有力，让人不禁动容。

在表现爱情婚姻问题的汉乐府民歌中，弃妇诗是较突出的一类。《上山采蘼芜》《孔雀东南飞》是其中的代表。前者写的是因丈夫喜新厌旧而爱驰的弃妇，最具普遍性。诗通过对话，真实表现了弃妇的委屈心理和故夫后悔、恋旧的复杂心态。《孔雀东南飞》会在下面专门介绍。

汉乐府民歌在艺术上最突出的特色是以叙事为主，善于剪裁和安排情节，善于通过人物的语言和行动来刻画人物的性格特征。语言朴素自然，生动活泼。句式上打破《诗经》的四言，以杂言为主，逐渐趋于五言。一般说来，西汉乐府民歌多杂言，东汉则多五言。杂言体式对后世的影响很大，五言体式是文人五言诗的先河。

"长诗之圣"《孔雀东南飞》

  《孔雀东南飞》是我国古代最长的一首叙事诗，它最早著录于南朝徐陵所编的《玉台新咏》。《孔雀东南飞》的艺术成就是举世公认的，主要体现在以下几个方面。

  一是生动曲折完整的故事情节。

  《孔雀东南飞》叙述了一个完整的悲剧故事，展示了刘兰芝、焦仲卿的悲剧命运。故事由诉苦请归、焦母发怒、夫妻话别、严妆辞归、道口明誓、兰芝拒婚、刘兄逼嫁、府吏惊变、双双殉情、两家合葬等情节组成，充分展示了刘兰芝和焦仲卿在维护爱情的道路上走过的艰难路程，展示了封建礼教是怎样把他们一步步逼上绝路的过程。作者所截取的情节，具有尖锐的矛盾冲突，与人物的命运息息相关，体现了情节发展的曲折复杂，而且一个个情节的转换往往是以关切人物命运的悬念为契机，因而十分生动感人。

  二是塑造了几个鲜明生动、富有典型意义的人物形象。

《孔雀东南飞》中最光彩照人的形象是刘兰芝，她聪明美丽，知书识礼，勤劳善良，有情有义；她头脑冷静，处事理智，不甘受辱，性情刚烈。在刘兰芝身上，几乎集中了中国传统女性的所有美德，她是中国女性在封建社会里痛苦挣扎、奋力抗争的典型形象。焦仲卿也是焦刘悲剧中的主要人物，他懦弱、柔顺，在强悍的母亲面前不敢坚持己见，但他深爱兰芝，坚决地站在兰芝一边，并且用殉死表达了至死不渝的爱情。

焦母和刘兄则是封建礼教的化身，封建家长的代表，是焦刘悲剧的直接制造者。焦母不通人情，凶蛮霸道。刘兄暴躁粗俗，只考虑太守家可能带给刘家的荣华和富贵，不为妹妹考虑，最终把刘兰芝逼上了绝路。

三是善于通过人物的语言组织故事，展现人物的个性。

《孔雀东南飞》全诗将近360句，它的基本故事情节都是由对话展开的，通过对话激化矛盾，推动情节，展现人物的心理和个性，是这首诗的成功之处。比如：刘兰芝向焦仲卿的诉苦请归，引发了焦仲卿向母亲求情，进而引发了焦母的大怒和导致兰芝被休成为定局，而在这些情节的发展中，刘兰芝的勤劳、重情、刚强、不肯受辱，焦仲卿对刘兰芝的一往情深以及他的懦弱、柔顺，焦母的蛮横、霸道等，都一一展现出来。对话在文中所起的审美作用是让我们感到作品生活气息很浓，人物就像站在我们面前一样。

《孔雀东南飞》内容深刻，艺术成熟，曾被明代的王世贞誉为"长诗之圣"，它对我国后代的叙事诗发展产生了深远的影响。

"五言冠冕"《古诗十九首》

由于汉代乐府民歌中大量成熟的五言诗的出现以及五言诗表现力强、艺术造诣高等方面，五言诗在东汉以后引起了文人的注意，文人开始模仿乐府民歌，并开始创作五言诗。其中，被收在《昭明文选》中的《古诗十九首》代表了文人五言诗的最高成就。

《古诗十九首》不是一人一时之作，它们大约产生在汉末桓、灵之世，思想感情极为复杂，但它们有一个共同的特征，即表现了汉末的下层知识分子对黑暗现实的愤懑和不满，抒发他们因为理想不能实现的痛苦和忧伤，展现他们痛苦彷徨的人生态度以及对现实的绝望。现在我们一般把《古诗十九首》分为两大类，一类是伤时失意之作，如《青青陵上柏》《今日良宴会》《回车驾言迈》等；另一类是游子思妇的作品，如《行行重行行》《青青河畔草》《客从远方来》等。

《古诗十九首》产生在东汉末年，出自文人之手，是文人对社会人生的反映，但由于东汉末年政治黑暗，外戚宦官交相执政，结党营私，排斥异己，文人不仅得不到重用，而且随时可能罹祸，因此不敢发表自己对现实的真实看法，作品内容总是闪烁其词，或是避重就轻，因而其真实内容较难猜测。但《古诗十九首》在艺术上却取得了很高的成就，大大推动了中国文人五言诗的发展进程。

一、善用比兴，寄托深远。

《古诗十九首》继承的是《诗经》《楚辞》善用比兴的优良传统，并将它与汉乐府民歌善于传达委婉细腻的内心世界的特点结合起来，使诗歌的意境更加细腻幽远。如《冉冉孤生竹》一诗以竹子结根山阿、菟丝附于女萝为喻，以暗示夫妇应当紧密相依；以蕙兰遇秋将衰比喻女子容颜易老，希望及时珍惜，并借以传达夫妇之情，意境幽远，含蓄深沉。再如《迢迢牵牛星》吟咏的是牛郎织女被天河阻隔不能相会的痛苦。诗人表面上歌咏爱情，其实寄托了对人生、对社会现实的最为深远的思虑。

二、抒情曲折，深挚感人。

《古诗十九首》传达的人生感受十分深刻，感情的表达也十分强烈，但它表达感情的方式是巧妙含蓄的，如《行行重行行》一诗中写女子希望对方时时想念自己是借典传情："胡马依北风，越鸟巢南枝"；写自己因思念对方而形容憔悴，身心消瘦是借物传情："相去日已远，衣带日已缓"，女主人公备受离别折磨的内心世界写得多么含蓄深沉！

三、语言浅近凝练，质朴自然。

《古诗十九首》是文人的作品，它的语言比汉代乐府增加了儒雅的特点，但因为它是向汉乐府学习的结果，因而其语言并不艰涩，它依然保持了民歌通俗易懂、质朴自然的特点，如"上言长相思，下言久别离"之类。但《古诗十九首》更注意在浅近的语言中表达深刻的内容，在较少的文字中传达较多的内涵，因而语言非常凝练。又由于作品常常借情、借物、借典传情达意，所以其语言就显得浑厚自然而无斧凿痕迹。

建安时代与建安风骨

建安是东汉末年汉献帝刘协的年号（196—220年），文学史上的建安时期则是指以建安时期为主体并且下延到魏明帝太和七年（233年）近四十年的文学。

这一时期的文学中心在魏国。曹操是一个具有文才武略的政治家，在统一北方的过程中，他不断延揽人才，网罗贤士，使得许多文士都集中在他的麾下，甚至有些原与他政见不合的文士，如依附于刘表的王粲，依附于袁绍的陈琳，他都委以重任。曹丕则从理论上阐述文学的价值与功用，把文学看作"经国之大业，不朽之盛事"；他分析各种文体的性质与特点，强调"诗赋欲丽"的特殊性；他论证文章的风格与作者的关系，提出"文以气为主"的命题，这些都推动了文学创作。再加上曹氏父子三人都积极从事创作，鼓舞着文人的创作热情，为他们提供了创作方向。因而以"三曹"为中心，魏国形成了邺下文人集团，这是中国文学史上第一个重要的文学集团。他们给作家们以较高的社会地位，为其创作活动提供有利的条件，这促进了文学的发展与繁盛。

建安文学的代表作家是曹氏父子、建安七子、蔡琰、祢衡、繁钦等。这时期的作家们大多经历过战乱，饱受忧患，或是战争的直接参与者，或是战乱的目击者，对于当时社会的凄惨景象都有切身感受，这就为他们的创作奠定了现实基础，而社会意识形态的变化也使作家们的思想获得了某些解放，为他们自由抒发情感提供了条件。在汉代，儒家思想在社会上是统治思想，居支配地位，其文学观是明道、征圣和宗经，文学实际上是经学的附庸。大动乱的现实极大地削弱了儒家思想的地位，使之失去了支配人心的力量。在人们的意识里，文学不再是经学的附庸和政治的工具，而有其自身的价值和意义，因而这时期的文人既重视文学的内容，也注意艺术的形式；既在创作中自由地抒发性情，也为这种性情的抒发寻求最佳的表达方式。文学的自觉意识表现得相当浓厚。

正是由于汉末动乱的社会现实为诗歌提供了广泛内容，社会意识形态的变化又提供了方便条件，加上文学理论的自觉指导、曹氏父子的提倡与重视，所以，建安文学得到了极大的繁荣，取得了辉煌的成就，形成了鲜明的特征。

从内容上来说，一方面，建安文学继承了汉乐府民歌的现实主义传统，反映了社会的离乱和人民的疾苦，如曹操的《蒿里行》、曹植的《送应氏》、王粲的《七哀诗》、陈琳的《饮马长城窟行》、蔡琰的

《悲愤诗》等，都真实而生动地反映了军阀混战使社会遭到的破坏和人民遭受的苦难。另一方面，建安文学抒发了作家们建功立业的豪情壮志和统一天下的宏伟抱负，也流露出人生短促、壮志难酬的悲凉幽怨情绪，如曹操的《短歌行》、曹植的《白马篇》等。从艺术上来说，这时期的文学意境宏大，笔调明朗，抒情浓烈，形成了一种慷慨悲凉、刚健沉雄的风格。这种思想和艺术上的特点，后人称之为"建安风骨"。风骨就是风格，在这里特指那种意气俊爽、情志飞扬而辞义遒劲有力的风格，刘勰所谓"志深而笔长""梗概而多气"便是其本来含义。

曹操父子的文学成就

在文学史上，汉魏年间的曹操、曹丕、曹植父子被合称"三曹"，他们对当时的文坛很有影响，是建安文学的杰出代表。父子兄弟俱以文名显扬，后世能与之媲美的也只有宋代的"三苏"了。

曹操是建安时期杰出的文学家和建安文学新局面的开创者，开创了建安文学的新风气，风格清俊通脱。曹丕擅长诗文及辞赋，其名作有《燕歌行》《与吴质书》等，其中《燕歌行》全诗均用七言，句句押韵，在中国七言诗的发展史上占有重要地位。曹植是第一个大力创作五言诗的作家，他把文人五言诗的发展推到了一个前所未有的高峰，他的作品标志着文人五言诗的完全成熟，他的散文和辞赋也表现出了很高的思想性和艺术性，代表作有《洛神赋》《与吴季重书》《与杨德祖书》等。

曹操（155—210年），字孟德，沛国谯县（今安徽亳州）人。他不仅是杰出的政治家和军事家，也是开建安风气之先的文学家。他"外定武功，内兴文学"。在文学事业上，延揽天下文士，奖掖文学，对建安文学的繁荣起了促进作用；同时，他更以自己的创作，开创了建安文学的新局面。

曹操的文学成就，首先表现在诗歌方面。相传曹操"登高必赋"，每赋"被之管弦，皆成乐章"。他的诗现仅存二十多首，都是以乐府歌辞的形式写成。然而，他虽沿用乐府旧题，却并不因袭古辞古意，而是继承了乐府民歌"缘事而发"的精神，反映社会现实，抒发思想情感。曹操诗从内容上可以分为三类。

第一类是反映汉末社会动乱和民生疾苦的。如《薤露行》《蒿里行》《苦寒行》等。这类诗摹写现实，感情浓郁，后人评价为"汉末实录，真诗史也"（钟惺《古诗归》）。

第二类是抒发理想、表现积极进取精神的。如《短歌行》《观沧海》《龟虽寿》等。这类诗慷慨激越、深沉雄壮，表达出一个政治家的豪迈气概和博大胸襟。

此外，还有一些游仙诗，大多感叹人生无常，幻想长生不老，艺术成就不高。

曹操的诗歌在艺术上的成就表现在以下几方面：艺术形式上，曹诗多采用五言、四言。其五言诗善于叙事、描写，并融入自己的感情，推动了五言体的新发展。其四言诗成就更高，他继承"国风"和"小雅"赋比兴的手法和抒情传统，使中衰了七百年的四言诗重放光彩。语言运用上，曹诗质朴自然，又遒劲有力。他学习乐府民歌的表达方式，不事雕琢，不求藻饰，真率自然，同时又融入自己的性格，无论写事抒情，都掷地有声。如"白骨露于野，千里无鸡鸣""日月之行，若出其中。星汉灿烂，若出其里"。情感格调上，曹诗悲凉慷慨，沉郁雄健。他的诗无论叙写时事，还是吟咏志气，都能够在深沉忧郁的气氛中透出慷慨昂扬的情绪。

曹操的散文也很有特色。他一扫汉代儒生的文章动辄援引经义、迂阔空泛的习气，不受任何陈规旧矩的束缚，直陈胸臆，真率自然，文笔简约，辞锋爽利。鲁迅称他为"改造文章的祖师"。

曹丕（187—226年），字子桓，曹操次子。少时通读诸子百家古今经传，为后来的文学创作和理论著述奠定了基础。初任五宫中郎将，在与曹植争夺世子位中获胜，建安二十二年（217年）立为魏世子。建安二十五年（220年），曹操死，他依靠父亲打下的基础，废除汉献帝，自己做了皇帝，建都洛阳，国号魏，在位七年而终，死后谥"文"，世称魏文帝。在政治军事方面，曹丕远不及其父，虽在开国之初实行过于民有益的政策，使社会得以稳定，但他推行"九品中正制"，重用豪门贵族，却成为以后门阀制度的开端。曹丕博通经史，雅好文学，提倡创作，常与文人名士唱和应酬，成为邺下文人集团的核心人物。有诗、赋、书、论等流传后世。

曹丕的诗现存四十余首，相当一部分是乐府体，沿用民歌题材，语言也带有民歌的特点，通俗流畅，诗体也如乐府，五言、七言、杂言均有。他的诗有的写军旅生活，如《饮马长城窟行》《黎阳作》《至广陵于马上作》等；有的记宴饮游乐，如《芙蓉池作》《于玄武陂作》等，但最能代表他诗歌艺术风格和成就的，则是表现游子思妇离情别绪的作品，如《燕歌行》：

秋风萧瑟天气凉，草木摇落露为霜。群燕辞归雁南翔，念君客游思断肠。慊慊思归恋故乡，君何淹留寄他方？贱妾茕茕守空房，忧来思君不敢忘，不觉泪下沾衣裳。援琴鸣弦发清商，短歌微吟不能长。明月皎皎照我床，星汉西流夜未央。牵牛织女遥相望，尔独何辜限河梁？

这是一首思妇诗。汉末社会动乱，许多人或为生计，或因行役，被迫背井离乡，羁旅异地，致使夫妻分离，难以团聚。这是这类诗产生的社会背景。本诗或借景言情，或直抒胸臆，把思妇的心理感受刻画得细腻真切。由此，我们也可以看出曹丕诗的一些共性特征。首先，善于写景抒情，借景言情。本篇紧紧扣住女主人公的思想脉络，选择了一系列足以表现她相思之情的景物——萧瑟的秋风、南归的鸿雁、飘零的草木、露结的霜花、流转的星河、遥望的牛郎织女，通过这些景物衬托思妇悲凉、愁苦的心情；而把思妇放在秋夜的背景下来描写，更能凸显其相思之情。其他如《杂诗》之《西北有浮云》借浮云写游子，《丹霞蔽日行》以丹霞彩虹、水流木落、月之盈亏、花之开谢写盛衰之不常，也都具有这个特点。其次，风格柔和婉转，读来如怨如慕，如泣如诉。本篇语言清丽，修辞精美，笔触细腻，情意缠绵，表现出文人诗作的特有风格情调。另外，本诗通篇使用七言句式，是我国今见最早的完整的七言诗。

曹丕的辞赋与散文也都有语言华美、抒情性浓的特点。其辞赋的代表作是《柳赋》和《寡妇赋》，前者通过对柳树的赞美表达自己的理想与抱负，情意隽永，语言精到；后者以寡妇的口吻叙述了她的孤独与凄苦，情调哀婉，语言凄切。其散文的代表作是《与吴质书》，这是写给友人吴质的一封信，倾诉了作者对吴质以及建安七子一往情深的怀念，抒情叙旧，怀人论文，语言清丽典雅，句式骈散相间，读之令人叹惋！

曹丕的《典论·论文》是中国文学批评史上的第一篇文学专论，为后世的文学理论发展奠定了基础，具有开创意义。

曹植（192—232年），字子建，曹丕弟，曾封为陈王，死后谥"思"，故世称陈思王。他是建安时期最负盛名的作家，《诗品》称之为"建安之杰"。

曹植的生平经历与创作道路可以曹丕称帝（220年）为界，分为前后两期。前期的生活，总的来说是得意安定的。他自幼聪明过人，才华出众，下笔成章，颇受其父曹操的宠爱。他经常随曹操出征，有机会接触社会，了解民生疾苦，并树立建功立业的雄心壮志。在文学创作上，表现出意气风发、文采富丽的风格，如《白马篇》《泰山梁甫行》《箜篌引》等。

而后期，由于曹丕自立为帝，曹植受到压制，开始了艰难坎坷的生活。由于生活境遇的变化，他对社会和人生有了新的感受和认识，心态也更加复杂，因而这时期的诗歌不仅数量增多，思想内容也更深刻，艺术上更加成熟。《杂诗六首》《野田黄雀行》《赠白马王彪》《七哀诗》《吁嗟篇》《美女篇》都是其中的代表作。这些作品主要是倾诉自己不幸的遭遇和抒发被压抑的苦闷。

曹植的诗歌在艺术上取得了很高成就，在文学史上具有深远影响。他是中国文学史上第一个大力写作五言诗的人，在学习乐府民歌的基础上，他的诗具有极大的创造性，推动了五言诗的发展。这表现在以下几个方面。

第一，增强了五言诗的抒情成分。乐府民歌叙事性强，建安诗人重视对乐府民歌的学习，因而以叙事为主的特征也便自然而然地表现在文人的创作中。而曹植的诗有鲜明的个性和强烈的抒情性，不论写什么内容，人们都能看到诗人的独特形象，体会到诗人深厚的感情。

第二，加强了五言诗的文采。汉乐府民歌的语言风格是古朴质直，建安诗人的作品也大多如此。曹植的诗则在保持民歌朴素自然特点的基础上，又讲究词采和对仗，注意炼字和声色，表现出语言洗练、词采华美的特色。

第三，讲究写作技巧。曹植的诗大多结构较为精致，很少平铺直叙，特别是开头，多以警句起始，具有引领全篇的作用。如"高树多悲风，海水扬其波"（《野田黄雀行》）、"八方各异气，千里殊风雨"（《泰山梁甫行》）等。他的诗大量运用比喻、夸张、象征、衬托等方法，恰当地表达思想感情。

钟嵘在《诗品》中评价曹植的诗是"骨气奇高，词采华茂"，前者是说他的诗始终表现出一种雄心壮志和自强不息的精神，后者是说他的诗文采斐然。这个评价是很准确的。

第一部文学理论专著《典论》

  曹丕的《典论》是我国第一部文学理论专著，全书已佚，《论文》是其中唯一完整保存下来的一篇，是我国第一篇文学批评的专门论文。在这篇文章中，曹丕用全新的观念、标准来论述文学上的问题，在文学理论方面提出了多方面的开创性见解。

  首先，曹丕写道："盖文章，经国之大业，不朽之盛事。年寿有时而尽，荣乐止乎其身，二者必至之常期，未若文章之无穷。"这里所说的"文章"，包括诗、赋在内，而当时说"文章"一般指的都是政治与伦理方面的论著，与文学并无多少关系。但曹丕如此一说，便将文学提高到与传统经典相等的地位，大大提高了文学的地位，有了统治者的鼓励，文学的兴盛才有可能。

  其次，曹丕认为"文以气为主"。所谓"气"，即我们现在所说的文学风格，是指作者的气质、才性在文章中表现出来而形成的风格。曹丕个人的文风用鲁迅的话来说是"华丽以外，加上壮大"。

再次，曹丕认为"文体同而末异""奏议宜雅，书论宜理，铭诔尚实，诗赋欲丽"，各种文体既有共同的原则，又有不同的要求。他剔除了一些非文学的体裁，把文体分为四科八类，这些大致就是后世通行的广义文学范围，这样文学的概念就明确了。

最后，"文非一体，鲜能备善"。在他看来，文体众多，一个作家很难对文章的各种体裁都擅长，"通才"是极少的，所以他反对"各以所长，相轻所短"，也反对"文人相轻"，认为批评应中肯，应重视他人的长处。

在《论文》中，曹丕的讨论涉及了文学批评中几个很重要的问题，但比较简略，也缺乏系统。不过，总的来说，曹丕的论述作为文学理论史上的开创之作，为后世的文学理论发展奠定了基础，具有开创意义。

第三章

魏晋南北朝文学

魏晋南北朝文学是中国文学发展史上一个充满活力的创新期，诗、赋、小说等体裁，在这一时期都出现了新的时代特点，并奠定了它们在此后的发展方向。从思想文化的角度来看，魏晋南北朝文学出现的这些『新变』，与佛教在中土的传播有着极为密切的关系。

竹林七贤

　　"竹林七贤"指的是阮籍、嵇康、山涛、刘伶、阮咸、向秀、王戎这七人，这个称呼最早见于《世说新语·任诞》篇：

　　陈留阮籍、谯国嵇康、河内山涛，三人年皆相比，康年少亚之。预此契者，沛国刘伶、陈留阮咸、河内向秀、琅琊王戎。七人常集于竹林之下，肆意酣畅，故世谓"竹林七贤"。

　　把他们七个人并列在一起，是因为他们在思想倾向、文化修养、人生态度等方面有许多相似之处，但是在文学成就上却高低不一。

　　阮籍（210—263年），字嗣宗，陈留尉氏（今河南尉氏县）人，是"建安七子"之一阮瑀之子。阮籍的诗以82首五言《咏怀诗》为代表作。这些作品并不是写于一时一地，也不是咏一事一物，作者统称之为"咏怀"。

　　《咏怀诗》的思想内容比较复杂，其中最突出的是表现诗人内心的孤独与苦闷。面对当时社会的黑暗，诗人也希望超脱现实，遗世高蹈，于是借对神仙的追求来表现对黑暗现实的鄙弃和对理想自由生活的向往。

如《咏怀·其二十三》写自己进入仙界与神仙"逍遥晏兰房"；其三十二写自己"愿登太华山，上与松子游"，以仙游来逃避"世患"；其八十一更追求一种遗世长存的神仙境界："白日陨隅谷，一夕不再朝。岂若遗世物，登明遂飘飘"。正始时期的许多名士都向往神仙境界，把它作为一种与现实对立的美好理想来追求，因而刘勰说："正始明道，诗杂仙心"（《文心雕龙·明诗》）。

揭露政治黑暗，描绘世道衰败，这是阮籍诗的另一重要内容，如其三：

嘉树下成蹊，东园桃与李。秋风吹飞藿，零落从此始。

繁华有憔悴，堂上生荆杞。驱马舍之去，去上西山趾。

一身不自保，何况恋妻子！凝霜被野草，岁暮亦云已。

诗篇先用比兴手法，暗示社会的变乱；用东园桃李下自成蹊的景色，比喻曹魏政权当初的繁盛；用秋风零落、繁华憔悴、荆杞丛生、岁月将暮等凄清萧条的景物，比喻曹魏政局的转化和世道的衰败。然后抒情，表明自己隐居的意愿。

有的诗还揭露礼俗之士的丑恶，如其六十七"洪生资制度"便揭露嘲讽当时的儒生，在礼法的掩护下，道德沦丧的丑恶嘴脸。

阮籍《咏怀诗》在艺术上往往大量运用比兴手法，或借自然界的景象，或借历史故事，或描绘主观心态，以象征的手法创造意象，表达情意，这就构成了《咏怀诗》含蓄蕴藉、隐约曲折的独特风格。因而，他的诗可以从总体上加以体味，却无法一一指实。所以，钟嵘说他的诗："言在耳目之内，情寄八荒之表""厥旨渊放，归趣难求"（《诗品》）。

阮籍的咏怀诗在命题方式上具有开创意义，后来陶渊明的《饮酒》、庾信的《拟咏怀》、陈子昂的《感遇》、李白的《古风》等，都在一定程度上受到了它的影响。

嵇康（223—262年），字叔夜，谯国铚县（今安徽濉溪）人，系曹魏宗室姻亲，曾为魏中散大夫，故后世称嵇中散。

嵇康天资聪慧，博学多才，崇尚老庄之学。由于少年丧父，母兄对他少拘束，多放任，因而形成了倨傲狂放的性格，是"竹林七贤"的精神领袖，"竹林玄学"的核心人物。出于对司马氏黑暗统治的憎恨，他隐居山阳，常与阮籍等人游于竹林，饮酒服药，清谈玄理，表达对现实政治的不满。嵇康作为曹氏的宗亲，自然招致司马氏的疑忌，但他在当时极负盛名，司马氏又企图采取各种手段获得他的支持。在政治上，他与阮籍一样，都反对司马氏的种种卑鄙用心和丑恶行径，但所采取的方式却不同，阮籍是酣饮佯狂，放诞避祸，他则是公开对抗，坚决决裂，于是，司马昭在钟会的怂恿下，最后借故杀害了他。

嵇康的文学成就主要表现在诗歌和散文创作上。他的诗有四言、五言、六言，还有乐府、骚体，其中以四言成就为最高，代表作是《赠秀才入军》和《幽愤诗》。《赠秀才入军》十八首是为送其兄嵇喜被荐举入军而作的组诗，这些诗表现了兄弟离别的痛苦与思念，也包含着诗人对人生的慨叹与追求，或矫健豪迈或清丽婉转，形神兼备，栩栩如生。如其十四：

息徒兰圃，秣马华山。流磻平皋，垂纶长川。

目送归鸿，手挥五弦。俯仰自得，游心太玄。

嘉彼钓叟，得鱼忘筌。郢人逝矣，谁与尽言？

这首诗回忆过去与嵇喜游览、隐居的生活：歇息在兰圃，放马于华山，射鸟在小乡，垂钓在河湾，目送着归雁，手弹着五弦琴。优游于山水之中，心游于幽冥之境，怡然自乐，完全进入了得意忘言的玄远境界。

他的《幽愤诗》写于被牵连入狱之后，诗中追述了四十年来的身世经历及其思想性格的形成，抒写了遭致陷害的心境，最后表明仍坚持自己的本性。全诗语言周详简劲，情感幽愤沉痛。

嵇康散文的代表作是《与山巨源绝交书》。山巨源即"竹林七贤"之一的山涛，被司马氏拉拢而出仕，后得以升迁，于是举荐嵇康代任原职。作者写了这篇书信，表明不肯出仕的坚决意志，与旧日挚友绝交，并借此表示与司马氏政权决裂。文章先说山涛并不真正了解自己，他愿意做官还要逼自己出仕，是以小人之心度君子之腹；其次表明自己不涉经学，疏懒成性不宜做官；最后说明官场的礼法制度、世态时俗等都不合自己的本性。这篇文章征古论今，随意挥洒，推理类比，酣畅跌宕，嬉笑怒骂，皆成文章，表现出泼辣雄肆、痛快淋漓的艺术风格。

向秀以《思旧赋》确立了他在文学史上的地位。《思旧赋》是作者去洛阳途经嵇康故居时，抒写重睹故人旧庐时的感受，以表达他对逝去的故友的深挚怀念之情。这篇赋情景交融，充满了凄清悲怆的情调。因为当时社会政治险恶，作者只能写相思之情而无法抒写自己的真情实感，只让人隐隐感到丝丝的对改朝换代的悲伤之感。

刘伶，字伯伦。因为他并未专心写作，故留下的诗文很少，现在我们所能见到的只有《酒德颂》一篇，从中可以看出他个人修养所希望达到的人生境界。

山涛、王戎虽擅长清言，但不善于写诗文。他们留下来的诗文作品相当少，文学成就并不是很大。阮咸精通音律，但是在文学上也没有留下有价值的作品。

陆机《文赋》

西晋陆机的《文赋》注重文学的形式技巧，陆机的《文赋》在中国文学史上第一次比较系统地论述了文学作品的创作过程，其对后世的文学创作和理论发展产生过重要影响。

《文赋》中文学评论主要有以下几个方面。

首先，论述了创作前的准备阶段，创作前的准备包括生活和学养的准备。生活准备，即"伫中区以玄览"，也就是仔细观察外界事物，为写作积累素材；学养准备，即"颐情志于《典》《坟》"，这就要求认真学习前人的优秀作品，以丰富表达技巧。

其次，《文赋》着力论述了文学创作的核心阶段——构思过程。陆机认为构思需要"耽思傍讯，精骛八极，心游万仞"，即充分发挥想象力。通过想象力使情和物在脑中清晰呈现，这样再"倾群言之沥液，漱六艺之劳润"，以丰富的语言来表达。

再次，陆机在《文赋》中论述了"应感之会"，即我们现在说的灵感。陆机虽然没有对灵感做出科学的解释，但具体描述了灵感在构思中的作用。灵感出现时"思风发于胸臆，言泉流于唇齿""文徽徽以溢目，音泠泠而盈耳"；灵感消失时，则是"六情底滞，志往神留，兀若枯木，豁若涸流"。他还认识到灵感的微妙，"来不可遏，去不可止。藏若景灭，行犹响起"。

最后，陆机分析了各种文体的不同风格，还进一步探索了文风产生的原因。陆机认为，除了文体本身的原因之外，文学题材、内容也是不同风格产生的重要原因。他写道，"体有万殊，物无一量，纷纭挥霍，形难为状""其为物也多姿，其为体也屡迁""夸目者尚奢，惬心者贵当，言穷者无隘，论达者唯旷"，陆机认为作者的个性和爱好也是影响风格的决定因素。陆机这些关于文风的分析都十分精到，大体说出了影响文风的因素。

总的来说，关于创作，陆机总括了四条要领：一是讲究裁剪；二是立警策；三是戒雷同；四是戒庸音。陆机虽然总结出这些创作要领，但在他看来，创作的精微奥妙之处只可意会，而无法言传，就比如他对灵感的描述虽然生动详尽，但没有做出科学的解释。

陶渊明的田园诗

陶渊明（365—427年），又名潜，字元亮，浔阳柴桑（今江西九江）人。因其曾任彭泽令，后人又称其为"陶彭泽"。陶渊明是魏晋南北朝最负盛名的作家，也是屈原之后，李白之前对中国文学影响最大的诗人。

陶渊明所作诗歌，现存120多篇，辞赋3篇，散文8篇，而以诗歌的成就为最高。

陶渊明的诗歌题材比较丰富，主题多有创新。有的诗阐述哲理，如《形影神》三首议论生与死之必然规律，反对宗教迷信，批评了妨害正常生命的谬论；有的诗与友人赠别唱和，如《与殷晋安别》是友人殷景仁由浔阳赴建康太尉参军任时，陶渊明的赠诗，诗中明言二人抱负不同，取舍各异，但不以己之好恶强人之难；有的诗属于家训，如《命子》诗是写给14岁的长子陶俨的，诗中勉励他继承光荣家风，努力成才。但陶诗中最主要的、最能代表他创作成就的，则是田园诗和咏史诗。

陶渊明的诗有四分之一是田园诗，这些诗歌多方面表现了田园生活，抒发了诗人复杂的思想感情。

首先，描写出幽美恬静的田园风光，表达诗人悠然自得的感情。在这些诗中，作者把田园自然风光当作与黑暗现实、混浊官场完全对立的另一世界，看作一种人生的安身立命之所，因而寄寓了美好的人生理想。如《归园田居》其一：

少无适俗韵，性本爱丘山。误落尘网中，一去三十年。

羁鸟恋旧林，池鱼思故渊。开荒南野际，守拙归园田。

方宅十余亩，草屋八九间，榆柳荫后檐，桃李罗堂前。

暧暧远人村，依依墟里烟。狗吠深巷中，鸡鸣桑树巅。

户庭无尘杂，虚室有余闲。久在樊笼里，复得返自然。

这首诗写于诗人辞官归隐的第二年，抒发了回到田园生活的愉悦心情。诗中景象远近互衬，动静结合，创造了分外清幽静谧的艺术境界。虽然现实中的田园并不是那么充满诗情画意，但作者以乐观主义、理想主义的态度描写它，从世俗与官场的对立面来看待它，这就使得本诗具有了很高的思想价值和美学价值。

《饮酒》其五也是表现这个内容的名作：

结庐在人境，而无车马喧。问君何能尔？心远地自偏。

采菊东篱下，悠然见南山。山气日夕佳，飞鸟相与还。

此中有真意，欲辨已忘言。

作者在诗中主张顺应自然、返璞归真，在自然的永恒、美好、自由中感受生命的意义，追求生命的永恒。

其次，描绘"桃花源"的社会理想，表达平等社会的愿望。在《桃花源诗并记》中，他提出了一个"桃花源"的社会理想，这里的环境恬静和谐，人与自然融而为一。这种丰衣足食、自由自在、和平安定的社会图景，与现实社会构成鲜明对比，否定了君臣、王税、暴政、战乱、礼制、法规等现行的一切封建礼法制度，不仅体现了作者追求社会平等的理想愿望，也曲折地反映了人民对幸福生活的强烈向往。当然，这样的乐土，纯属作者虚构的乌托邦，在现实社会中根本不可能存在，它表现了小生产者和诗人的某些局限。

陶渊明是中国文学史上第一个作田园诗的诗人，他的诗以及诗中所反映的思想，对后世文人产生了深远的影响。

谢灵运与山水诗

谢灵运（385—433年），祖籍陈郡阳夏（今河南太康），是东晋名将谢玄之孙，18岁便袭爵为康乐公。他出身高门士族，聪颖博学，并热衷于政治。后来隐居会稽始宁（今浙江上虞），大建别墅，寻山探幽。南朝宋文帝时曾任临川内史，后被诬谋反而流放广州，最终被杀。

谢灵运的诗以写山水为主，他开创了山水诗这一流派，他是我国第一位山水诗人。他的山水诗大部分作于他出任永嘉太守以后。谢灵运具有极为细腻的审美感受和出色的语言表达能力，他运用富丽精工的语言，生动细致地刻画出永嘉、会稽、彭蠡湖等地的山水景色，明丽优美，情调开朗，给人以清新之感。

谢灵运的山水诗中有许多精彩的写景名句，从不同侧面再现了大自然的美丽，给人以充分的艺术美感，如"春晚绿野秀，岩高白云屯"（《入彭蠡湖口》）、"白云抱幽石，绿筱媚清涟"（《过始宁墅》）、"野旷沙岸净，天高秋月明"（《初去郡》）、"明月照积雪，朔风劲且哀"（《岁暮》）等，或写暮春的素雅，或写秋夜的旷远，或写冬日的清冷，都如初发芙蓉，清新流丽，自然可爱。

谢灵运的山水诗虽有华丽的词句，却缺少佳篇，他的诗通常采取"记游—写景—说理"的三段式结构，单调而板滞，特别是他借山水以说玄理，更显得隔阂而迂拙。

作为早期的山水诗，谢灵运诗歌的特色是明显的。他是第一个把自然山水作为独立客观的描写对象，并抓住自然景物的特点进行细致刻画的诗人，力求绘声绘色、形似逼真。他的诗工于锤炼字句，语言典丽，重视辞采，讲求对偶和用典。由于结构的单调，语言上的过分雕琢，他的诗又难免有堆砌、冗长、晦涩的弊病，特别是诗歌最后玄言的尾巴，更影响了其诗的艺术效果。

总之，谢灵运是扭转玄言诗风、开创山水诗派的第一位诗人。他第一次真正把山水当作审美和描绘对象，对永明新体诗及后世山水诗的发展，均产生了深远影响。

　　刘宋时和谢灵运齐名的诗人有颜延之，二人并称"颜谢"。颜延之（384—456年），字延年，祖籍琅琊临沂（今属山东），文帝时曾任光禄大夫，现传有《颜光禄集》。颜延之诗歌创作的内容和风格都和谢灵运有很大不同。他的诗多为赠答和咏怀之作，语言雕琢，镂金错彩，又喜用典故，有后人讥之曰"殆同书抄"。颜延之的诗以《北使洛》《五君咏》为后人所称道。《五君咏》分别吟咏"竹林七贤"中的阮籍、嵇康、刘伶、阮咸、向秀五人，反映他们的思想和性格，同时也表现出作者本人的怀抱。如《阮步兵》：阮公虽沦迹，识密鉴亦洞。沉醉似埋照，寓词类托讽。长啸若怀人，越礼自惊众。物故不可论，途穷能无恸！陈祚明评这组诗"其声坚苍，其旨超越"，虽不同于谢诗的清新可读，但也避免了颜延之其他诗的堆砌和雕琢。

　　颜谢而外，这一时期还有一位重要诗人鲍照。鲍照虽然和颜谢被后人并称为"元嘉三大家"，但他以卓异的个性、飘逸的诗风，以及独特的诗体创造远超于颜谢之上，而成为南朝最杰出的诗人。

志怪小说的繁荣

　　魏晋南北朝的小说分为志怪小说和志人小说两个类型，志怪小说是这一时期小说创作的主流。四百年间，志怪作品可考者多达八九十种，但大多已经散佚，基本保存或保存少量片段的尚有约三十种。志怪小说继承神话传说的传统，又受到巫风、方术、佛教的影响，在汉代小说的基础上演变出写神仙鬼物的志怪故事，"张皇鬼神，称道灵异"是志怪小说的主要特点。

　　就小说题材说，志怪小说大致可分为四类。

　　第一类是记述鬼怪灵异之事的"记怪类"，如《列异传》《搜神记》《搜神后记》《异苑》《齐谐记》《述异记》等。

　　《列异传》题魏文帝曹丕撰，鲁迅《古小说钩沉》辑佚文50条。这是我国第一部较为丰富、完整的优秀志怪小说集，内容为记述鬼怪离奇之事。有的故事反映了反抗暴政的内容，如《望夫石》："武昌新县北山上有望夫石，状若人立者。传云：'昔有贞妇，其夫从役，远赴国难;妇携幼子饯送此山,立望而形化为石。'"《干将莫邪》《韩凭妻》等现实性很强的作品,被《搜神记》所采录。有的故事写了不怕鬼怪的斗争精神,如《宗定伯》(《搜神记》采录作"宋定伯"),有的故事反映了人鬼恋爱的题材,如《谈生》等。

《搜神后记》,旧题东晋陶潜撰,但后人怀疑系伪托之书,今存十卷本。《搜神后记》也是侈谈鬼神的小说,大多记录晋宋时期的奇闻逸事,不少故事篇幅较长,故事优美,具有较高的认识价值。《桃花源》同陶渊明的作品相近,文字稍异,故事完整,语言淡雅,描写也较细腻。《袁相根硕》(又名《剡县赤城》)写猎人袁相、根硕因追逐七只羊而进入仙境与仙女结合,《白永素女》写天河仙女与农民谢端的爱情经历,都是非常美丽的人神恋爱的故事。

《异苑》,南朝宋刘敬叔撰,现存382条,记述从先秦到刘宋的怪异故事,内容丰富,是出现于南朝初期的志怪小说。它在体制上模仿刘向《说苑》,但叙述过于简单和平板,文学色彩不强。

《齐谐记》,宋散骑侍郎东阳无疑撰,今存15条。书名来源于《庄子·逍遥游》:"齐谐者,志怪者也。"《国步山》记述狐狸精残害妇女的故事,思想性和艺术性都较佳。

《述异记》,南朝齐祖冲之撰,鲁迅《古小说钩沉》辑有90条,以记述晋宋间鬼怪妖异故事为主。《述异记》记鬼怪故事,与历史、实地、真人相联系,既增强了真实性,又密切了社会人事,现实性较强,《黄耳》写陆机所养黄耳犬的故事,十分生动形象。

第二类是记山川地理、远方异物的"博物类",如《博物志》《玄中记》《述异记》(任昉)等。

《博物志》，晋张华撰，今存十卷，323条，另有辑佚212条，内容主要记述山川地理、飞禽走兽、草木虫鱼、人物传说以及方士神仙故事，内容较为芜杂，但也有一些故事性较强的作品，《天河与海通》记述浮槎载人往天河的故事，对后来的牛郎织女故事有启示意义，《千日酒》的故事，则反映了魏晋士人的生活风尚。

《玄中记》，又名《郭氏玄中记》《元中记》，一般认为晋郭璞撰，主要记录神话传说、方域奇闻、山川风物、精怪妖异等故事，材料大多来自《山海经》《括地志》等。

《述异记》，梁任昉撰，现存300多条，题材广泛，颇具新意，有许多优美故事，比《博物志》有了进步和发展。如记述《盘古》的情况，作者将"秦汉间俗说""先儒说""古说""吴楚间说"辑录在一起，又加上自己的按语，材料非常丰富，记述的其他神话故事也颇多想象力。

第三类是记述求仙得道的仙人、异人故事的"神仙类"，如《神异记》《神仙传》《拾遗记》《冥通记》等。

《神异记》，晋王浮撰，鲁迅辑佚8条，大多残缺不全。内容多记神仙之事。

《神仙传》十卷，晋葛洪撰。葛洪（284—364年），字稚川，自号抱朴子，丹阳句容（今属江苏）人。他崇信道教，精通方术，学识渊博，有多方面的成就。《神仙传》成书于东晋初，系模仿刘向《列仙传》而作，采集仙经、道书、百家之说以及世间所传神仙故事而成书，内容繁杂，有些作品情节曲折，篇幅较长，描写细致，具有小说色彩。《神仙传》对后世的神魔小说有一定影响。

《拾遗记》，晋王嘉撰，梁萧绮录。王嘉字子年，陇西安阳（今甘肃省渭源县）人，《晋书》本传说王嘉"著《拾遗记》十卷，其记事多诡怪，今行于世"。此书记载了自庖羲、神农至东晋时的许多神话传说、历史逸事、奇闻逸事。前九卷依历史朝代分篇，第十卷记昆仑等八仙山。《拾遗记》虽然以历史人物、历史事件为题材和线索，但"十不一真"，只是假借历史来铺张敷衍，"全构虚辞"，大胆幻想，而文笔又较为靡丽，所以小说特征比较明显。此书在魏晋南北朝小说史上有重要地位，直接影响了唐传奇的创作。

《冥通记》，又称《周子良冥通记》《周氏冥通记》《周氏冥通录》，题陶弘景撰。此书记述陶氏弟子周子良从天监十四年（515年）五月夏至日到次年（516年）七月和诸位神仙交往的故事，共133事，其中多为仙人训诫，宗教色彩浓厚，不同于其他的小说创作。

第四类是带有浓厚佛教色彩的"宗教类"志怪小说，如《幽明录》《宣验记》《冥祥记》等。这类作品，受佛教故事的影响，内容上劝导人们崇佛奉法，宣扬善恶相报、轮回转世，形式上多采用"梦幻式""离魂式"以及"死后复生"等表现方式，表现出和其他志怪小说非常不同的特点。

《幽明录》，刘义庆撰，鲁迅《古小说钩沉》辑佚文265条。这是南北朝时期最杰出的一部志怪小说集，题材广泛而内容丰富，绝大部分取材于现实生活中士民僧徒的奇闻逸事，贴近时代而切入现实，许多动人的爱情故事给人虚幻离奇又近在耳目之间的感觉，如《庞阿》《卖胡粉女子》等。在艺术表现上，作者在志怪的基础上增加了许多富有生活气息的人情味，赋予怪异形象以人类的言谈举止，加上情节的曲折生动，文笔的细腻传神，艺术效果格外动人，可以和《搜神记》相媲美，如《刘晨阮肇》《黄原》写人神恋爱的故事，历来脍炙人口。

《宣验记》，也是刘义庆所作，鲁迅辑有35条。本书是专门搜集佛法应验的故事集，艺术较为平庸。

《冥祥记》，南朝齐王琰撰，鲁迅辑其佚文131条，《自序》一篇。王琰是佛教徒，此书所记全为善恶相应的故事，劝导人们信奉佛教，是一部宗教宣传作品。

《续齐谐记》，南朝梁吴均撰，今存17篇，内容有的是一般志怪故事，有的是民间时俗来历的传说和故事，有的是记述鬼神的故事，另外是根据佛经改编的志怪小说。吴均是当时著名文人，叙事写人都有较高的艺术技巧，其《屈原投汨罗》记端午节的由来，《七夕牛女》记七夕的来历，《阳羡鹅笼》写幻中出幻的曲折故事，都引人入胜。

《冤魂志》，北齐颜之推撰，今存一卷。本书最大特点是比较集中地反映了因果报应思想，虽带有迷信，却描写了上层统治阶级枉杀无辜的罪行以及他们内部的矛盾斗争，并宣泄了受压迫的弱者负屈含冤、不得申雪的不平衡心理。

干宝与《搜神记》

魏晋南北朝的志怪小说，以干宝的《搜神记》成就最高、影响最大。

干宝（？—336年），字令升，晋新蔡（今属河南）人，东晋著名的史学家。他少年勤奋，博览群书，西晋末召为著作郎，因平杜弢有功，赐爵关内侯。东晋元帝时为史官，后任太阴令，迁始安太守、散骑常侍，曾著《晋纪》二十卷，时称良史，另有《春秋左氏义外传》等，今仅存《搜神记》。

关于《搜神记》的创作动机，《晋书·干宝传》说他有感于其父婢死后十余年而复生，以及其兄死时"经日不冷，后遂悟"二事，"遂撰集古今神祇灵异人物变化，名为《搜神记》"，殊不可信。据《搜神记自序》，他创作的目的是"发神道之不诬"，即为迷信鬼神的思想提供证据，宣传迷信思想，所以在书中有许多神仙道术、鬼怪灵异的内容。但由于作者撰述态度的严谨，故事来源的广泛，集中保存了大量优秀的民间故事、历史逸事和神话传说，这些作品已非单纯讲鬼神怪异，而是具有强烈的现实性、富有积极思想意义的优秀之作。

《搜神记》思想价值和积极内容，可分为以下几个方面。

第一，反映统治者的残暴和人民的反抗。代表作有《干将莫邪》《韩凭夫妇》《东海孝妇》等。《干将莫邪》又称《三王墓》，这个故事流传很广，影响也很大，在《列士传》《吴越春秋》《列异传》中都有记载，文字情节略有差异。而《搜神记》的记载最优美、最成熟，它描写了一个下层人民向暴政复仇的悲壮故事。干将莫邪为楚王铸剑，三年乃成，干将却被楚王杀害。其子赤长大后日夜思报杀父之仇，甚至不惜毅然自刎，将头颅交给山中行客。山中行客持赤首与剑往见楚王，并让楚王用汤镬煮赤首，然后引诱楚王"自往临之"，客趁机杀了楚王，并自刎。三个头颅烂在汤镬之中不可辨别，只得分其汤肉葬之，通名三王墓。故事情节离奇曲折，将楚王的凶暴和人民群众的反抗精神表现得极为充分。《韩凭夫妇》则是一则反抗强暴、讴歌爱情的动人故事。宋康王霸占韩凭妻何氏，韩凭被囚，最后自杀，何氏也设计从高台跳下身亡。何氏遗书中要求与韩合葬，康王大怒，将二人分葬，坟墓相望。"宿昔之间，便有大梓木生于二冢之端，旬日而大盈抱，屈体相就，根交于下，枝错于上。又有鸳鸯，雌雄各一，恒栖树上，晨夕不去，交颈悲鸣，音声感人。宋人哀之，遂号其木曰相思树。"

第二，反映青年对婚姻自由的渴望和为争取幸福婚姻的斗争精神。《吴王小女》通过一个为情而死，因情复生的离奇故事，讴歌了青年男女忠贞不渝的爱情。紫玉是吴王小女，与韩重相爱，吴王不许，紫玉气郁而亡。韩重到墓前吊唁，与紫玉魂魄相遇，二人相逢泣涕，紫玉情动而歌，最后二人在墓中三日三夜，尽夫妇之礼。《王道平》写父喻与王道平相爱并订立婚约。王道平出征九年未归，父喻被父母嫁于他人，含恨而死。三年后王道平哭于父喻墓前，父喻死而复生，最终结合。这类故事，揭露了摧残青年男女美好爱情的现实恶势力，用幻想浪漫的手法表达了对自由婚姻的向往。

第三，反映人们不怕鬼怪，敢于铲除妖魅的大无畏精神。《宋定伯捉鬼》（亦见《列异传》）写宋定伯夜行遇鬼，毫无畏惧，最后设计捉住鬼变的山羊，卖掉后得钱千五百。生动有趣的故事中，表现了宋定伯的机智。《李寄》更是一个铲除妖魅的传奇故事。越闽东部山区有条大蛇危害人民，官吏昏庸无能，已连续用了九个少女祭大蛇。李寄决心为民除害，她主动应祭，并让人为她准备好剑和咋蛇犬。她先将数石米糍用蜜麦少灌之，置于洞口，蛇被香气引出洞后，她放咋蛇犬去咬蛇，自己从后面用剑砍蛇，蛇最后疮痛而死。通过一系列细节描写，李寄这一机智勇敢、气概非凡的少女形象，便活生生地站在了读者面前。

此外，《搜神记》中还保存了许多美丽动人的民间传说，如《嫦娥奔月》《董永》等，表达了人们向往美好生活的愿望，千百年来一直为人民所喜爱。

《搜神记》在艺术上也有突出的特色。首先，从体制上看，《搜神记》虽然不是有意为小说，许多作品篇幅短小，概述事件，比较简单和粗糙，但也出现了一种故事完整、内容丰富、情节曲折的叙事结构，并且以人物或事件为结构中心，故事结构和布局谋篇同短篇小说已十分接近，如其中的《吴王小女》等。其次，许多篇章已注意用多种手段来提高叙述的艺术性，如悬念的设置、气氛的渲染、场面的描写、细节的刻画等，已开了传奇小说的先河。再次，《搜神记》已经注意到了人物形象的塑造，它有时注意表现人物的特定情绪和内在性格，有时用场面描写和细节刻画来表现人物，有时又用对话来表现人物，描写生动，形象鲜明。最后，《搜神记》的语言有的简洁含蓄，有的疏宕有致，有的骈散相间，也具有丰富的表现力。

魏晋南北朝的志怪小说对后世的文学产生了巨大和深远的影响。首先，它给后世的小说、戏曲创作提供了丰富的素材，如《猴玃》（《幽明录》）就是唐传奇《白猿传》的本事，《杨林》（《搜神记》）演变为唐传奇《枕中记》《聊斋志异·续黄粱》等。其次，志怪小说对后世小说中鬼狐一派有直接影响，唐代的《玄怪录》、宋代的《夷坚志》、清代的《聊斋志异》等无不受其沾溉。最后，志怪小说为后世小说的发展提供了艺术借鉴，无论是情节、人物、结构、语言等方面，都可以说是开了唐传奇的先河。

徐陵与《玉台新咏》

在南朝后期文坛上，有一位与庾信齐名的文学家，他与庾信同样出身于文学世家，同样天资卓异，大器早成，他就是《玉台新咏》的编者，被史家称为陈朝一代文宗的徐陵。

徐陵（507—583年），字孝穆，祖籍东海郯（今山东郯城）人，其父徐摛是梁代著名文士。徐陵自幼天资聪慧，学习环境优越，8岁便能捉笔撰文，12岁时已通晓老庄，俨然一个少年饱学之士。后来，他以文学侍臣的身份登上仕途，在梁朝为官。

梁武帝太清二年（548年）夏，42岁的徐陵奉命出使东魏，魏人派魏收设宴款待，那天天气炎热，魏收想借此嘲弄一下南朝使者，便对徐陵说："今日之热，当由徐常侍来。"徐陵当即答道："昔王肃至此，为魏始制礼仪；今我来聘，使卿复知寒暑。"讥讽魏收是一个不知冷热的痴愚之人，说得魏收大为惭愧。徐陵的机辩，维护了使臣与梁朝的尊严。

就在徐陵出使的三个月后，南方发生了"侯景之乱"。次年，叛将侯景攻陷梁都，武帝萧衍饿死，萧梁政权瓦解。徐陵等人被迫留在了邺城。接着北齐伐魏，齐人仍以种种借口将他们羁留。借此国难之际，身陷异国他乡，徐陵怎能不忧心如焚？不久，从南方又接连传来不幸的消息，年迈的老父忧愤成疾，病死于建康，太子萧纲也被侯景杀死。徐陵给北齐尚书仆射杨遵彦写了一封长信，信中对齐人扣留他的八条理由逐一反驳，不仅论理透彻，同时也流露出去国怀乡的沉痛哀切之情。大约齐人自知理亏，干脆不予答复。徐陵在等待中苦熬了七个年头，才终于盼来还乡的日子。梁元帝承圣四年（554年），徐陵得以南归，此时他已48岁了。

徐陵初回南朝，大乱初定，两个实力派人物王僧辩与陈霸先正暗中进行权力角逐。徐陵先是依附王僧辩，受到王的优待。后来陈霸先诛灭王氏，需要借重徐陵的文才，于是重用徐陵。就这样，徐陵又成为陈朝的开国重臣。陈后主至德元年（583年），徐陵走完了他的人生旅途，享年77岁。

作为一个文学家，徐陵最突出的业绩首推其骈文。正是由于他与庾信的共同努力，使这一六朝文学的代表样式臻于极盛，达到了相当高的艺术水准。

徐陵对六朝文学的另一重要贡献，是他编选了一部《玉台新咏》。该书为徐陵奉萧纲之命而编，约成书于其出使东魏前，内容皆为描写闺情之作，而尤多艳诗。《玉台新咏》是继《诗经》《楚辞》以后我国最古老的一部诗歌总集，为后世保留了大量的诗歌资料，尤其是它收入了不少并非艳诗的优秀民间作品，如《陌上桑》《上山采蘼芜》《孔雀东南飞》等。徐陵与其所编《玉台新咏》都将永远在文学史上占有一席之地。

萧统《昭明文选》

《昭明文选》是我国现存的最早的诗文总集。南朝梁萧统（501—531年）编。萧统被立为太子，未继位而卒，谥号昭明，故后人称他编的

《文选》为《昭明文选》。

萧统极嗜读书。据《梁书·昭明太子传》载，他门下文人极多，他经常与他们一起讨论篇籍，商讨古今，且从事文章著述。当时宫内藏书三万卷，"名才并集，文学之盛，晋宋以来，未之有也"。而且他"所著文集二十卷，又撰古今典诰文言为《正序》十卷，五言诗之善者为《文章英华》二十卷，《文选》三十卷"。

《昭明文选》产生的时代（魏晋到齐梁）是中国文学史上各种文学形式臻于成熟的时期，作家和作品数量都远远超过前代。与之相应，文学理论也有了很大的发展，它对文学观念的探讨和文学形式的辨析日趋精密。与此同时，文学自我意识的觉醒日趋明显，它日渐认识到了自己与其他作品的不同，因此诗、赋等文学体裁从其他学术著作（包括经、史、子）中独立了出来，这是文学走上独立道路的开始。这个开始是以《昭明文选》的产生为重要标志的。

《昭明文选》选录先秦至梁初130家作品，共514题。编排标准为："凡次文之体，各以汇聚。诗赋体既不一，又以类分。类分之中，各以时代相次。"（《文选序》）从其实际看，大致分为赋、诗、杂文三类，又分列赋、诗、骚、七、诏、册、令等38小类。赋、诗所占比重最大，又按内容对此两者做了分类，这体现了萧统对文学发展、文体流变的观点。由此可以看出文体辨析在当时的发展水平。

《昭明文选》的选录标准是"以文为本"，要求"事出于沉思，义归于翰藻"。因此，凡"姬公之籍，孔父之书""谋夫之话，辨士之端""老庄之作，管孟之流""记事之史，系年之书"，即后来所谓经、史、子之类的书一概不收，收录的全是词人才子的"能文"的名篇。可以看出，这一标准的重点不在思想内容而在于辞藻、声律、对偶、用事等艺术形式，正是这些形式的东西给文学划定了范畴。这是文学发展的一个重要阶段，对文学的独立发展有很大的促进作用。

《昭明文选》产生以来，其影响不容忽视。唐代和宋初俱以诗赋取士，《昭明文选》成为学习诗赋的最适当的范本。隋唐以来，学者文人从各种角度对《昭明文选》进行了研究，其现存著作数量有90种左右。从唐初开始，《昭明文选》研究成为一种学问，有了"选学"这一名称，宋代"选学"有所衰微，清代朴学大兴，对《昭明文选》的研究也有贡献。

沈约的"四声八病"说

诗歌在形式上有一个非常显著的特点，那就是富有音乐美、声韵和谐，读起来朗朗上口。而诗歌创作是如何形成押韵的创作规则的呢？

上古歌谣、先秦时代的《诗经》都具有声韵和谐的特点，但这却不是作者有意在创作时推敲韵律声调，因为那时文学创作还不是一种社会分工，诗歌都是人民群众在生产实践中得来的，所以上古歌谣声韵和谐是自发地协调音律，而不是为了音乐美。

到了三国时期，文学创作进入了自觉的时代，曹丕就提出"诗赋欲丽"的口号，这"丽"就包括对诗歌声调韵律的要求，之后刘勰在《文心雕龙·总术》中提出"听之则丝簧"，这就要求诗歌要有音乐美。诗歌韵律在魏晋南北朝时期得到了充分的重视，魏国李登写了专著《声类》，把一万多汉字按宫商角徵羽五声进行了分类。

南朝齐武帝永明年间的周颙发现汉字有平上去入四种声调，此后，对永明体的形成做出巨大贡献的诗人沈约，他依据四声及双声叠韵来规范诗歌创作中声、韵、调的配合，提出写诗时用字应讲究四声，避免平头、上尾、蜂腰、鹤膝、大韵、小韵、旁纽、正纽等八种声病，做到五言诗"五字之中，音韵悉异；两句之内，角徵不同，……世呼为永明体"。"四声"大家都知道，就是平上去入四种声调，而"八病"可能就不太熟悉了，"八病"具体为：平头，一联中两句开头的两字同声；上尾，一联中两句末尾的两字同声；蜂腰，一句中第二与第五字同声；鹤膝，诗中第一、三句的末字同声；大韵，一联中用了和所押的韵同韵部的字；小韵，一联中除押韵字以外的九个字，有两个同韵部的字；旁纽，一联中有两个字叠韵；正纽，一联中有两个字双声。"永明体"讲究四声，避免八病，同时结合晋宋以来诗歌创作，讲究对偶形式，是一种新体诗。

刘勰《文心雕龙》

刘勰（约465—520年），中国古代文论家，生于江苏镇江。幼年家境贫穷，曾寄居在定林寺整理佛经十年，其间阅读了大量的古代典籍，并撰写了《文心雕龙》，之后在王廷和太子府做过文书的工作。由于他的文才，他深受太子萧统的喜爱。萧统死，新太子上台，刘勰又回到定林寺整理佛经，并应梁武帝的要求编订佛经，最后出家为僧。

《文心雕龙》全书共有四个部分。

第一部分论"文之枢纽"，是全书的总论部分，目的是探讨创作的根本问题。一是创作的指导思想。刘勰主张文学创作的主导思想是"本乎道，师乎圣，体乎经"。文学创作的第一步应当是学习圣人的文章，通过圣人的文章来体会道的精神。刘勰的"道"是以儒家精神为主的，因此他的"经"主要是指儒家的经典。但是，刘勰也认为，纯粹以儒家著作为写作标准，未必能写出好文章。他认为"诸子百家"的著作也是"入道见志之书"，因为它们"去圣未远"，所以，刘勰的道以儒家精神为主，但也兼及其他经典。二是对于不合于道的著作应当怎样看待。他认为，应当从创作的角度来看，吸收这些著作中的精彩部分，作为自己创作的资料。三是文人应当如何对待文学演变。他提出"变乎骚"的观点，认为儒家经典是不变的部分，但《离骚》却非常不同于儒家的经典，因此是别文异体，它是对《诗经》质朴风格的变化，是一种文学上的变化，不论是从情感上还是从气势上都压倒了古人。所以，虽然说《楚辞》不合于儒家思想，是一种变体，但是从文学创作的角度来看，《楚辞》是一种创新之作，是值得赞赏的。

第二部分"论文叙笔"。在这部分，刘勰首先论述了文笔问题。当时，颜延之提出"言笔文三分法"，认为不讲文采的经书是言，如《尚书》《春秋》；有文采的传记是笔，如《左传》；有文采的韵文是文，如《诗经》。他认为笔和文都有文采，是文学，而言因为没有文采，所以不是文学。刘勰则把经书、传记、韵文都看作文，经史子集统统是文学的一部分。其次是每篇分论一种或两三种文体，可谓是文体论。

第三部分"剖情析采"，讲的是创作的问题，包括四个方面：一是作品应当反映生活。文学应当反映广阔的世界，既包括景物，也要包括人事；既要反映生活，也要反映时代的特征；既要有政治的思维，也要有风俗的体现。他特别提到建安文学，认为建安文学很好地把文学创作与时代、生活结合了起来。二是文学的风格问题，他认为文学风格都有两面性。简约的风格，优点是精练，缺点是贫乏；繁丰的风格，优点是广博，缺点是杂乱；明快的风格，优点是辨析，缺点是浅显；深隐的风格，优点是含蓄，缺点是怪异。他提出"风骨"说，认为文学著作要有情感，要有思想性，要有内容，情感为"风"，内容为"骨"。有情感，文章读来"意气骏爽"才能感动人；有内容，文章才能成立。三是形象描写的问题。刘勰认为文学创作中有三种形象描写，一种是比喻，一种是描绘，一种是夸张。四是声律问题。刘勰认为，魏晋的文学作品，在文风上趋于浮华，但在声律上还是取得了很大成就的，刘勰提出把四声分为低昂、浮轻或轻重，也就是把四声简化为"平仄"。

第四部分论述时序、才略、知音，是《文心雕龙》中的杂说部分。其中"时序"叙述了文学史，刘勰认为，文学的发展不一定是向前发展的，有的时候也会出现倒退现象。文学是发展还是倒退，还要根据时代背景来考察，即"文变染乎世情，兴废系乎时序"。"才略"是对历代作家的评论。"知音"讲的是文学鉴赏。

在中国的文学批评史上，《文心雕龙》是第一部系统的著作，相对于钟嵘的《诗品》来说，它更注重文学的创作，而《诗品》主要是评论诗。在刘勰生前，他的《文心雕龙》并没有受到太多的重视，但是在后世却被认为是可以和亚里士多德的《诗学》相提并论的文学理论著作。自《文心雕龙》问世以来至今，不断有学者对它进行研究，它的影响也渗透到文学创作和文学思想的各个方面，成为学术界公认的中国古代最杰出、最系统的文学理论著作，它在中国文学理论批评史上具有无与伦比的地位。目前，在国际上，《文心雕龙》的研究被称为"龙学"。

钟嵘《诗品》

《诗品》是中国古代第一部讨论五言诗的专著，被称为"诗话之源"，南朝梁钟嵘著，《梁书》本传中称《诗评》，《隋书·经籍志》中或曰《诗品》，唐宋时二名并行，宋以后，《诗品》一名渐次流行，直至今日。

钟嵘（468—518年），字仲伟，颍川长社人，曾任晋安王萧纲记室，世称"萧记室"，历时十余年，写作成《诗品》。

该书品评了自汉魏到齐梁共120多名作家五言诗之上下优劣，故称《诗品》。五言诗当时已成为诗坛最主要的诗歌形式，齐梁之际，文学思潮浮靡讹滥，《诗品》之作，正是感于创作与批评两方面的"淆乱"，欲为创作立高标，为批评树准的。钟嵘仿照班固《汉书·古今人表》和刘歆《七略》的品论方法，把诗人分为上中下三品，每品又依时代先后次序排列，一一予以品评，每品为一卷。钟嵘在《诗品》中除了品评之外，还在序中提出了关于诗歌创作的重要理论，即"吟咏情性"，提出诗歌自然和谐的标准、诗的"滋味"说，倡导"直寻"，强调诗的"自然英旨"，反对专事用典，饶有滋味的诗篇在内容和形式上的体现便是"干之以风力，润之以丹彩"，他的诗歌主张对后世诗文创作有深远影响。此外，对作家作品的风格渊源进行了分析，提出了较为系统的看法。《诗品》的评论言之切切，时能一语中的，为历代所推崇。但言辞颇尖锐激烈，有些地方有失偏颇；对作家的分品也有不妥之处，如将曹操贬为下品，陶潜、鲍照等抑于中品；等等，都是引起后世非议之处。虽如此，钟嵘的《诗品》对后代的诗话影响仍是十分深远。

《世说新语》与魏晋风度

《世说新语》是南朝贵族刘义庆所作，他采集了从东汉末年到东晋末年200年间名士的逸闻琐事，分为德行、言语、政事、雅量等36类。这部书具有很高的价值，是我们研究魏晋时期社会历史、宗教、文学、语言、哲学、风俗的重要材料，更是了解魏晋名士风流的极好资料。其中对于魏晋名士的种种活动、性格特征、人格追求以及嗜好等，都有生动的描写。综观全书，我们就可以得到魏晋时代几代文士的群像。《世说新语》涉及的人物有1000余人，将魏晋两朝的帝王、将相、隐士、僧侣，都包括在内。

从书中对名士的分类，可以看出刘义庆鉴赏人物的标准。一方面他承接了儒家的人才观，同时又吸收了魏晋以来的道家和玄学家的论人观念，大多以审美的眼光、欣赏的态度，展示名士风度。作者以个性为美，以面容姣好、姿仪俊秀为美，以风神俊朗、生气勃勃为美，以器识卓异为美，以乘兴自得为美，以清雅绝俗为美，以言语机警、巧妙、有味为美。归结到一点，就是美在神韵、心灵、人格独立、精神自由。

对人物的描写气韵生动，活灵活现，跃然纸上。例如，在描写华歆和管宁时，作者仅截取了他们在菜园中见到黄金时的不同反应，以及对乘轩冕过门者的不同态度这两个细节，就深刻而形象地表现了二人内心世界的不同追求和志趣的高下。又如刻画王戎的吝啬成性，为了不让别人得到好种子，卖出李子时先把李子穿破，让人读了忍俊不禁。

《世说新语》的语言简约含蓄，隽永传神。除了许多妙语佳句之外，还有许多成语，如"席不暇暖""难兄难弟""拾人牙慧""咄咄怪事""一往情深""望梅止渴"等都是出于此书，现在仍广为使用。

在魏晋南北朝的志人小说中，《世说新语》因其广泛丰富的内容和纯熟精美的语言艺术，被推为当之无愧的佼佼者，向来被视为魏晋小说的典范。也正是因为内容和艺术成就这两方面原因，《世说新语》才成为古代小说史上承前启后、令人瞩目的重要作品，从而确定了它在中国文坛不容忽视的地位。它的问世，不仅标志着魏晋志人小说的成熟，而且对后世蔚为大观的小说及其他文学作品，在创作手法、语言技巧、表现形式等诸多方面，都有着深刻的影响。它类似素描的简洁的叙事手法和隽永诙谐幽默的语言使所记载的遗闻逸事，风趣而含蓄，活灵活现而意味深长，令千百年来的文人骚客神往。

南北朝乐府民歌

　　由于南北朝长期处于对峙的局面，在政治、经济、文化以及民族风尚、自然环境等方面又存在着明显的差异，因而南北朝民歌也呈现出不同的情调与风格。南朝民歌清丽缠绵，更多地反映了人民真挚纯洁的爱情生活；北朝民歌粗犷豪放，广泛地反映了北方动乱不安的社会现实和人民的生活风习。南朝民歌中的抒情长诗《西洲曲》和北朝民歌中的叙事长诗《木兰诗》，分别代表着南北朝民歌的最高成就。这些民歌有500多首，都保存在北宋郭茂倩的《乐府诗集》中。

　　南朝乐府民歌主要有吴歌、西曲两类，400多首。现存吴歌多为女子的吟唱，生动而集中地表达了主人公对爱情的渴望与坚贞，相思的欢乐和痛苦，婚姻不自由的苦闷，以及对男子负心的怨恨等种种丰富的感情和复杂的心态。以《子夜歌》《子夜四时歌》《华山畿》和《读曲歌》最具代表性。如《子夜歌》："始欲识郎时，两心望如一。理丝入残机，何悟不成匹？"《子夜四时歌》："渊冰厚三尺，素雪覆千里。我心如松柏，君情复何似？"《读曲歌》："怜欢敢唤名，念欢不呼字。连唤欢复欢，两誓不相弃！"《华山畿》："华山畿，君既为侬死，独生为谁施？欢若见怜时，棺木为侬开！"

西曲多写商人妇的相思离别和劳动者的爱情生活，题材较吴歌略宽，风格也更明快。如《石城乐》："布帆百余幅，环环在江津。执手双泪落，何时见欢还？"《那呵滩》："闻欢下扬州，相送江津湾。愿得篙橹折，交郎到头还。"

南朝乐府民歌篇幅短小，多为五言四句。语言清新自然，大量运用双关隐语，如以"藕"双关"偶"，"莲"双关"怜"，"丝"双关"思"，以布匹之"匹"双关匹配之"匹"，黄连之"苦"双关相思之"苦"等。不仅使语言活泼流畅，而且使情思的表达更加委婉含蓄。

《西洲曲》是南朝乐府民歌中的杰作，也是最长的一首抒情诗。作品通过季节变换，层层递进地表现了一位少女从春到秋对远方情人的深切思念之情。语言优美，情感缠绵，笔触细腻。全诗三十二句，四句一转韵，流利婉转，声情和谐。

北朝乐府民歌今存70余首，数量虽然不多，题材却比较广泛。很多是描写北方的壮丽山川和游牧生活。最著名的当数《敕勒歌》："敕勒川，阴山下。天似穹庐，笼盖四野。天苍苍，野茫茫，风吹草低见牛羊。"意境寥廓，气势雄浑。

《木兰诗》是北朝乐府民歌中最杰出的作品，讲述了一个具有传奇色彩的故事，成功地塑造了木兰这一不朽的艺术形象。她勤劳善良，热爱和平，当战争来临，出于对年迈父亲的关心和保家卫国的决心，她勇敢地冲破封建礼教的束缚，女扮男装，替父从军，驰骋疆场，征战十年。当她立下战功以后，又不慕荣利，不求封赏，而是渴望回乡与家人团聚。在木兰身上集中了中华民族的英雄气概和高尚情操，她是古代人民理想的化身。这首民歌在艺术上也取得了很大的成功。首先，它富于传奇色彩，是现实主义与浪漫主义结合的范例。其次，出色地运用了民歌常用的复叠、铺陈排比等艺术技巧，比喻、对偶、反衬、顶真等修辞手法，增强了艺术效果。最后，笔墨凝练，繁简得宜，句式以五言为主，杂以七言、九言，错落有致，声韵铿锵，富有音乐美。《木兰诗》不愧是我国古代诗歌史上辉映千古的叙事诗名篇，与《孔雀东南飞》被誉为我国诗歌史上长篇叙事诗的双璧。

庾信文章老更成

庾信（513—581年），字子山，一生以出使西魏为界分为前后两个时期。前期是宫体诗的代表作家，诗风伤于轻艳，但也有大量奉和应景之作，如《奉和山池》后四句："荷风惊浴鸟，桥影聚行鱼。日落含山气，云归带雨余。"借荷上清风、桥上人影惊动游鱼浴鸟，衬托出山池的安闲幽静。以摹景生动、造句新巧、声韵谐调、风格清新显示出诗作的特色。

庾信42岁奉命出使西魏，因魏军南侵，江陵陷落，遂无家可归。历仕西魏、北周，先后官骠骑大将军、开府仪同三司等职，故世称"庾开府"。他念念不忘故国，"虽位望通显，常有乡关之思"（《周书》本传）。由南入北的特殊的生活经历，深切的乡关之思和亡国之恨，雄壮肃杀的战争气氛，迥异于江南的北方景色，加上他高度的艺术修养和成熟于南朝的艺术技巧，使庾信的诗文达到"穷南北之胜"的高度，形成刚健豪放的气骨和苍凉悲壮的意境。《拟咏怀》二十七首和《哀江南赋》是其中的代表作。

组诗《拟咏怀》明显追步阮籍《咏怀》诗，集中抒发了他的乡关之思和种种复杂的人生感受。如其七"榆关断音信"，借流落胡地、心念汉朝的女子，反复渲染自己与南方断绝的痛苦，精卫填海、华山断河两个典故淋漓尽致地表达了他南归的渴望和绵绵无尽的长恨。其十一"摇落秋为气"连用八个典故写梁江陵陷落的历史变故，渲染出兵败城陷时天昏地暗、日月无光的悲惨气氛，使故事极为贴切。其十八"寻思万户侯"写身为羁臣、功业无望，又不能乐天知命，因而连琴书也无法解忧。其中"残月如初月，新秋似旧秋。露泣连珠下，萤飘碎火流"四句，吸收南朝民歌的句调声情，以岁月的不断更新反衬自己年年如旧的心境，字里行间流露出连绵不绝、无法排遣的烦愁。

庾信另有一些小诗同样以强烈的感情和工致的技巧动人，如《寄王琳》："玉关道路远，金陵信使疏。独下千行泪，开君万里书。"《重别周尚书》："阳关万里道，不见一人归。惟有南来雁，秋来南向飞。"均融合了南朝绝句体的精致蕴藉及北朝文学苍凉开阔的意境，构成真挚动人的艺术境界。杜甫称"庾信文章老更成，凌云健笔意纵横"（《戏为六绝句》），又说他"暮年诗赋动江关"（《咏怀古迹》），概括了庾信诗歌的独创性和高度成就。

庾信对近体诗形式的发展也做出了值得注意的贡献。他使诗歌进一步律化和骈化，有不少诗从句数、章法、对仗、声律上看，已成为唐代五言律绝和长篇歌行的先驱。庾信的成就，使他成为集汉魏六朝诗歌艺术之大成的一代大家，在诗歌由六朝转向唐代的发展过程中，具有承前启后的重大作用。

第四章

隋唐五代文学

源远流长的中国古代文学，到隋唐五代时期，发展到了一个全面繁荣的新阶段，整个文坛出现了自战国以来所未有的百花齐放、万紫千红的局面。其中诗歌的发展，更达到了高度成熟的黄金时代。唐代不到三百年的时间中，遗留下来的诗歌已将近五万首，比自西周到南北朝遗留下的诗篇数目还要多，独具风格的著名诗人数量也大大超过前代总和。

隋及初唐诗坛

　　隋代诗歌，总的来看成就不高，诗坛弥漫着形式主义的宫体诗风。但隋代诗坛也出现了一些较好的边塞诗，写得苍凉悲壮，初露向初唐诗歌过渡的端倪。另外，薛道衡的一些诗篇，或委婉含蓄，或凝重悲凉，显示出"贵于清绮"和"重乎气质"这两种不同的南北文化的合流迹象。隋代这种以齐梁遗风为主体，又有一些向唐诗过渡因素的产生，是初唐诗歌的起步。

　　初唐前五十年，诗坛创作的主体围绕着宫廷展开，因而宫体诗成为诗坛的主流。以"绮错婉媚为本"的"上官体"，就是这个时期最为突出的代表。初唐后五十年，先有"四杰"开始突破"宫体"的内容，倡导"宏博"之风，追求刚健的风骨。继有"沈宋"确立了律体，从而使诗歌的艺术形式臻于完善。到陈子昂，进一步明确提倡建安风骨，摈弃齐梁余弊，使"天下翕然，质文一变"，从而端正了唐诗健康发展的方向。从总体上来说，初唐诗歌虽未能彻底摆脱六朝的浮靡与纤弱，但已经透露出了新的气息。

初唐前五十年间的著名诗人，不少是由陈、隋入唐的。诗坛的创作主体仍然是以宫廷为中心，尤其是围绕着帝王的众多重臣和文人学士。他们的诗歌，即多为应制及奉和之作。其中除少数抒发政治情怀和有关战争题材的作品具有昂扬和刚健的风貌以外，大量的是歌功颂德与点缀升平之作。上官仪是初唐前期最为著名的诗人，他的诗歌特征是"以绮错婉媚为本"，有"上官体"之称。

初唐诗人王绩，是隋末大儒王通的弟弟。他为人清高自持，纵情山水，佯狂傲世，诗文作品常常是以嬉笑怒骂之笔，寄托不平之气，以排遣怀才不遇、落魄失意的苦闷。他的诗，没有沾染宫体诗的脂粉气，艺术风格带有疏野淡朴、自然清新的特征。五律《野望》是他的代表之作。诗写薄暮时分的山野秋景，抒野望中升起的彷徨苦闷之情。中间两联以树树秋色、山山落晖、人驱犊返、马带禽归的画面，写出山野秋景的静谧和农家生活的温馨，渲染出一派浓重的田园气氛。

在初唐诗坛，能摆脱齐梁诗风影响、呈现新的创作倾向的诗人是号称"四杰"的王勃、杨炯、卢照邻和骆宾王。虽然他们的创作活动都集中在唐高宗至武后时期，但王、杨与卢、骆其实是两类不完全相同的诗人。卢、骆比王、杨年长十余岁，他们的创作个性不同，所长亦异，其中卢、骆擅长七言歌行，王、杨擅长五言律诗。他们代表了当时文学革新的方向，力求摆脱齐梁诗风，突破宫体诗的狭小范围，扩大了诗歌的题材，加强了诗歌的抒情性和艺术表现力。王勃的《送杜少府之任蜀州》《滕王阁诗》，杨炯的《从军行》，卢照邻的《长安古意》，骆宾王的《帝京篇》《在狱咏蝉》等，都是优秀之作。

此外，初唐诗人杜审言、沈佺期和宋之问也值得一提。

杜审言是杜甫的祖父，在初唐诗坛上颇有诗名，是唐代近体诗的奠基人之一。从他今存的诗歌来看，大多抒写羁旅情怀，描绘山川景物。其诗笔力雄健，形象鲜明，能够将精湛的艺术构思寓于严整的格律之中，具有较高的艺术价值。《和晋陵陆丞早春游望》《渡湘江》是杜审言今存诗中的佳作。

沈佺期和宋之问是武后时期最有代表性的台阁诗人，尽管他们在朝为官时期的创作不脱宫廷旧习，但他们在被贬流放期间的作品，如沈佺期的《遥同杜员外审言过岭》、宋之问的《度大庾岭》《渡汉江》等，都是写景言情的佳作。然而他们最大的贡献还是在于使得律诗这种新的艺术形式在他们手中得以定型化。

陈子昂对唐诗的贡献

陈子昂（661—702年），字伯玉，梓州射洪（今四川射洪）人，少年时代慷慨任侠，18岁时开始立志读书。24岁中举进士，一度得到武后赏识，官至右拾遗。25岁和36岁两次从军出征，先后到过西北边塞和燕京一带。因在朝十余年始终抑郁不得志，38岁便辞职还乡。最后因武三思指使县令段简加以迫害，年仅42岁。

陈子昂对于唐诗发展的贡献，主要体现在两个方面：一是倡导复古革新的理论，批评齐梁诗风的绮靡，明确提倡风雅与兴寄，主张直接继承汉魏风骨与正始之音；二是以他的创作实践，如三十八首《感遇》等诗作，展示一种深沉的政治思考和内在的骨力，从而为唐诗的健康发展端正了方向，尤其是他的《登幽州台歌》，更是以深邃的历史目光和高亢的歌喉，开启了盛唐之音。

与政治上的胸怀大志和卓有才识相应，陈子昂在文学上表现出极强的革新精神。尽管他的文学主张与诗歌创作存在某种不足，比如忽略了齐梁以后诗歌艺术的新变，作品中难免有平直显露的现象，但是却强有力地冲击了浮艳诗风，荡涤了六朝余习，对初唐宫廷诗做了必要的补救，充分体现了诗歌革新的意义。

他在《修竹篇》序文中明确地反对齐、梁的"彩丽竞繁，而兴寄都绝"的"逶迤颓靡"的形式主义诗风，而主张诗歌应该像建安时代的那样：既要有从现实激发出来的寄托和理想，即要有"兴寄"，也要有蕴含着充实的思想内容的明朗刚健的风格，即要有"风骨"。只有这两方面完美地结合才能够达到"骨气端翔、音情顿挫、光英朗练"的内容和形式的统一。

《蓟丘览古》七首和《登幽州台歌》是陈子昂随军东征契丹时于燕地所作。当时由于武攸宜指挥不当致使先锋部队大败，陈子昂多次建言献策并主动请求带兵出击，武攸宜不仅不听不允，反而将他从参谋降职为军曹。在这种处境下，陈子昂自然而然由自身的遭遇联想起燕国的史实，又不能不由燕国的君臣契合痛感自己的怀才不遇。他在《蓟丘览古》诗中，赞颂礼贤下士、知人善任的燕昭王及太子丹，羡慕幸遇明主，乘时立功的乐毅、郭隗等人，充分表达了自己生不逢时、报国无门的悲愤。如《蓟丘览古》之二《燕昭王》：

南登碣石阪，遥望黄金台。丘陵尽乔木，昭王安在哉！霸图怅已矣，驱马复归来。

也正是在这种情境之中，他登临幽州台，仰望苍天，俯视大地，更加真切地体验到志不得伸、才不得展的人生痛苦和悲哀，也更加深刻地体会到古往今来志士仁人遭遇困顿的激愤与不平，这种痛苦和悲哀、激愤与不平融汇成不可遏止的情感激流喷薄而出，形成了震惊千古的《登幽州台歌》。诗中辽阔苍茫的时空境界、慨然独立的主体形象、孤高悲凉的情感格调，在后人心中引起了强烈的共鸣。

孟浩然的山水诗

孟浩然（689—740年），襄阳（今属湖北）人。40岁前在家种菜养竹，闭门读书。开元十六年（728年）到长安求官，未能如愿。在江淮吴越漫游几年之后，重归故乡。开元二十五年（737年），张九龄任荆州刺史，他应邀做过幕僚，但不久便又归隐鹿门。

孟浩然的山水诗主要有两部分，一部分是游历南北各地所写的山水景色，一部分是隐居故乡襄阳所写的自然风光。他在漫游途中描摹的山水景物生动逼真，而且富于变化，显示了卓越的艺术表现力。

《宿建德江》就是一首借景抒情、意与境谐、风韵天成的好诗："移舟泊烟渚，日暮客愁新。野旷天低树，江清月近人。"不是孤舟夜泊、客愁难眠，断难道得如此真切传神！另如《早发渔浦潭》和《夜渡湘水》，两诗所写时空场景各不相同，却同样以生动的刻画创造出优美的境界。

孟浩然的山水诗中不乏境界壮阔、激情澎湃的作品，最有影响的就是《临洞庭湖赠张丞相》。诗既描绘了洞庭湖上"气蒸云梦泽，波撼岳阳城"的磅礴气势，又表现出作者心中"欲济无舟楫，端居耻圣明"的深沉感慨，确是气象雄浑、大气吞吐的盛唐之音。

孟浩然诗中最具艺术个性、特色最为鲜明的是那些描写平凡景物、表现幽居情趣的作品，如《夏日南亭怀辛大》《夜归鹿门歌》《秋登兰山寄张五》《闲园怀苏子》《春晚》等。

> 山光忽西落，池月渐东上。
>
> 散发乘夕凉，开轩卧闲敞。
>
> 荷风送香气，竹露滴清响。
>
> 欲取鸣琴弹，恨无知音赏。
>
> 感此怀故人，中宵劳梦想。

（《夏日南亭怀辛大》）

山寺鸣钟昼已昏，渔梁渡头争渡喧。

人随沙岸向江村，余亦乘舟归鹿门。

鹿门月照开烟树，忽到庞公栖隐处。

岩扉松径长寂寥，惟有幽人自来去。

（《夜归鹿门歌》）

孟浩然在这一类诗中追求的是一个"清"字。他的作品善于运用清淡平和的语言描绘清幽绝俗的意境，出语洒脱，诗风平易，怡然自得，韵致高远，"诵之有泉流石上、风来松下之音"。

孟浩然的田园诗数量远比山水诗少，但是其风格特色却也很值得称道。脍炙人口的《过故人庄》一诗，用口头语，写眼前景，叙家常事，成功地表现了简朴亲切的田园生活、纯真动人的故人情谊；全篇于自然平淡中蕴藏着深厚的情味和浓郁的诗意。

孟浩然是唐代大量写作山水景色与隐逸生活的第一人。作为初唐诗歌向盛唐高峰发展的一座里程碑，他的作品虽然还留有某些过渡的痕迹，但是却体现了鲜明的个性，因而独标风韵，自成境界，成为"盛唐之音"的第一声。

"七绝圣手"王昌龄

王昌龄（698—757年），字少伯，京兆长安（今陕西西安）人。开元十五年（727年）考中进士，二十二年（734年）中宏词科。曾任江宁丞，后贬龙标尉，世称"王江宁""王龙标"。弃官后隐居江夏。"安史"乱后北还途中被刺史闾丘晓杀害。

王昌龄青年时期志存高远，漫游四方，曾西至河陇，远出玉门关，实际体验过边塞生活，成为一位著名的边塞诗人。他的边塞诗大多沿用乐府旧题，采取七绝形式，一方面激昂慷慨地抒发以身许国的壮志豪情，一方面又委婉细腻地诉说难以排遣的乡思边愁，比较全面、真实地反映了边塞战士的内心世界。代表作《从军行》一组七首集中地体现出这两方面思想内容，下面是其中两首：

> 烽火城西百尺楼，黄昏独上海风秋。
>
> 更吹羌笛关山月，无那金闺万里愁。

（其一）

青海长云暗雪山，孤城遥望玉门关。

黄沙百战穿金甲，不破楼兰终不还。

（其四）

他的一篇《出塞》被人推为唐诗七绝的压卷之作：

秦时明月汉时关，万里长征人未还。

但使龙城飞将在，不教胡马度阴山。

这首诗通过高度概括将广大士兵安边的意志与还乡的愿望浑然融为一体，在凝练明快中显得深沉含蓄、耐人寻味。

在风格苍凉豪迈的边塞诗之外，王昌龄以两类不同色调创作出不少反映妇女生活的诗歌，一类如《长信秋词》等，以凄婉的笔触写出妇女的不幸与哀怨：

奉帚平明金殿开，且将团扇共徘徊。

玉颜不及寒鸦色，犹带昭阳日影来。

一类如《采莲曲》等，用清新的文字描绘出美好的女性形象：

荷叶罗裙一色裁，芙蓉向脸两边开。

乱入池中看不见，闻歌始觉有人来。

盛唐诗人中王昌龄对七绝用力最专，成就最高，后代称之为"七绝圣手"。王昌龄七绝最显著的特点是善于捕捉生活中特定的场景氛围，借助于体贴入微的想象和高度的艺术概括，表现出人物刹那间的情感体验，进而展示其复杂、深刻的内心世界，创造出玲珑的多重意境。所以尽管他写的是传统主题，却能使人感到意味深长，光景常新。

"五言长城"刘长卿

刘长卿（709—780年），字文房，宣城人，出生于洛阳。天宝进士，因性情耿直，得罪权门，曾被诬入狱，先后两遭贬谪。最终官任随州刺史，人称刘随州。由于多次遭逢战乱，一再衔冤被贬，刘长卿的诗既有社会灾难的真实反映，又多身世飘零的深沉感慨。

逢君穆陵路，匹马向桑乾。

楚国苍山古，幽州白日寒。

城池百战后，耆旧几家残。

处处蓬蒿遍，归人掩泪看。

（《穆陵关北逢人归渔阳》）

三年谪宦此栖迟，万古惟留楚客悲。

秋草独寻人去后，寒林空见日斜时。

汉文有道恩犹薄，湘水无情吊岂知？

寂寂江山摇落处，怜君何事到天涯！

（《长沙过贾谊宅》）

前一首感时伤乱，反映战争的严重破坏和诗人的沉痛心情。额联在景物描绘中渗透着诗人悲凉的感受，简练贴切，苍劲凝重。后一首怀古伤今，在对贾谊遭遇的同情中寄寓着自身的不平。额联巧妙用典，融情入景，悲秋感兴，显得深厚浑成。

刘长卿五七言兼擅，尤工五言，"尝自以为五言长城"（权德舆《秦征君校书与刘随州唱和集序》）。其五言诸体俱有佳作，尤其五绝篇篇可诵，特点是构思精致，风格淡远。《逢雪宿芙蓉山主人》是其中名篇，诗写雪夜投宿，纯用白描，语言平淡，意境幽远。

日暮苍山远，天寒白屋贫。柴门闻犬吠，风雪夜归人。

但刘长卿的诗思想内容比较单一，往往给人意境雷同之感，这也限制了他取得更大的成就。

边塞诗人高适与岑参

如同山水田园诗的兴盛一样，盛唐边塞诗派的形成也有其社会历史的原因和文学自身的因素。一方面，盛唐时代国力强盛，内地与边疆联系加强，各地人民交往广泛；另一方面，或是反击骚扰、保境安边的正义之战，或是穷兵黩武、扩土开边的不义之举，当时边境战争也很频繁。这种民族之间广泛交流而又频繁争战的现实，便是边塞诗大量产生的社会基础。同时，盛唐文人大多热衷功名，渴望为官从政，他们有的以功业自诩而到边塞施展才干与抱负，有的因仕途失意而在幕府供职以谋求出路，这些人边塞生活的经历和体验为边塞诗创作提供了丰富的养料，直接促进了边塞诗创作的繁荣。

盛唐边塞诗的兴盛也是对以前诗歌创作遗产继承和发展的结果。《诗经》和汉乐府中有不少歌咏战争题材的作品，它们反映了战争的残酷和征夫的不幸。汉末建安时代，文人开始歌咏边塞题材以抒写功业抱负。南北朝时，抒写征人思妇离愁别恨的作品显著增多。入唐之后，边塞诗形成了主题的继承性和表现的程式化，同时初唐四杰和陈子昂的诗歌革新也为盛唐边塞诗开创了良好传统。正是在此基础上，盛唐边塞诗既继承了建安诗"志深笔长""梗概多气"的气骨风神，又吸取了六朝诗善于抒写离愁别恨的艺术经验，从而形成了悲壮高昂的基调和雄浑开阔的意境。

盛唐边塞诗派阵营庞大，高适、岑参、王昌龄、王维、李颀、王之涣、王翰、崔颢以及大诗人李白、杜甫都有边塞题材的杰作传世，其中高适、岑参和王昌龄是代表人物。

高适（702—765年），字达夫，沧州渤海（今河北沧县）人。史称"有唐以来，诗人之达者，唯适而已"（《旧唐书》本传），这是就其晚年而言，青壮年时期高适却很不得志。他20岁西游长安求仕没有如愿，继之北上蓟门，漫游燕赵，寻功边塞又全无结果。随后，他便"混迹渔樵"，漂泊于梁宋长达十余载。近50岁时，经人推荐举有道科，被任命为封丘县尉。他的《封丘作》一诗表达了当时的苦恼和不满："我本渔樵孟诸野，一生自是悠悠者。乍可狂歌草泽中，宁堪作吏风尘下。只言小邑无所为，公门百事皆有期。拜迎官长心欲碎，鞭挞黎庶令人悲……"不久他便弃官而去。直至52岁入河西节度使哥舒翰幕府掌书记之后，他才不断升迁，先后任职淮南节度使、剑南西川节度使，最终官至散骑常侍，进封渤海县侯。

高适"喜言王霸大略，务功名，尚节义，逢时多艰，以安危为己任"（《旧唐书·高适传》）。他关注现实，忧国忧民，写有大量指陈时政弊端、反映民生疾苦的诗篇。因为他在入仕以前浪游梁宋期间，不仅亲身体验了贫困沉沦的坎坷人生，而且耳闻目睹社会底层人民的不幸遭遇，所以他的诗歌对社会问题的反映比较尖锐，也比较深刻。《东平路中遇大水》描写农村遭受水灾的悲惨景象，表达了对苦难民众的深切同情。《自淇涉黄河途中作》反映了农民既遭遇干旱，又苦于租税的双重不幸，揭示农民贫困的原因不仅在于天灾而且在于人祸。他在《苦雨寄房四昆季》诗中提出"曾是力井税，曷为无斗储"的现实问题，发人深思。他的诗篇《同颜少府旅宦秋中》进而揭露"不是鬼神无正直，从来州县有瑕疵"的丑恶现象，更是入木三分。

高适一生最大的功业热情在边塞，一篇《塞下曲》充分表达了他的理想和渴望：

结束浮云骏，翩翩出从戎。且凭天子怒，复倚将军雄。万鼓雷殷地，千旗火生风。日轮驻霜戈，月魄悬雕弓。青海阵云匝，黑山兵气冲。战酣太白高，战罢旄头空。万里不惜死，一朝得成功。画图麒麟阁，入朝明光宫。大笑向文士，一经何足穷。古人昧此道，往往成老翁。

　　与此相应，高适文学创作的主要成就在边塞诗。诗人前后三次出塞，边塞生活的体验非常深切，因而他的边塞诗的内容也非常深刻，这由《蓟中作》《蓟门行五首》《塞上》等诗即可看出。诗人熟悉边地士卒的战斗生活，了解他们的情感世界。他一方面歌颂舍生忘死的报国精神"胡骑虽凭陵，汉兵不顾身"；另一方面又对他们长期征战、有家难归深表同情"羌胡无尽日，征战几时归"；更为可贵的是，他敢于直言批评朝廷安边政策的不当"边尘满北溟，虏骑正南驱。转斗岂长策，和亲非远图"，明确提出集中兵力速战速决的军事主张"惟昔李将军，按节临此都。总戎扫大漠，一战擒单于"。特别值得注意的是，他对当时"降胡"安置政策造成的隐患有所觉察，亦有所反映："戍卒厌糟糠，降胡饱衣食""一到征战处，每愁胡房翻"。然而，面对边塞严重的问题和危机，却无法实现自己安边的主张和理想，所以他在诗篇中又一再发出深沉的慨叹："常怀感激心，愿效纵横谟。倚剑欲谁语，关河空郁纡。""岂无安边书，诸将已承恩。惆怅孙吴事，归来独闭门。"塞外见闻和边事议论杂糅一体，功名志向和身世感慨相互生发，使他的这些诗作显得特别丰腴厚重。

　　《燕歌行》是高适边塞诗的杰作：

　　汉家烟尘在东北，汉将辞家破残贼。男儿本自重横行，天子非常赐颜色。摐金伐鼓下榆关，旌旆逶迤碣石间。校尉羽书飞瀚海，单于猎火照狼山。山川萧条极边土，胡骑凭陵杂风雨。战士军前半死生，美人帐下犹歌舞。大漠穷秋塞草腓，孤城落日斗兵稀。身当恩遇恒轻敌，力尽关山未解围。铁衣远戍辛勤久，玉箸应啼别离后。少妇城南欲断肠，征人蓟北空回首。边庭飘摇那可度，绝域苍茫更何有。杀气三时作阵云，寒声一夜传刁斗。相看白刃血纷纷，死节从来岂顾勋。君不见沙场征战苦，至今犹忆李将军。

诗以沉雄的气韵和质实的风格除去初唐歌行过于铺排堆砌的通病，概括了军中将士的苦乐不均，征人思妇的离别痛苦，边塞紧张艰苦的生活环境，以及战士奋不顾身的浴血苦战和"死节从来岂顾勋"的精神，全诗在复杂情绪的错综交织中产生了雄厚深广的艺术力量。

岑参（715—770年），南阳（今属河南）人，最主要的文学成就在边塞诗。天宝后期，唐帝国的内政危机日益严重，但是在西域边境上，唐朝军队兵力强盛、士气很高，局面依然稳定。岑参在此期间于西域边境生活六年之久，对边境的征战生活和自然风光十分了解，对当地的风物气候和民情习俗非常熟悉，同时他胸怀安边报国的壮志豪情，思想性格又具有好奇尚异的特点，所以他的边塞诗不仅内容特别丰富，境界空前开阔，而且写得热情洋溢、气概昂扬，风格雄奇瑰丽，富有浪漫色彩。

在他的边塞诗里，不仅仅是描写了火山云、天山雪等酷热、奇寒的边塞风光，以生动的笔触展现给我们一幅幅塞外风俗画；更重要的是，他充满激情地歌颂了边防将士的英雄精神，衬以广阔的自然背景，描写了各种样式的边塞生活。

在《走马川行奉送出师西征》一诗中，诗人首先极力渲染狂风怒吼、飞沙走石的绝域环境，借以烘托意骄气盛、来势凶猛的匈奴骑兵，有力地反衬出主师出征的强大声威，接着又描写天寒地冻、风雪交加的恶劣气候，着意表现将士衔枚疾走、连夜赴敌的英勇斗志，成功地显示出精锐之师马到成功的必然之势。在前面两层意思的基础上，全篇最后预祝胜利显得自然而合乎情理。

诗人另一名篇《轮台歌奉送封大夫出师西征》也以唐军出征为内容，出色地表现将士的昂扬斗志和大军的无敌声威："上将拥旄西出征，平明吹笛大军行。四边伐鼓雪海涌，三军大呼阴山动。"这里是平明出兵，不同于半夜行军，所以写法与前篇不同。但是两首诗同样都以饱满的热情、高昂的格调为唐军的"出师西征"壮行，成为激励将士、鼓舞斗志的胜利号角。

岑参的边塞诗不仅描写战争，还描写征戍生活中悠闲的一面："幕下人无事，军中政已成。坐参殊俗语，乐杂异方声。"（《奉陪封大夫宴》）他也写征戍者的思乡之情："故园东望路漫漫，双袖龙钟泪不干。马上相逢无纸笔，凭君传语报平安。"（《逢入京使》）

盛唐其他边塞诗人也都从各个方面努力表现边塞生活，取得了突出的艺术成就，只是他们的优秀作品并不限于边塞题材。其中，李颀的诗以刻画人物与描摹音乐见长；崔颢有著名的《黄鹤楼》诗与李白逸事并传；王之涣虽然仅传诗歌三首却都是佳作；王翰的《凉州词》以及刘湾的《出塞曲》也都很有影响。

盛唐精神的代表李白

　　李白（701—762年）是盛唐诗坛的代表作家，同时也是我国文学史上继屈原之后又一伟大的浪漫主义诗人。在他的诗中，浪漫主义精神和浪漫主义的表现手法达到了高度的统一。他生活的时代主要是开元、天宝的四十多年，即所谓"盛唐"时期。这是唐帝国空前繁荣强盛却又潜伏着、滋长着各种社会矛盾和危机的时代。这一时代特点，结合着他的独特的生活经历和思想性格，使他的诗篇表现了与杜甫诗迥然不同的浪漫主义风格，具有很鲜明的独创性。

　　李白，字太白，祖籍陇西成纪（今甘肃天水附近），诞生于中亚的碎叶城（今吉尔吉斯斯坦的托克马克），5岁时随父迁居剑南道绵州，自号青莲居士。李白生活在盛唐时期，25岁时只身出蜀，开始了广泛漫游生活，南到洞庭湘江，东至越州（会稽郡），寓居在安陆、应山。直到天宝元年（742年），李白被召至长安，供奉翰林，后因不能见容于权贵，在京仅两年半，就赐金放还而去，过着飘荡四方的漫游生活。

李白的诗现存九百多首。这些诗集中表现了他一生的思想和经历，也表现了盛唐时代的社会现实和精神生活面貌。

国家的强大，鼓舞他向往功名事业的雄心；政治的危机，更激发了他拯物济世的热望。这种心情，在盛唐诗人中是相当普遍的，李白则表现得更为突出。他在许多诗歌里借历史人物表达了他的政治抱负。他羡慕姜尚："君不见朝歌屠叟辞棘津，八十西来钓渭滨。宁羞白发照清水，逢时壮气思经纶。广张三千六百钓，风期暗与文王亲"（《梁甫吟》）；羡慕诸葛亮："鱼水三顾合，风云四海生。武侯立岷蜀，壮志吞咸京"（《读诸葛武侯传书怀赠长安崔少府叔封昆季》）；羡慕谢安："暂因苍生起，谈笑安黎元"（《书情赠蔡舍人雄》）。李白自视甚高，雄心万丈，屡次自比大鹏，如《上李邕》：

大鹏一日同风起，扶摇直上九万里。假令风歇时下来，犹能簸却沧溟水。世人见我恒殊调，闻余大言皆冷笑。宣父犹能畏后生，丈夫未可轻年少。

长安三年的政治生活，对李白的生活和创作有很深刻的影响。他抱着种种的理想和幻想来到长安，表面上受到玄宗礼贤下士的优待，但是，当权的宦官外戚等人物却暗中对他谗毁打击，他的政治理想和黑暗现实形成了尖锐的矛盾。他写了不少诗歌抒发了自己的痛苦和愤懑。如《行路难》三首之一：

金樽清酒斗十千，玉盘珍羞直万钱。停杯投箸不能食，拔剑四顾心茫然。欲渡黄河冰塞川，将登太行雪满山。闲来垂钓碧溪上，忽复乘舟梦日边。行路难，行路难，多歧路，今安在？长风破浪会有时，直挂云帆济沧海。

这首诗揭示了诗人在坎坷仕途上茫然失落的强烈痛苦，现实是残酷的，他狂放孤傲的性格和超迈的理想主义，无法适应当时的政治环境，他不甘心做帝王豢养的金丝鸟，于是在《宣州谢朓楼饯别校书叔云》里写道：

弃我去者，昨日之日不可留；乱我心者，今日之日多烦忧。长风万里送秋雁，对此可以酣高楼。蓬莱文章建安骨，中间小谢又清发。俱怀逸兴壮思飞，欲上青天揽明月。抽刀断水水更流，举杯消愁愁更愁。人生在世不称意，明朝散发弄扁舟。

他要突围，要远离世俗生活和污浊的政治，只有在社会的边缘才能得到灵感。"安能摧眉折腰事权贵，使我不得开心颜！"看来他只好驾着扁舟遨游江湖了。

李白一生大半过着浪游生活，写下了不少游历名山大川的诗篇，其中还有一些诗和他求仙学道的生活联系在一起。他那种酷爱自由、追求解放的独特性格，常常是借这类诗篇表现出来。当他政治失意之后，这种诗歌也写得特别多，特别好。他喜爱的山水往往不是宁静的丘壑、幽雅的林泉，而是奇峰绝壑的大山、天外飞来的瀑布、白波九道的江河。这些雄伟奇险的山川，特别契合他那叛逆不羁的性格，他好像要登涉这些山川，和天地星辰同呼吸，和天仙神灵相往来。

李白被后人誉为"谪仙""诗仙"，但是，他归根结底还是一个热爱祖国、关怀人民、不忘现实的伟大诗人。我们前面所引用的那些诗歌，都和他忧国忧民的思想有或深或浅的联系。

李白运用的诗体很多样，但贡献最大的是七古和七绝。这两种诗体在当时也是最新最自由的，和他那自由豪放的个性也特别适应。他这方面的成就也很得力于学习乐府民歌。七古无须再谈，这里只列举他几首脍炙人口的七绝：

> 故人西辞黄鹤楼，烟花三月下扬州。
>
> 孤帆远影碧空尽，惟见长江天际流。
>
> （《黄鹤楼送孟浩然之广陵》）
>
> 朝辞白帝彩云间，千里江陵一日还。
>
> 两岸猿声啼不住，轻舟已过万重山。
>
> （《早发白帝城》）

李白的诗歌创作继承了前代诗歌的丰富遗产。他所继承的传统，首先是楚辞和汉魏六朝乐府民歌。他受屈原的影响是多方面的，他发扬了屈原爱国主义精神和坚强不屈的斗争精神，也继承了屈原的浪漫主义的创作方法，像熔铸神话传说、大胆地幻想夸张、重视民歌遗产等方面，他都和屈原完全一致。李白的诗歌在浪漫主义诗歌发展中有着崇高的地位。中唐韩愈、孟郊大力赞扬和学习他的诗歌，创造了自己横放杰出的诗风。李贺浪漫主义的诗风更是受到了他的启发。李白对宋代的苏轼、辛弃疾、陆游等的创作也有很大影响。

诗圣杜甫

杜甫（712—770年），字子美，自称少陵野老，是唐代与李白齐名的大诗人，他创作的诗歌达到了唐代现实主义诗歌的顶峰。

杜甫是京兆杜陵（今陕西西安市西南）人，自其曾祖时迁居巩县（今属河南）。杜甫是晋朝名将杜预之后，生于世代"奉儒守官"的家庭，祖父杜审言是唐初著名诗人，父亲杜闲曾做奉天县令。他自幼勤奋好学，接受了封建正统思想的熏陶，曾有志于"致君尧舜上，再使风俗淳"。但政治上不断受到大地主势力的排挤打击，仕途失意，又经离乱，一生都在饥寒交迫、颠沛流离中度过。杜甫少时虽家贫，但为人聪慧好学，七岁即写下"……心以当竹实，炯然无外求。血以当醴泉，岂徒比清流……"这样歌咏凤凰的诗作。

开元后期，举进士不第，漫游各地。30岁时回到洛阳，筑室偃师，在那里结婚。天宝三载（744年），也就是33岁时，杜甫在洛阳与李白相识，当时李白刚刚被"赐金放还"，二人同游梁、宋，建立了千古传颂的友谊。这一时期，也是杜甫一生最惬意、最浪漫的时光。他南游吴、越，北游齐、赵，过着裘马轻狂的生活。"醉眠秋共被，携手日同行"，共同的志趣和爱好使他们成为密友。此间所写《房兵曹胡马》《画鹰》即是其代表作品。选入中学课本的《望岳》也是此时期的佳作，诗人以近岳想象登临五岳之首的泰山所见的壮丽图景，抒发了自己远大的政治抱负，其中"会当凌绝顶，一览众山小"成为千古传颂的佳句，表达了他想要攀登人生绝顶、济世安邦的宏伟志向。

天宝五年（746年）是杜甫人生的一个转折点，这一年他参加了由李林甫操纵的一次考试，落入骗局。其后寓居长安近十年，几次干谒汲引，但都落空。可以说在长安十年，杜甫历尽艰辛。但恰恰如此，使杜甫看到了生民的疾苦、国家的安危，对当时的黑暗政治也有了较深的认识。

及安史之乱起，杜甫落入叛军手中，被押解到长安，后逃至凤翔，谒见肃宗，官左拾遗。长安收复后，随肃宗还京，又因疏救房琯，贬为华州司功参军（758年）。不久弃官往秦州、同谷，又移家成都，筑草堂于浣花溪上，世称浣花草堂。杜甫在成都有一段时间生活相对安定，一度在剑南兵马使严武幕中任参谋。后因剑南兵马使反，成都混乱，晚年携家出蜀，住梓州，来往旁县，大历五年（770年）病死在自潭州赴岳州途中。一说死于耒阳。

杜甫是我国文学史上伟大的现实主义诗人。他的诗不仅具有丰富的社会内容、鲜明的时代色彩和强烈的政治倾向，而且充溢着热爱祖国、热爱人民、不惜自我牺牲的崇高精神。因之自唐以来，他的诗就被公认为"诗史"。

杜甫所处的时代，是唐帝国由盛而衰的一个急剧转变的时代。安史之乱是这一转变的关键。杜甫经历了所谓开元盛世，也经历了安史之乱的全部过程。杜甫的一生是和他的时代、特别是安史之乱前后二十年间那"万方多难"的时代息息相关的。尖锐而复杂的阶级矛盾、民族矛盾以及统治阶级内部的矛盾，不仅造成人民的深重灾难和国家的严重危机，也把杜甫卷入了生活的底层。他曾长期生活在人民中间，这就使他有可能描绘出那整个苦难时代的生活图画，并逐渐攀登上现实主义的高峰。

他的诗不仅广泛地反映了人民的痛苦生活，而且大胆深刻地表达了人民的思想感情和要求。其"三吏""三别"反映了广大人民在残酷的兵役下所遭受的痛楚。在这里，有已过兵役年龄的老汉，也有不及兵役年龄的中男，甚至连根本没有服兵役义务的老妇也被捉去。《羌村》第三首也说道"儿童尽东征"。在《赴奉先咏怀》中，他更指出了劳动人民所创造的物质财富养活了达官贵族"彤庭所分帛，本自寒女出。鞭挞其夫家，聚敛贡城阙"，并一针见血地揭露了封建社会剥削者与被剥削者之间的阶级对立这一根本矛盾"朱门酒肉臭，路有冻死骨"！

杜甫是一位儒家知识分子，他胸怀经邦济世的理想和仁者爱人的情怀。他自己时常饥寒交迫，挈妇将雏，辗转流离，却总是关心国家的前途、人民的痛苦。当其茅屋为秋风所破时，他却发出了这样的宏愿：安得广厦千万间，大庇天下寒士俱欢颜。风雨不动安如山。呜呼，何时眼前突兀见此屋，吾庐独破受冻死亦足！他宁愿"冻死"来换取天下寒士的温暖。当国家危难时，他对着三春的花鸟会心痛得流泪，如《春望》：国破山河在，城春草木深。感时花溅泪，恨别鸟惊心。烽火连三月，家书抵万金。白头搔更短，浑欲不胜簪。一旦大乱初定，消息忽传，他又会狂喜得流泪，"剑外忽传收蓟北，初闻涕泪满衣裳"。

杜诗在语言艺术方面是有突出成就的。他的语言经过千锤百炼，用他自己的话说是"为人性僻耽佳句，语不惊人死不休"。他喜欢佳句，所以他的语言一定要得到那种惊人的效果，如果达不到这种效果，那么就要继续地反复地修改，死也不甘心。他又说："新诗改罢自长吟，颇学阴何苦用心。""阴"是阴铿，"何"是何逊，这是南朝的两个诗人。杜甫写诗总是不断地在修改，改了以后还要不断地吟诵，在吟诵的过程中再继续地修改，从而形成了苍劲、凝练的主要特色。

从诗歌的体裁方面来看，杜甫是众体兼长的一名诗人，五言、七言、古体、律诗、绝句，他都能够运用自如，尤其是古体和律体，杜甫写得非常好。其律诗的成就，首先在于扩大了律诗的表现范围。他不仅以律诗写应酬、咏怀、羁旅、宴游以及山水，而且用律诗写时事。以古体写时事，受限制较少，杜甫多数写时事的诗都是古体。他这部分写时事的律诗，较少叙述而较多抒情与议论，如《秋笛》《即事》（闻道花门破）《王命》《征夫》等。为了扩大律诗的表现力，他还以组诗的形式，表现一些较难表现、较宽泛的内容，其五律和七律都有这样的组诗。五律中的《秦州杂诗二十首》是一例。20首诗集中地表现了他在秦州时的心境。杜甫以律诗写组诗最为成功的是七律，如《秋兴八首》，这组诗写于滞留夔州时期，夔州山城秋色引发了杜甫的故园之思，加上暮年多病、知交零落、国事未定，诗作表达了作者壮志难酬的寂寥心情，意境苍凉深阂。

杜甫把律诗写得纵横恣肆，极尽变化之能事，合律而又看不出声律的束缚，对仗工整而又看不出对仗的痕迹。如《闻官军收河南河北》：

剑外忽传收蓟北，初闻涕泪满衣裳。却看妻子愁何在，漫卷诗书喜欲狂。白日放歌须纵酒，青春作伴好还乡。即从巴峡穿巫峡，便下襄阳向洛阳。

全诗把一种骤然到来的狂喜心情表现得淋漓尽致，用"忽传""初闻""却看""漫卷"这些动词，加强了突然性和随意性色彩；用"即从""便下""穿""向"等词，连接四个地名，造成风驰电掣的气势。表达的方式仿佛散文一般，感情流畅，连贯性、整体感极强，丝毫不受律体的束缚。杜甫律诗的最高成就，可以说就在于把这种体式写得浑融流转、无迹可寻，写来若不经意，使人忘其为律诗。如《江村》：

清江一曲抱村流，长夏江村事事幽。自去自来堂上燕，相亲相近水中鸥。老妻画纸为棋局，稚子敲针作钓钩。多病所须惟药物，微躯此外更何求。

这首诗以亲切随便的语气说出，不露对仗和声律安排的痕迹。

有时为了表达某种感情的需要，杜甫也写拗体，晚年七律拗体更多。这种拗体与七律初期出现的某些不合律现象是有区别的，它是成熟之后的通变。杜甫是有意识用拗体写律诗的第一人，并且取得了一定的成效。而黄庭坚则大大地发展了杜甫的这种诗体，形成了他标志性的奥峭瘦硬的诗风。

大历十才子

大历十才子是指唐代宗大历年间（766—779年）的十位诗人，其所包括的诗人历代说法略有差异。唐代姚合《极玄集》卷上"李端"名下注：李端与"卢纶、吉中孚、韩翃、钱起、司空曙、苗发、崔峒、耿湋、夏侯审唱和，号十才子"。《新唐书·卢纶传》也说他们"皆能诗齐名，号大历十才子"。但南宋计有功《唐诗纪事》、严羽《沧浪诗话》所载与之稍有不同。

大历初年，安史之乱的战火初平，但国力已经大大被削弱，早已失去了"盛唐气象"。大历诗人们生活在动荡之中，因避地、仕宦、贬谪等因素漂泊不定，诗歌主题自然地趋向羁旅、相逢、离别等内容。盛唐时代的建功立业、奋发向上的慷慨豪迈之才全然黯然失色了。大历诗人大部分丧失了理想、浪漫激情和生活的方向，他们渴望安定的生活、平稳的仕途，但社会的客观环境难以为其提供有力的保障。因而，他们把诗歌的主题从广阔的社会转向个人生活的小圈子，生老病死、悲欢离合等生活琐事伴随着惆乱伤时的情绪成为诗歌的主要题材和基调。以洛阳、长安为活动中心的文人们忘记了时代的苦难，在觥筹交错中迎来送往，以其艺术修养和才情作为风雅的点缀，陪从游宴，酒席上分题限韵，酬唱赠答，施展才华和沽名夺价。多是为统治阶级歌功颂德、流连光景、闲情逸致之作，客观上起着歌舞升平、粉饰现实的作用。

虽说他们的诗作多应景献酬，流连光景，粉饰现实，但从艺术上看，艺术造诣较高，多为近体，五律成就尤高。钱起《省试湘灵鼓瑟》、卢纶《塞下曲》等是其中的佳作。如《塞下曲》："月黑雁飞高，单于夜遁逃。欲将轻骑逐，大雪满弓刀。"寥寥二十字便勾勒出壮阔的画面，渲染了紧张的战争气氛，刻画出鲜明的人物形象，很见功力。

李益也曾被列入"十才子"，是这一时期最有独创性的诗人。他曾到过塞外，因而写作了不少边塞诗，但这些诗多反映边塞的荒凉寂寞、戍边将士对战争的不满和厌倦，已不再有盛唐边塞诗那种高亢乐观的情调，而是于壮烈、慷慨之中带有伤感和悲凉的情调。这些诗又多用他极擅长的七绝来写，因而常被谱入管弦，流传很广。如《夜上受降城闻笛》《从军北征》等，均用浓重的笔墨勾勒出边塞的典型环境，淋漓尽致地抒发了征人不尽的乡愁，悲壮婉转，意境浑成。李益的送别酬赠和妇女题材的诗也有不少佳作，如《喜见外弟又言别》《江南曲》等。

韩愈与古文运动

"古文运动"，是现代人的概念，指的是发生在公元8世纪后期的一次文体革命。它的口号是"文以明道"，就是要求用散文来阐明儒家古道的宗旨，摆脱骈俪体裁的束缚，使文章的形式为内容服务。因为参加的人多，目标明确，既有理论指导，又有创作实践，形成了规模较大的文学浪潮，所以被称为文学史上的一次文体文风改革运动。

这场运动的代表人物是韩愈、柳宗元。他们提出"文以载道"的主张。尤其是韩愈，以儒家道统自居，强调儒家孔孟之道的正统。他们反对骈文，提倡先秦两汉古文，提出"惟陈言之务去"，反对雕饰造作。

韩愈是司马迁以后最著名的散文家，苏轼说他"文起八代之衰，而道济天下之溺"（《潮州韩文公庙碑》）。他的贡献在于不但恢复了先秦两汉的古文传统和历史地位，而且大大扩大了散文的功用，使这种原来主要用于著述的文体，真正成为自由交流思想、描述事物、表达情感，具有多样化功能的语文工具，从而开辟了散文创作的广阔天地。

同时，他十分重视文学特征的表现和文学手段的运用，创作出许多优秀的文学散文，提高了散文的审美品格，由此奠定了他在文学史上的崇高地位。

韩愈（768—824年），字退之，河阳（今河南孟县）人，郡望为河北昌黎。世称韩昌黎、韩吏部、韩文公。韩愈三岁时父亲去世，由兄长韩会抚育成人。他自幼好学，七岁读书，十三能文。后师从独孤及、梁肃，自称"前古之兴亡，未尝不经于心也；当世之得失，未尝不留于意也"（《与凤翔邢尚书书》），立下济时用世的志向。

贞元八年（792年），韩愈登进士第，三试吏部不中。曾任宣武节度使董晋和徐泗濠节度使张建封的幕僚，后为四门博士、监察御史。贞元十九年（803年），京畿天旱人饥，群臣匿而不报。韩愈上疏言情，指斥朝政，请免赋税徭役，被贬为连州阳山令。元和元年（806年），自江陵府法曹参军召拜国子博士。此后数年，屡有升降。元和十二年（817年），随裴度平淮西吴元济有功，迁刑部侍郎。

元和十四年（819年），唐宪宗迎奉佛骨，京师为之骚然，韩愈挺身而出，上《论佛骨表》谏阻，极大地触怒了宪宗，险遭极刑。幸得裴度、崔群力救，贬为潮州刺史。穆宗即位，奉召回京，历任国子祭酒、兵部侍郎、吏部侍郎、京兆尹兼御史大夫等职。长庆四年（824年）病卒，终年57岁，谥文公，有《昌黎先生集》。

韩愈以儒家道统继承人自居，一生致力于排斥佛老，弘扬儒学。他思想的主流是积极进步的，如崇尚兼济，鄙弃独善；拥护统一，反对割据；主张仁政，抨击时弊；倡导师道，奖掖人才等。然而他的思想非常复杂：他崇尚儒学，却"合儒墨，兼名法"，杂取先秦诸子思想；

他力斥佛老，却信奉天命鬼神；他诋毁王叔文、王任的"永贞革新"，却与二王一样反对藩镇割据、宦官专权；他提倡仁政，反对横征暴敛，却又宣扬"民不出粟米麻丝、作器皿、通货财以事其上则诛"（《原道》）。这些矛盾在他的散文创作中都有所反映。

韩愈的散文，内容丰富，题材广泛。他以自己的文学创作，实践了自己的文学理论，在论、说、传、记、书、序、颂、赞等各种文体中，都有创新突破，都取得了卓越成就，产生了深远影响。

韩愈的论说文，包括哲学论文、政治论文、文学论文和"不平则鸣"的杂文等。《原道》《原性》《原人》《原鬼》等哲学论文，集中体现其儒学复古思想，阐述其儒家道统观点。他在行文中论述孔孟而不引经据典，言必己出，创造一种新的散文笔法，文章结构严谨，语言酣畅淋漓、理直气壮，最能体现韩愈论说文特色。

政治论文《原毁》《论佛骨表》《论淮西事宜状》等，论列时政得失，表述其政治观点和才略胆识。《原毁》通过对比古今君子责人待己的不同态度，批判当时社会上普遍存在的压抑、毁谤人才的丑恶现象。《论佛骨表》针对唐宪宗的佞佛行为和社会上迷信佛教的风气，做了尖锐而有力的批判。作者放言无忌，辞急气盛，列举事实，充分说理，具有无可辩驳的说服力。

文学论文主要是为指导古文写作而撰写的书、序、题跋等。著名的有《答李翊书》《答刘正夫书》《送孟东野序》《送高闲上人序》《题欧阳生哀辞后》等。作者往往结合对方观点，阐明自己的文学思想和创作经验，篇幅短小而议论精深，文笔平易而气势酣畅。这些文章对古文运动起了指导和推动作用。

"不平则鸣"的杂文，有《杂说》四、《送穷文》《进学解》等，这是作者愤世嫉俗、抒发牢骚的作品。《杂说》四以伯乐和千里马为喻，慨叹名马不遇伯乐而骈死槽枥，揭露封建统治者压抑、埋没人才的现实，寄托自己怀才不遇的感愤。《送穷文》《进学解》继承并发展了东方朔《答客难》、扬雄《解嘲》的问答形式和幽默笔调，分别通过人鬼对话、师生问答，在自我解嘲中，讥讽时俗不辨贤愚。从艺术上看，这类文章都有寓庄于谐的特点，婉转中蕴藏郁愤，诙谐中寄寓讽刺。

韩愈的记叙文，继承并发展了《史记》《汉书》记事写人的传统，叙事绘声绘色，人物形象极其鲜明。《张中丞传后叙》写张巡、许远、南霁云等人抗击安史乱军，死守睢阳，誓与危城共存亡的壮烈事迹。人物描写以南霁云向贺兰进明求援一段最为生动形象，南霁云抗敌爱国的忠烈形象跃然纸上。

墓志碑铭文字在韩愈文集中占有相当数量，如《柳子厚墓志铭》《贞曜先生墓志铭》《南阳樊绍述墓志铭》等，都是作者为志同道合的文坛挚友撰写的佳作。文章选取典型事例，描述墓主的不幸遭遇，评价他们的诗文成就，情真意切，感人肺腑，而且各具特色，绝无陈套。应用文体的墓志铭，在韩愈笔下成为富于文学性的记叙文。不过应当指出的是，韩愈所撰写的墓志铭当中，也有不少未能免俗的"谀墓之文"。

韩愈还有一些类似小说的传记，如《毛颖传》《石鼎联句诗序》等。作品用虚构的情节、拟人化的手法以及"以文为戏"的笔致，记叙离奇的故事，寄托作者的身世感慨，讥讽丑恶的世俗人情。文章妙趣横生而意致深沉，既有寓言故事的格调，又具传奇小说的特点。

抒情文主要见于祭文、书信中。这些作品融抒情、叙事和议论于一体，感情强烈，具有很强的艺术感染力。如《祭十二郎文》突破了祭奠之辞例用四六韵文的陈规，以如泣如诉的文笔忆身世、叙家常，委婉深挚地传达出他对有抚育之恩的兄嫂和十二郎的悲痛悼念之情，把接到十二郎不幸病亡的消息后由惊而疑、由疑而信、进而大悲大恸以至沉思感叹的心理过程抒写得淋漓尽致而又波澜曲折，被誉为"祭文中千年绝调"。

韩愈散文的风格雄健奔放，波澜壮阔。他善于活用成语，吸收口语，自铸新词。如业精于勤、动辄得咎、含英咀华、牢不可破、落井下石、同工异曲、俯首帖耳、摇尾乞怜、蝇营狗苟等。韩愈散文对当时和后世的散文家都产生过广泛而深远的影响。

柳宗元的散文

柳宗元是唐代杰出的散文家，也是"唐宋八大家"之一。今存400多篇散文，其中大部分是政治、哲学方面的论文。这些文章着重从典章制度、时令刑政、天人关系等方面系统地阐述他对"圣人之道"的理解，从对历史事件、事实和传统观念的重新审视中，批判和辨析先秦以来各家政治学说，总结国家兴亡理乱的教训。

他的《封建论》论述帝王受命于人，而不在于天，郡县制取代封建制乃势之必然，批判了封建世袭制。《六逆论》批判了为乱之本的维护旧等级秩序和任人唯亲的思想，指出任人唯贤才是"择君置臣之道、天下理乱之大本"。这类文章往往直接从要害处入手，就正反两方面提出质疑，使结论水到渠成，同时以构思的峭奇引人入胜，体现了作者目光犀利、逻辑严密和行文锐利警快的风格。

柳宗元还写了许多文学性散文。有的寄托政治失意的苦闷，有的讽刺封建统治阶级丑恶的人情世态，有的反映劳动人民的疾苦和赋税剥削的苛重，有的歌颂敢于伸张正义、为民除害的英雄人物。内容丰富、形式多样。其散文善于以小见大，就本论理，借题发挥，从平常的生活事件中揭示出各种尖锐的现实矛盾，在简洁的叙事框架中包含深厚的思想内蕴。如《捕蛇者说》通过蒋氏以捕蛇为生的遭遇，深刻形象地控诉了"苛政猛于虎"的现实悲剧。《愚溪对》嬉笑怒骂，反语正说，在诙谐风趣中蕴藏着深沉的牢骚。

柳宗元的寓言散文也取得了很高的成就。先秦时期寓言主要是作为一种论据存在于诸子散文和策士言辞之中，一般是一个故事说明一个道理，一篇中可以连用几个寓言。柳宗元则使寓言独立成篇，每个故事中都包含着他对各种社会现象的深刻观察。他善于用各种动物拟人，抓住某一特性加以夸张，使读者既可以从中领会作者对当时社会政治的讽喻批判意旨，又可以结合自己的思想和生活经验，从不同角度认识它们的丰厚意蕴。这类文章类比贴切，择喻精当，寓意警策。《三戒》《虫负蝂传》《罴说》《鹘说》《谪龙说》等都是如此。如《三戒》中的《黔之驴》通过虎从惧驴到食驴的过程，讽刺了无德无能、外强中干的人或势力。《虫负蝂传》揭露了贪财亡命之徒的丑恶嘴脸。这些寓言无不命意新奇、讽喻生动、幽默犀利。

柳宗元传记散文成就也很高，其中不少以下层劳动者为描写对象。他往往借题发挥，通过对某些下层人物的描写，反映中唐时期百姓的悲惨生活，揭露尖锐的社会矛盾和黑暗现实，讽刺丑恶的社会现象，达到一般的史传文所不可能具有的深刻的思想意义。在艺术上，他重视人物的精神特质和形象的真实性，善于选择典型材料和进行细节描写，如《段太尉逸事状》通过三件事刻画了段秀实沉着机智、不畏强暴、爱护百姓的优秀品格，谴责了骄兵悍吏残民以逞的罪恶行径。《梓人传》《种树郭橐驼传》《童区寄传》《宋清传》等均为下层人物立传，歌颂了他们的崇高品质。

山水游记是柳宗元散文中最精彩的部分。他对山水游记的发展做出了开创性的巨大贡献。此前南朝的山水游记多用骈文书信体表现，而且是以表现声色之美为主。初盛唐的亭阁山水记多用于刻石记功，缺乏作者的真情实感，真正称得上山水游记的作品并不多。柳宗元的山水游记多作于被贬永州时期。他观察细微，描绘精确，而且字里行间寄托了遭贬被弃的悲愤，代表作是《永州八记》。一方面，他用精确的语言、细腻的描写，展示了形神兼备的景物图画；另一方面，又通过主观感受的强烈介入和鲜明表现，创造出情景交融的艺术境界，把山水散文创作提高到了一个新的水平，从而确立了山水散文在文学史上的独立地位。

柳宗元散文的基本特点是风格高古峭拔，立意新奇深刻，逻辑思维精密，论辩锋芒锐利，文字精致简洁。

"古文运动"的参加者中影响较大的是韩愈的弟子李翱和皇甫湜。李翱的代表作有《答朱载言书》《寄从弟正辞书》等，阐述了韩愈关于道的观念，强调文以明道。他的散文简洁平易，发展了韩文"文从字顺"的特色。皇甫湜的代表作有《答李生书》（三篇），他认为文章应"意新""词高"，其主张及创作实践都发展了韩文奇崛的一面。

"诗豪"刘禹锡

永贞元年（805年）的政治革新及其失败极大地影响了中唐文学。刘禹锡和柳宗元是革新集团的重要人物，而革新失败之后的政治迫害却成就了他们的文学事业，使他们在名家辈出的中唐时代独树一帜而卓然自立。

刘禹锡（773—842年），字梦得，河南洛阳人。他最为人称道的是咏史怀古的诗作。这些诗语言平易简洁，意象精当新颖，在古今相接的大跨度时空中，缓缓注入诗人深沉厚重的悲情，使得作品具有一种沉思历史和人生的沧桑感、隽永感，在中唐诗坛独树一帜。如《西塞山怀古》《荆州道怀古》《金陵怀古》《姑苏台》《金陵五题》等作品，无不沉着痛快、雄浑老苍。如《西塞山怀古》：

王濬楼船下益州，金陵王气黯然收。千寻铁锁沉江底，一片降幡出石头。人世几回伤往事，山形依旧枕寒流。今逢四海为家日，故垒萧萧芦荻秋。

诗人虽有"四海为家日"之言，实怀"萧萧芦荻秋"之感，他追怀晋灭东吴统一全国的史实，寄寓着对中唐时期割据势力的批判。诗的前四句咏史怀古，后四句写景言情，怀古幽思和现实忧患融为一体，底蕴深厚，意味隽永。

他的《金陵五题》更为人所激赏，如《石头城》："山围故国周遭在，潮打空城寂寞回。淮水东边旧时月，夜深还过女墙来。"《乌衣巷》："朱雀桥边野草花，乌衣巷口夕阳斜。旧时王谢堂前燕，飞入寻常百姓家。"两首诗于历史兴衰的感慨中，蕴含着警诫当朝的意旨，想象入微，描写精巧，而风格却又凝练含蓄，都是咏史诗中的杰作。

刘禹锡学习民歌的自觉程度以及创作成就，在唐代诗人中首屈一指。他在巴山楚水生活期间，学习当地歌谣，创作了《竹枝词》《踏歌词》《杨柳枝》《堤上行》《浪淘沙》等大量优秀作品：

杨柳青青江水平，闻郎江上唱歌声。东边日出西边雨，道是无晴却有晴。

（《竹枝词》）

日照澄洲江雾开，淘金女伴满江隈。美人首饰侯王印，尽是沙中浪底来。

（《浪淘沙》）

这些作品一方面吸取歌谣的特色，保持民间的风味，一方面又丰富了思想内涵，提高了文学品位，成为唐代诗苑中雅俗共赏的艺术新花。

刘禹锡的诗既不同于元、白的平易浅俗，也有异于韩、孟的深刻奇崛，实于两大诗派之外豁然别开生面。其诗境界优美，韵律自然，格意奇高，骨力刚劲，往往充溢着兀傲豪迈之气，因而享有"诗豪"之誉。

郊寒岛瘦

"郊寒岛瘦"是苏东坡对中唐著名诗人孟郊和贾岛的诗歌特点的概括，道出了两位诗人创作上的共性，即诗歌格局上较为窄小，缺乏韩愈、李贺等人的气势；手法上雕词琢句，呕心沥血，"两句三年得，一吟双泪流"，是著名的苦吟诗人，给人寒瘦的窘迫之感。

孟郊（751—814年），字东野，湖州武康（今浙江武康）人，屡试不第，46岁才中进士，50岁始做溧阳尉。一生穷愁潦倒，但不苟同流俗，死后人称"贞曜先生"。孟郊作诗以内容上"吟苦"和艺术上"苦吟"著称。他有广为传诵的《游子吟》等平易近人之作，但是更多的是《苦寒吟》《秋怀》《寒地百姓吟》一类作品。在后一类作品中，他极力表现生活的穷困和遭遇的不幸以及从中获得的人生体验，使用频率较高的是"忧""愁""哀""伤""饥""寒""病""苦"一类字眼，因而作品多有孤寒凄苦的色调。同时他创意险怪，造语奇峭，追求表现上的古拙瘦硬，使诗具有强烈的心理冲击力量。如"借车载家具，家具少于车。"（《借车》）"吹霞弄日光不定，暖得曲身成直身。"（《答友人赠炭》）"瘦坐形欲折，腹饥心将崩。"（《秋怀》）"南山塞天地，日月石上生。"（《游终南山》）这类奇险超俗的诗句都是他苦心搜求、刻意锤炼所实现的艺术效果。

贾岛（779—843年），字阆仙，范阳（今北京）人，早年为僧，法名无本，还俗以后考中进士，曾官长江主簿。他和孟郊一样以诗歌为生命，以苦吟为旨趣，前人素有"郊寒岛瘦"之说。他在《送无可上人》"独行潭底影，数息树边身"两句下面曾自注一绝："两句三年得，一吟双泪流。知音如不赏，归卧故山秋。"由此足见他的刻意追求。与韩愈、孟郊注重古体不同，贾岛创作致力于近体。他多以五律抒写清苦寂寞的生活和荒凉冷僻的景物，并以瘦硬苦涩的风格取胜。他的才力不如韩孟深厚，想象不如韩孟奇诡，但是由于他苦心推敲，着力锤炼，因而作品多有佳句。"秋风生渭水，落叶满长安。"（《忆江上吴处士》）"长江人钓月，旷野火烧风。"（《寄朱锡珪》）"怪禽啼旷野，落日恐行人。"（《暮过山村》）诸如此类向来为人所激赏。若论佳篇，他的一些小诗如《剑客》《寻隐者不遇》，历来也都传诵广远。在晚唐五代以及两宋诗人中，贾岛的影响不容忽视。

"鬼才"李贺

李贺（790—816年），字长吉，福昌（今河南宜阳）人，出身于没落的皇室后裔家庭。少年时已有诗名，为韩愈等人所器重，但是为避家讳（父名晋肃，"晋"与"进"音同）不能应进士考。他仅做过一任职掌祭祀仪式的小官奉礼郎，辞官后在生活窘迫和精神郁闷中度过短暂的一生，病逝时年仅27岁。

李贺富于艺术创新精神，为了笔补造化、巧夺天工的艺术理想，他不仅注意借鉴前人的艺术经验，特别是屈原的奇诡变幻、鲍照的险峭夸饰、李白的想落天外以及古乐府的绮丽清新，同时呕心沥血，苦心孤诣，努力创造超越传统、高于生活的美学境界，以出人意表的构思、奇异瑰丽的意境、自由随意的结构、新颖独特的修辞、华美新奇的语言，构建了别具一格的诗歌形式，人称"长吉体"。如《李凭箜篌引》：

吴丝蜀桐张高秋，空山凝云颓不流。

湘娥啼竹素女愁，李凭中国弹箜篌。

昆山玉碎凤凰叫，芙蓉泣露香兰笑。

十二门前融冷光，二十三丝动紫皇。

女娲炼石补天处，石破天惊逗秋雨。

梦入神山教神妪，老鱼跳波瘦蛟舞。

吴质不眠倚桂树，露脚斜飞湿寒兔。

诗人完全从音乐感受出发，借助于通感规律，巧妙地将听觉感受转变为视觉形象，以自然景物的超常模拟，神话形象的细致刻画，梦幻境界的生动描绘，表现了"惊天地，动鬼神"的演奏效果。其中每一想象的展开，都是音乐感受的传达。"女娲炼石补天处，石破天惊逗秋雨"写出心灵的强烈震撼，"吴质不眠倚桂树，露脚斜飞湿寒兔"写出乐曲的美妙迷人。全诗意象的错综组合，真切反映出整个演奏给予人的丰富的美感享受。再如《雁门太守行》：

黑云压城城欲摧，甲光向日金鳞开。

角声满天秋色里，塞上燕脂凝夜紫。

半卷红旗临易水，霜重鼓寒声不起。

报君黄金台上意，提携玉龙为君死。

诗人凭借想象描写边地将士的浴血战斗。一面黑云压城，一面甲光向日；时而角声满天，时而鼓声不起，诗中抒写跌宕起伏，跳跃自如；黑云、金鳞、紫塞、红旗，交相辉映，浓墨重彩中形成冷峻顽艳的色调，产生强烈的感性刺激效果；此外再兼以比喻、象征、联想、暗示的巧妙运用，这首诗成功地表现出鏖战场面的紧张激烈和将士情怀的悲壮慷慨，其艺术风格确实独特而罕见。

李贺以奇崛幽峭、秾丽凄清的诗歌开拓了新的艺术境界，在唐代诗坛乃至整个中国诗歌史上，他是一位异军突起的杰出诗人。杜牧为李贺诗集撰序，并指出李贺诗多借助于荒坟野草、牛鬼蛇神等奇异的形象，表达怨恨悲愁情绪和荒诞虚幻的意境。其中荒郊野鬼、香魂梦语等阴冷幽峭的意象尤为突出，如"鬼灯如漆点松花""啾啾鬼母秋郊哭""秋坟鬼唱鲍家诗""鬼雨洒空草""鬼哭复何益"等。诗歌中大量出现鬼魂的形象来寄托感情，除李贺外，前无古人后无来者。人们在评价李贺诗时也往往将其才华和诗中的"鬼"字联系到一起。所以，宋朝严羽《沧浪诗话·诗评》云："人言太白仙才，长吉鬼才；不然，太白天仙之词，长吉鬼仙之词耳。"

白居易与新乐府运动

"乐府"本来是秦汉时代管理音乐的官府，其活动之一是采集民间歌谣。这些诗歌经乐府保存下来，汉人称其为"歌诗"，魏晋时始称"乐府"，后世文人仿照汉乐府创作的诗也被称作"乐府诗"，这样，"乐府"便由机构名称演变为诗体名称了。

所谓"新乐府"是指唐人自制新题而作的乐府诗，以区别于袭用古题的乐府诗。盛唐诗人杜甫就写作了大量的"即事名篇，无复依傍"的乐府式诗。元和四年（809年），李绅写了《新题乐府》20首，元稹写了《和李校书新题乐府》12首，白居易也有名为《新乐府》的诗歌50首，正式标举"新乐府"的名称。他们倡导创作新乐府，以推动诗歌革新运动。白居易提出"文章合为时而著，歌诗合为事而作"，主张诗歌要揭露朝政弊端，反映民生疾苦；提倡诗经的"美刺"传统和比兴手法，反对六朝以来"嘲风雪，弄花草"的脱离现实的诗风；还主张诗歌语言要直切浅近，便于晓谕和传播，从而收到"补察时政""泄导人情"的效果。

　　白居易的《新乐府》50首、元稹的《田家词》《织妇词》、王建的《水夫谣》等大量诗歌，都讽喻时事，反映民生疾苦，反映出广泛深刻的社会内容和平易浅近的风格。白居易、元稹等人倡导的诗歌理论和写作的乐府诗，在当时文坛影响很大，文学史上称之为新乐府运动。

　　白居易（772—846年），字乐天，祖籍太原，后移居下邽（今陕西渭南县），生于河南新郑县。29岁中进士。此后的生活、思想和创作，以44岁贬江州司马为界，分为前后两期。

　　前期，仕途顺遂，思想上以兼济天下为主，诗歌创作以讽喻诗为主。他中进士后，任校书郎。35岁授周至县尉。《长恨歌》即作于此时。36岁擢翰林学士，次年除左拾遗。在任左拾遗期间，他进入现实主义诗歌创作高峰。《秦中吟》10首，《新乐府》50首均作于此时。在为母居丧三年中，他写了《采地黄者》《村居苦寒》《新制布裘》等同情人民的现实主义诗篇，其间政治热情开始冷淡，"独善其身"的思想渐渐发展。

后期，白居易44岁，因上书请求追捕刺杀宰相的凶手，被权贵诬陷，贬为江州司马，进入他独善其身的后期生活。在贬官江州司马时，作《琵琶行》，寄意自己的不平与愤懑。这时还写了著名的文学论文《与元九书》，后任忠州、杭州、苏州等地刺史，为百姓做了一些有益的事情。55岁后，历任秘书监、河南尹、太子太傅等职。晚年闲居洛阳履道里，自号"香山居士"。此时，他受佛道思想影响，思想趋于消极，创作上也以闲适诗为主，75岁卒。

白居易的诗歌理论是他的新乐府诗创作经验的总结，也是他积极的政治主张在文学上的体现。其主要观点有以下几个方面。

为时为事而作的创作原则。他主张诗歌应积极反映现实，干预生活。在《与元九书》中提出"文章合为时而著，歌诗合为事而作"的现实主义创作原则。他所说的"时""事"，正是国家兴衰、时政得失、民生疾苦等重要内容。这个创作原则是现实主义诗歌理论的新发展，也是对齐梁诗风以至大历诗风的一种否定，因而对新乐府运动的开展，以至对后代诗歌创作都有积极影响。

讽喻美刺的创作要求。他要求诗歌创作应有强烈的批判性和战斗性。在《策林》："俳辞赋合炯戒讽喻者，虽质虽野，采而奖之"，认为"补察得失之端，操于诗人美刺之间焉"。所以他把自己揭露黑暗、抨击时弊的新乐府诗称为讽喻诗，是美刺比兴之作，也即"惟歌生民病，愿得天子知"（《寄唐生》）之意。

著诚去伪的创作态度。他要求诗歌创作取材必须真实，要"尚质抑淫，著诚去伪"（《策林》）。他的新乐府诗，就是严格遵循"其事核而实，使采之者传信"（《新乐府序》）的原则写作的。这一观点有力地批判了华伪诗风，促进了新乐府运动的开展。

关于形式和内容的关系。他把内容放在首要地位，要求形式为内容服务。他以果树为喻，表述为根情、苗言、华声、实义。所以他强调诗歌创作"系于意，不系于文""非求宫律高、不务文字奇"。为了更好地为"根""实"服务，他主张"其辞质而径""其言直而切""其体顺而肆"，即语言浅显，形式通俗。由于他的提倡和推动，诗歌的通俗化向前推进了一大步。

白居易的诗歌理论，和正统的儒家诗论是一脉相承的，目的是"补察时政""泄导人情"（《与元九书》）。白居易把诗歌看作维护封建统治和封建秩序的有力工具。他在强调内容的真实性时，忽视了艺术的虚构、夸张幻想等浪漫主义手法的积极作用，对屈原、李白这些伟大的浪漫主义诗人及其传统也未予足够重视。他单纯要求形式质直，而忽视艺术美感，也失之片面。

白居易诗，今存3800多首。51岁时，他曾把自己的1300多首诗分为讽喻、闲适、感伤、杂律四类。其中讽喻诗170多首，取材广泛，批判性和战斗性强，是白居易现实主义诗歌的代表作。《秦中吟》10首，《新乐府》50首，颇具讽喻之特色。

"惟歌生民病"是讽喻诗的突出主题。作品深刻揭露统治者的横征暴敛，反映人民生活的极端困苦，如《重赋》揭露了两税法的流弊和贪吏敛索无度的行径；《观刈麦》表现诗人对赋敛的痛恨，对人民苦难生活的同情；又如《村居苦寒》同情人民生活的苦寒；《杜陵叟》鞭挞胥吏"急敛暴征"的罪行等。讽喻诗的内容还包括对统治阶级"轻裘肥马"骄奢生活的批判，如《轻肥》《买花》等；对弊政的批判，如《卖炭翁》《新丰折臂翁》等；反映妇女劳苦命运的，如《上阳白发人》等。

白居易的感伤诗有一百多首，其中广为传诵的有《长恨歌》《琵琶行》两首叙事长诗。

《长恨歌》前半部分，写唐明皇迷恋声色和杨贵妃因色得宠，是写实，批判了皇帝的荒淫误国和贵妃的恃宠致乱；后半部分，写李杨爱情的毁灭以及唐玄宗对贵妃的缠绵相思，是写幻，对李杨爱情悲剧寄予了一定的同情。从作者的主观意图和客观效果看，同情多于批判，惋惜多于谴责。全诗构思精巧、故事曲折、描写细腻、语言流利、感情缠绵婉转，有很强的艺术魅力。

《琵琶行》写琵琶女飘零憔悴、沦落天涯的生平遭遇，并由此引发出自己遭谗受贬，政治失意的满腹怨愤，表现了对琵琶女不幸命运的深切同情，抒写了自己的天涯沦落之恨。

白居易的闲适、杂律类诗歌数量较多，但成就不如讽喻诗。其中优秀的作品有《赋得古原草送别》《钱塘湖春行》《暮江吟》《大林寺桃花》等。

白居易的讽喻诗绝大多数是以典型的一事入诗，使主题集中、突出。有时采用在诗题下加小序的办法点明主题，有时采用"卒彰显其志"的办法来突出主题。针对性强，讽喻效果好。其叙事诗多。

故事生动，形象鲜明，脉络分明，曲折生动。如《缚戎人》《卖炭翁》《新丰折臂翁》等都是如此。诗人通过形象描写和心理刻画，使人物形象鲜明并富有典型意义，如"卖炭翁""白发宫女""折臂翁"等形象，都是令人难忘的。

白居易的诗歌语言，在叙事时质朴平易、不加夸饰；在描写形象时，简练精确，抓住特征；在刻画心理时，精警明晰，鞭辟入里，形成一种浅切质朴的风格特色。

晚唐诗歌与"李杜"

唐代诗歌随着晚唐社会的日趋崩溃，也必然走向衰亡。然而晚唐前期，李商隐和杜牧笔下情调感伤、风格独特的作品，成为唐诗璀璨的晚霞，后期皮日休、聂夷中、杜荀鹤面对社会黑暗、政治腐败，激愤呼号，奋力抨击，也为唐诗赢得最后的光彩。

杜牧（803—852年），字牧之，京兆万年（今陕西西安）人。他生活于唐帝国内忧外患、纷乱多事的时代，因此感时伤世、忧国爱民的情结常出现在他的作品中，如《感怀》《郡斋独酌》等都是他的力作。他最不能忘怀的是久已沦为吐蕃统治的河湟一带的人民，在《河湟》诗中表示了自己深深的怀念和感慨：

> 牧羊驱马虽戎服，白发丹心尽汉臣。
>
> 唯有凉州歌舞曲，流传天下乐闲人。

杜牧的咏史诗也很有名，当元和之后白居易的《长恨歌》正在十分流行的时候，杜牧所写的《过华清宫三绝句》可以说是为唐玄宗（李隆基）而发的史论：

长安回望绣成堆，山顶千门次第开。一骑红尘妃子笑，无人知是荔枝来。

新丰绿树起黄埃，数骑渔阳探使回。霓裳一曲千峰上，舞破中原始下来。

万国笙歌醉太平，倚天楼殿月分明。云中乱拍禄山舞，风过重峦下笑声。

这些诗指责玄宗的荒淫昏聩，且深中要害。杜牧咏史诗的特点是善于选择最典型的事件并加以形象的刻画，在不违背历史真实的情况下，又能有较强的艺术感染力。如上举三诗的形象都很生动，为人传诵。诗人并未多作议论，而指责的意思却尽寓其中。

杜牧咏史诗特别突出之处是，他往往对历史上兴亡成败的某些关键问题进行精到的评论，从而使作品富有史论的色彩。如《乌江亭》：

胜败兵家事不期，包羞忍耻是男儿。

江东子弟多才俊，卷土重来未可知。

诗人对项羽的失败发表独特的观点，体现出抵掌谈兵的非凡气度。

更加为人赞赏的是《赤壁》一绝：

折戟沉沙铁未销，自将磨洗认前朝。

东风不与周郎便，铜雀春深锁二乔。

这首诗运用条件假设的方式进行推论，就赤壁之战周瑜获胜的缘由提出了新说。作者着意强调东风的重要，似置周郎才智于不屑，以调侃的措辞和语气表达新颖独到、出人意料的见解；然而他却绝非仅仅为了标新立异，更不是执意要轻薄前贤，只是借以寄托对自身才略的自负及未逢其时、未得其便的叹惋。在这首诗中，史论、抒怀达到高度的和谐统一。

杜牧的绝句又多有纪行咏物、写景抒怀之作。他善于利用七绝这样短小的体制，创造鲜明生动的意象，寄寓悠远真挚的情思。他的这类作品显得才思俊逸活泼，风调清丽悠扬，声情意韵并佳，艺术成就更高。例如：

> 千里莺啼绿映红，水村山郭酒旗风。
> 南朝四百八十寺，多少楼台烟雨中。

（《江南春》）

> 烟笼寒水月笼沙，夜泊秦淮近酒家。
> 商女不知亡国恨，隔江犹唱后庭花。

（《泊秦淮》）

总之，杜牧以其高华俊爽的艺术风格，在晚唐诗坛上占有重要地位，在后代文人中赢得很高的声誉。

李商隐（813—858年），字义山，号玉谿生，又号樊南生，怀州河内（今河南沁阳）人。先世为李唐王室旁支，但是家境早已衰微。9岁丧父之后，他的生活更为困苦。他早年发愤攻读，17岁即以文才得到天平军节度使令狐楚的赏识，引为幕巡官。25岁又因令狐楚之子令狐绹的奖誉中了进士。令狐楚死后，泾原节度使王茂元因爱重其才而任为书记，并招他为女婿。当时朝廷上牛李党争十分激烈，令狐楚父子属于牛党，王茂元则倾向于李党，李商隐以令狐门人身份结亲王氏，因而被诋为"背恩""无行"，从此就在朋党之争的峡谷中备受压抑。除一度入京担任为时极短的秘书省校书郎等低微官职外，一直都在桂林、徐州、梓州等地充当幕僚，潦倒终身。死时年仅46岁。

他的作品中最优秀的是爱情诗，这些爱情诗或者标为"无题"，或取篇中两字为题。其中少数篇章可能另有寄托，而究竟寄托何意却又难以道明。不过可以肯定，诗作既以爱情为题材，不论有无寄托，首先都可看作爱情诗。

李商隐歌咏爱情的无题诗妙绝古今，至少是有唐一代无与伦比。他这一类诗的情调和风格与《诗经·国风》以及乐府民歌中那些语言质朴、表达泼辣、情感单纯炽热，有时还带有强烈抗争情绪的爱情诗大不一样；也明显不同于中唐以来文人笔下逐渐增多的那种叙事性、情节性较强，注重于人物及场景的刻画，甚至热衷形色描绘、追求感官满足而缺乏真挚情感的言情之作。李商隐的爱情诗以他自己真实深切的爱情体验为基础，着力于情感心理的刻画和情感氛围的营造，艺术地表现那种隐秘难言的悲剧性男女恋情。

他多写相思的痛苦和相会的难期，字里行间交织着爱情的希望、失望以至绝望，而在如此复杂的情感中又总强烈地反映出他对爱情执着不渝、生死与共的追求。这种诗是爱情濒于绝望时心灵的拼搏、挣扎和燃烧，作者超越感官满足而追求心灵契合的审美情趣，极大地提高了古代文人笔下爱情诗歌的美学品位；而在浓厚的悲剧情调中则又包蕴着人生与社会的深刻内涵，曲折地反映了时代对人性、对人才的压抑和摧残，因而这类作品实际上成了人类美好情感和才华的颂歌和悲歌。下面两首《无题》是他爱情诗的代表作：

昨夜星辰昨夜风，画楼西畔桂堂东。身无彩凤双飞翼，心有灵犀一点通。隔座送钩春酒暖，分曹射覆蜡灯红。嗟余听鼓应官去，走马兰台类转蓬。

相见时难别亦难，东风无力百花残。春蚕到死丝方尽，蜡炬成灰泪始干。晓镜但愁云鬓改，夜吟应觉月光寒。蓬山此去无多路，青鸟殷勤为探看！

这两首诗写的是虽有外力阻隔，然而心心相印，尽管无法实现，但却至死不渝的爱情。其中，"身无彩凤双飞翼，心有灵犀一点通""春蚕到死丝方尽，蜡炬成灰泪始干"，都成为传诵千古的绝唱。

李商隐是一位善于学习又善于创新的杰出诗人。他的诗歌深细婉曲、典丽精工，情调感伤而风格独特。在李杜诗歌雄视百代、中唐诸家异彩纷呈的情况下，他以鲜明的个性和独创的艺术，展示出含蓄朦胧的诗美新天地。

李商隐是晚唐第一大家，在文学史上有着重要地位。论七律，他的诗是杜甫以后少有的杰作；论七绝，他更堪称继李白、王昌龄而后起之大家。从晚唐韩偓等人、宋初西昆诗派，到清代黄景仁、龚自珍等，都受到了他的影响。

变文的出现

　　变文是唐代通俗文学形式之一。由于唐代帝王提倡佛教，当时寺庙中讲唱佛经故事之风相当盛行，于是产生了变文。变文的特点是边讲边唱，韵文与散文相间，语言通俗易懂，故事曲折生动。内容上主要有佛经故事和世俗故事两类。

　　敦煌藏经洞中保存了大量变文文本。以题材分，大体有四类。

　　一是宗教性变文。如《八相变》《降魔变文》《破魔变文》《大目乾连冥间救母变文》《频婆娑罗王后宫彩女功德意供养塔生天因缘变》等。这类变文通过佛经故事的说唱，宣传佛家的基本教义。但它们与讲经文不同，它们不直接援引经文，常选佛经故事中最入趣味的部分，铺陈敷衍，渲染发挥，较少受佛经的拘束。

　　二是讲史性变文。如《伍子胥变文》《李陵变文》《王昭君变文》《汉将王陵变》等。它们大多以一个历史人物为主，撷取逸事趣闻，吸收民间传说，加以渲染。这类变文多表现对故国的眷恋与对乡土的思念。在晚唐五代内忧外患、河西地区沦于异族统治的形势下，传唱这些故事是寄寓着无限感慨的。

三是民间传说题材的变文。有《舜子至孝变文》《刘家太子变》等。这类变文虽假借历史人物，但所讲故事了无历史根据。

四是取材于当地当时重大事件与人物的变文。这就是《张议潮变文》与《张淮深变文》。虽仅两篇，且残缺过甚，但仍可看出当时民间艺人如何通过变文说唱，热情讴歌张议潮叔侄及其率领下的归义军民艰苦卓绝、英勇奋战抵御异族侵扰、保境安民的英雄业绩。

敦煌变文以民众喜闻乐见的形式、丰富的想象、曲折的情节、生动的形象、活泼的语言引人入胜。变文作为转变的底本，本不是案头读物，它是供艺人说唱用的。根据说唱的需要，说表与唱诵结合，叙事与代言并用，融文学、音乐、表演为一体。以声传情，以情带声，声情并茂地演述故事，是它最突出的艺术特点。

变文对唐代传奇的发展有很大影响，许多传奇作品也采取了韵散结合的文体，如李朝威的《柳毅传》、元稹的《莺莺传》及陈鸿的《长恨歌传》等。另外，宋元的词话、鼓子词、诸宫调等说唱文学以及杂剧、南戏等戏曲文学，也是从有说有唱的变文发展而来。现存的变文是清代光绪二十五年（1899年）从敦煌藏经洞中发现的手抄本。整理出版的敦煌变文有周绍良的《敦煌变文汇录》和王重民等编的《敦煌变文集》。

唐传奇的艺术成就

唐传奇留存至今的作品，大部分收录在宋初李昉等人编纂的《太平广记》中，另外，《文苑英华》《太平御览》《全唐文》等总集、类书里也保存了一些。近人加以整理的，有鲁迅《唐宋传奇集》、郑振铎《中国短篇小说集》和汪辟疆《唐人小说》等。

唐传奇的内容纷繁复杂，按小说的题材，可分为爱情类、神怪类、豪侠类、历史类等多种，其中以爱情类题材的思想性、艺术性最强。如《李娃传》《霍小玉传》《莺莺传》《柳毅传》等，塑造了个性鲜明、勇于抗争的女性形象，表现了对封建礼教、封建包办婚姻制度及封建门第等级观念的否定与批判。

《李娃传》，作者白行简（776—826年），字知退，白居易之弟。《李娃传》写妓女李娃与荥阳公子郑生的爱情婚姻故事。郑生与长安名妓李娃相爱，资财荡尽，流落街头，成为凶肆歌手。后被父亲发现，父亲嫌他辱没家门，将其鞭打数百，弃于郊外，被友人救活后，沦为乞丐。一次雪天行乞，巧遇李娃。李娃不顾鸨母反对，留养郑生，治好了郑生的伤病，又督促他进取功名。后来郑生应试登科，策名授官，父子相认，夫妻团圆，李娃受封为汧国夫人。作品成功地塑造了一个感情真挚而且有清醒认识的妇女形象。李娃与郑生一见钟情，当她发现郑生沦落为丐时，沉痛地自责："令子一朝及此，我之罪也。"她拒绝鸨母再行弃逐郑生的要求，自赎其身，从良相许。而当郑生功成名就后，她却毅然提出分开以"归养老姥"，说明她对森严的封建门第等级有着清醒的认识，也表明她不慕荣利、崇尚情义的品德，这与郑生父亲前后不同的态度形成鲜明对比，具有积极的反封建意义。

蒋防所作《霍小玉传》的女主人公同李娃一样，对封建门第制度有着极为清醒的认识，并进行了大胆的抗争。身为长安娼妓的霍小玉，与陇西才子李益相爱，她"自知非匹"，对李益的海誓山盟不抱幻想，只求实现8年相爱的誓约，然后双方各奔前程。然而，负心的李益得官后即遂母命选聘高门卢氏为妻，致使小玉"恱快成疾"。临终前，她怒斥李益："我死之后，必为厉鬼，使君妻妾终日不安！"故事的结尾虽然近乎怪诞，却痛快淋漓，体现了受迫害者的复仇精神，控诉并鞭挞了封建士大夫李益背信弃义的丑恶行径。

《莺莺传》又名《会真记》，作者是唐代著名诗人元稹。小说写张生与崔莺莺一对贵族青年男女的爱情故事。崔莺莺是深受封建礼教毒害的名门闺秀，她有追求自由爱情的强烈愿望，却矜持自重，疑虑犹豫。最终她冲破礼教束缚，主动与张生私自结合，表现出大家闺秀的叛逆精神。而当张生遗弃她时，她又以为张生对自己"始乱之，终弃之，固其宜矣"。张生开始热烈追求崔莺莺，最终遗弃了她，并以女人祸水论自我解释："大凡天之所命尤物，不妖其身，必妖于人。……予之德不足以胜妖孽，是用忍情。"作者在篇末也指出："时人多许张为善补过者云。"作品的思想意义远逊于《李娃传》和《霍小玉传》。但是，它宣扬"才子佳人式"爱情模式，艺术成就突出，颇受历朝文人赏识，对后代文学影响很大。

李朝威所作的《柳毅传》，描写落第书生柳毅营救洞庭龙女，最后终成眷属的故事。情节类似志怪，极富浪漫色彩，写的却是人事，故又极具现实精神。作品中的龙女是包办婚姻的受害者，备受丈夫虐待，但她并不屈服，请柳毅捎信向父亲洞庭君诉苦，历经周折，最终按照自己的意愿，与见义勇为的柳毅缔结美满婚姻。这是一位大胆反抗夫权压迫，勇于追求幸福爱情的妇女形象。

唐传奇的爱情类故事也有明显的思想局限，大多以男才女貌、一见钟情为爱情基础，以夫贵妻荣、喜庆团圆为故事结局。在人物对话和论赞评述中，流露出浓厚的封建伦理道德说教。

唐传奇神怪类题材，带有六朝志怪小说的痕迹，其中最具社会意义的是暴露官场黑暗，讽刺名利之徒的作品。如沈既济《枕中记》写自叹贫贱的卢生梦中联姻望族，出将入相，享尽荣华富贵，醒来方知是黄粱一梦。《南柯太守传》中的淳于棼梦游大槐安国，被招为驸马，出任南柯太守二十年，荣耀显赫一时。公主死后，宠衰谤起，被国王遣还放归。梦醒后寻踪发掘，才知道所谓大槐安国竟是槐树下的大蚁穴，南柯郡原是槐树的南枝。它们深刻揭露了封建社会官场争权夺利、尔虞我诈的丑恶现实，批判封建文人热衷功名利禄的丑恶情态，受佛道风气影响，也流露了人生如梦、万事皆空的虚无思想与消极情绪。

　　唐传奇中的豪侠类题材，在晚唐剧增，反映人们幻想豪侠义士的抗暴除奸，以挽救王朝衰败的社会心理。《无双传》中的古生、《昆仑奴》中的昆仑奴为人排忧纾难，成全美满婚姻，是理想的化身。《虬髯客传》的思想倾向比较复杂，它在反对藩镇割据的同时，宣扬天命观念，对觊觎唐室王权者有警示之意。

　　唐传奇中的历史类题材，以陈鸿《长恨歌传》最著名。它通过唐玄宗与杨贵妃的爱情悲剧，对封建帝王的荒淫误国做了深刻批判，也表现了"女人是祸水"的封建观念。此外，《东城老父传》《高力士外传》等作品，记叙玄宗、肃宗时代的史实，颇受后代史家重视。

　　唐代传奇的艺术成就主要体现在人物塑造、情节安排和语言运用上。在人物塑造上，同六朝志怪志人小说相比，唐传奇已不只是人物言行的简单描述和人物性格的简略勾勒，作家开始注意到人物性格的刻画和典型形象的塑造。传奇中出现了社会各阶层的人物，从帝王后妃、文武大臣，到文人商贾、侠客僧道、乐工艺伎、姬妾丫鬟等，其中不少人物个性鲜明，血肉饱满，如重义而看透世情的李娃，多情而敢于反抗的霍小玉，见义勇为、不图酬报的柳毅，豪爽鲁莽、疾恶如仇的钱塘君等，都写得栩栩如生。作者善于运用环境烘托、心理刻画、细节描写及对比手法，使人物形象丰满而传神。对一些成功的人物形象的塑造，文史还能展示其性格发展的全过程。如李益的背约负心，在封建家长制和礼教观念的威逼下，由多情到薄情再到绝情的发展变化过程，其中伴随着主人公矛盾、苦恼和负疚的复杂感情，人物真实而可信。

　　唐传奇的情节安排完整严密，又有跌宕变化。唐代文人"作意好奇"而成传奇小说，作家多以丰富的艺术想象，安排离奇曲折的故事情节。如《柳毅传》写柳毅传书，龙女获救之后，忽然插入钱塘君逼婚，柳毅严词坚拒一节。柳毅回家后连娶两妻皆亡，三娶的卢氏生子之后，忽然揭示卢氏即龙女的谜底。故事情节可谓波澜迭起，出人意料，而又入乎情理之中。

唐传奇的语言生动流畅，简洁而富于表现力。传奇作家大多诗文兼长，讲究遣词造句。传奇语言以散体为主，注意吸取口语并穿插大量诗词骈语，无论描摹人物、记叙事件、渲染环境，都能达到传神的地步。如《柳毅传》钱塘君救回龙女后与洞庭君的几句对话："（洞庭）君曰：'所杀几何？'曰：'六十万。''伤稼乎？'曰：'八百里。''无情郎安在？'曰：'食之矣。'"寥寥数语，钱塘君的刚烈性格、说话时的神情语态已跃然纸上。

浓艳的花间词派

花间词人因词集《花间集》而得名。五代后蜀卫尉少卿赵崇祚（字弘基）于后蜀广政三年（940年）辑录了晚唐五代时温庭筠、韦庄、皇甫松、孙光宪、薛昭蕴、牛峤、张泌、毛文锡、牛希济、欧阳炯、和凝、魏承班、阎选、尹鹗、毛熙震、李珣等18家词共500首，编为《花间集》十卷，这是我国时间最早、规模最大的文人词总集。

花间派词人大多以写冶游享乐和闺情离思见长，题材比较狭窄；艺术上讲究辞藻华美，风格软媚。但亦有少数词人能跳出窠臼，自成风格。

在花间派词人中，韦庄与温庭筠齐名，并称"温韦"。韦庄的词除写艳情外，还常写个人的身世之慨，感情真挚坦率，语言质朴自然，风格清淡疏朗，代表作品如《菩萨蛮》：

人人尽说江南好，游人只合江南老。春水碧于天，画船听雨眠。垆边人似月，皓腕凝霜雪。未老莫还乡，还乡须断肠。

这首词通过描写江南景色的秀美和人物的佳丽，表现了词人对江南水乡的依恋之情，也抒发了词人漂泊难归的愁苦之感。词写得情真意切，具有较强的艺术感染力。语言质朴自然，风格清新明丽，情意曲折婉转，和温词有明显的区别。

在词的造诣上，虽然"温韦"齐名，但他们的词风并不相同，通过对温庭筠的《菩萨蛮》（小山重叠金明灭）和韦庄的《菩萨蛮》（人人尽说江南好）两首词的比较，我们就不难看出他们不同的词风。

温词《菩萨蛮》通过写一个美女晨起梳妆娇弱慵懒的情态、如花似锦的容貌以及美丽的服饰，表现这个女子孤独苦闷的心情。通过那明灭的金钿、乌黑的鬓云、雪白的香腮、艳红的花面、金线的鹧鸪，形成一种五光十色、富丽堂皇的气氛，充分表现出温词色彩浓艳、辞藻华丽，充满脂粉气的"香而软"的特色。而韦庄的《菩萨蛮》描写江南酒家女子的美则是："垆边人似月，皓腕凝霜雪。"前句用明喻，写女子的容貌美；后句用暗喻，写女子的肌肤美。全句通过人们常见而又可感的客观事物的自然美来表现人物美，写得疏淡清丽、活泼明朗，语言朴素清新、明白如话。这与温词铺金叠翠、镂金雕琼的浓艳词风，迥然不同。

在表达人物感情上，温词写得委婉含蓄、隐约其间，耐人寻味。如词的最后两句"新贴绣罗襦，双双金鹧鸪"，表面上是写女主人公梳妆好后，穿着新衣的情况，但内中却有丰富的含义。女子往罗襦上绣鹧鸪体现着她的美好愿望，希望能像鹧鸪一样，夫妻常聚，相守不离。然而现实无情，夫妻不能团聚，目睹鹧鸪成双成对，触景生情，倍感孤独和凄凉。温词在表达人物感情上的婉转含蓄，于此可见一斑。而韦庄在词中的抒情则显露明朗，一语道破。如词中他对江南风光的赞美之情，则开门见山地直接写出："人人尽说江南好，游人只合江南老。"正因为江南风景美、人物美，所以江南值得留恋，如果离别江南，那是令人遗憾的，词人写道："未老莫还乡，还乡须断肠。"这里直抒胸臆，将词人对江南水乡的依恋之情写得真切感人。

总之，温词以浓艳而含蓄见长，韦词以疏淡而显露取胜。

李煜和南唐词人

　　陈世修在《阳春集序》中说："金陵盛时，内外无事，朋僚亲旧或当宴席，多运藻思为乐府新词，俾歌者倚丝竹歌之，所以娱宾而遣兴也。"可见五代后期南唐词产生的缘由与五代前期的西蜀词大体相似。不过由于江南的经济、文化发展程度高于西蜀，南唐词人的生活追求、审美情趣高于花间词人，因此南唐词无论成就和地位都在西蜀词之上。

　　南唐词人的主要代表是冯延巳、李璟和李煜，其中李煜的成就最高，影响也最大。

　　冯延巳官至宰相，工诗善文，尤喜填词，至老不废，遗有《阳春集》，留词一百多首。他的词多写歌舞宴饮、相思离别，但不像温庭筠那样着力地描绘女人的容貌服饰，也不像韦庄那样具体地叙写某件情事，而是注重于一种心理体验的表现，一种情感境界的创建。他在词中抒写自己内心深处难以言说的哀愁，以及为摆脱哀愁所做的挣扎，因而他的词脉络回转曲折，感情缠绵悱恻，呈现一种深婉蕴藉的风格。他的代表作是14首《鹊踏枝》词，其一：

> 谁道闲情抛掷久？每到春来，惆怅还依旧。日日花前常病酒，不辞镜里朱颜瘦。
>
> 河畔青芜堤上柳，为问新愁，何事年年有？独立小桥风满袖，平林新月人归后。

这些词寄意造境的方式是触景而生怀，有感而观物，且景且情，情景相生，因而词中不仅物象丰满，堂庑特大，而且主体鲜明，境界幽深。由于冯延巳的词实现了艺术的新开拓，提高了词体的表现力，所以他上承晚唐温、韦，下启北宋欧、晏，对词的发展演变具有显著的影响。

李璟为南唐中主，好学能诗，多才多艺。他的词虽然仅存四首，却显示出鲜明的个性。词中感伤色彩颇为浓重，而体物传情精细自然，或寄哀感于外物，或寄悲情于女性，不即不离，恰到好处，兴寄意味耐人寻思。如《摊破浣溪沙》：

> 菡萏香销翠叶残，西风愁起绿波间。还与韶光共憔悴，不堪看。
>
> 细雨梦回鸡塞远，小楼吹彻玉笙寒。多少泪珠何限恨，倚栏干。

李煜是南唐最后一位皇帝，世称李后主。他继中主继位时，宋已代周立国，南唐形势岌岌可危。宋灭南唐后，他被俘到汴京，最后被宋太宗派人毒死。

李煜工书善画，精通音律，诗词文赋无所不能，词的成就尤为突出。他存词三十余首。因为经历由帝王降为囚徒的巨大变化，他的词明显表现出前后两个时期的不同风貌。前期的词主要是宫廷生活的反映，如《浣溪沙》（红日已高三丈透）等。其间也有一些离情别绪的抒写，如《清平乐》：

别来春半，触目柔肠断。砌下落梅如雪乱，拂了一身还满。

雁来音信无凭，路遥归梦难成。离恨恰如春草，更行更远还生。

全篇始于"别"，结于"恨"，以落梅春草的具体形象，深切表现伤离怀亲的心境。词人这类作品作于爱子夭折、皇后早逝兼以所派亲王使宋不归、预感南唐势在必亡之后，因而已经表现出沉痛的心情，染上了悲伤的色彩。

李煜后期以泪洗面，以血作词，词中追怀故国往事，一往情深；抒写自身处境，哀伤不已，充分表达出国破家亡的巨大悲痛和无穷悔恨。如其入宋之初所作《破阵子》和死前不久所作《虞美人》：

四十年来家国，三千里地山河。凤阁龙楼连霄汉，玉树琼枝作烟萝。几曾识干戈？

一旦归为臣虏，沈腰潘鬓消磨。最是仓皇辞庙日，教坊犹奏别离歌。垂泪对宫娥。

春花秋月何时了，往事知多少？小楼昨夜又东风，故国不堪回首月明中！

雕栏玉砌应犹在，只是朱颜改。问君能有几多愁？恰似一江春水向东流。

这些词作境界阔大，感慨良深，具有很强的感染力，尽管抒写的只是词人一己之情感，但是却能广泛引起读者的同情，产生心灵的共鸣。

李煜的创作不仅由前期的闲适词、恋情词变为后期抒写家国哀痛的词，扩大了词所表现的题材范围，而且由于他的创作无论前期、后期始终着力于表现人生，直接地抒写性灵，富于真情实感，因而使词摆脱了长期以来所处的花间樽前娱宾遣兴的地位，真正成为词人用以言志抒情的新诗体。同时，李煜的创作善于以今与昔、梦与真的强烈对比结构篇章反映生活；善于对人生的情感体验进行准确、凝练的艺术概括；善于用简洁的白描、精妙的比喻以及平易自然的语言，创造真切可感的形象，构成清新高远的意境，因而在艺术上超越以往的词人，取得了杰出成就。作为一位杰出的词人，李煜上集唐五代词之大成，下启两宋词坛之鼎盛，在词的发展中占有重要的历史地位。

第五章

宋代文学

宋代文学基本上是沿着中唐以来的方向发展起来的。韩愈等人发动的古文运动在唐末五代一度衰颓之后，得到宋代作家的热烈响应，他们更加紧密地把道统与文统结合起来，使宋代的古文真正成为具有很强的政治功能而又切于实用的文体。诗歌方面，注重反映社会现实，题材、风格倾向于通俗化，这两种趋势得到继续发展，最终形成了与唐诗大异其趣的宋词。词这种新诗体，到宋代达到了巅峰状态。戏曲、说话等通俗文艺在宋代也有迅速的发展。

欧阳修与北宋诗文革新

宋初诗文沿袭了晚唐、五代诗文的风气，意境狭窄，格调低沉，雕琢字句。宋初古文先驱者对五代文弊及西昆体的批判与改造，较好地解决了继承与创新的矛盾，为文学发展找到了前进方向。到北宋中期，欧阳修主盟文坛时，诗文革新掀开了宋代文学最辉煌的一页。

北宋诗文革新的领袖是欧阳修。欧阳修是兼官僚、学者和文士于一身的封建士大夫。他信奉《周易》"变通"之学，坚持变革社会现状，同时奉行儒家仁政，循依人情事理，宽简爱民。处世为人，风节自持，标举道德人格，力矫社会陋习。性格刚正而豁达，一方面"见义勇为，虽机阱在前，触发之不顾"，一方面又不以进退出处为意，在贬谪逆境中处之泰然，怡然自乐。

欧阳修的文学思想，宗法韩愈而有所发展。他坚持"先道德而后文章"的传统，主张"我所谓文，必与道俱"，并认为"道胜者文不难而自至也"。然而，他又突破纯粹儒家道统的束缚，赋予"道"平易而务实的解释，把"道"与现实生活中的"百事"联系起来，反对"弃百事不关于心"。他重视作家的思想修养，认为"道纯则充于中者实，中充实则发为文者辉光"。他主张为文创新而守中，追求平易自然，反对怪僻。

欧阳修的诗，力矫西昆流弊，首开宋诗新风。今存八百五十余首欧诗，其中有的议论时政，反映民生疾苦。如《边户》，赞扬边境人民抵抗入侵者的尚武爱国精神，谴责宋王朝苟且偷安、屈辱外交的行径。《食糟民》抨击官府与民争利的"榷沽"政策，揭露它给人民带来的苦难，表现了封建王朝正直官吏的良知和责任感。这些诗歌是欧诗中思想性最强的作品。

描写山水风物，抒怀言志，表现自我，这是欧阳修诗歌的主体内容。尤其是谪官外放期间，屡有佳作。如《戏答元珍》诗，是作者贬官夷陵时的作品，既写谪居山乡的寂寞，抱病思乡的伤感，也作自我宽解。全诗有牢骚而不颓唐，有愁苦而显达观，是诗人身处逆境时复杂心境的写照。又如《黄溪夜泊》："行见江山且吟咏，不因迁谪岂能来。"这种身处逆境，以顺处逆的坦荡胸襟和旷达精神，对苏轼等人影响极深。

欧阳修诗师法前人，而能自成一家。他兼擅古今诗体，风格因体而异：古诗学韩愈，也效法李白，律诗学杜甫、白居易等，最终形成自己的风格。欧诗主气格、重骨力，语言平易自然。《重读徂徕集》《答杨辟喜雨长句》《奉答子华学士》等诗作，继承并发展韩愈"以文为诗"的艺术手法，表现出明显的散文化、议论化倾向，开宋代诗风先河。

欧阳修的创作以散文成就为最高。欧文包括政论、史论、记叙、抒情、墓志、随笔等，所谓"文备众体""各极其工"，政论文和史论文，析理透辟，议论中肯。他的记叙文，往往将记叙、议论、抒情熔于一炉，叙事写景当中蕴含哲理或深情。尤其是那些以"记"名篇的风景记胜文字，或记亭阁堂院，或记山水园林，都写得情景交融，极有特色，如《李秀才东园亭记》《丰乐亭记》《真州东园记》《相州昼锦堂记》《岘山亭记》等。其中《醉翁亭记》最负盛名。

北宋诗文革新运动以欧阳修为核心，前有尹洙、范仲淹，同时的有梅尧臣、苏舜钦，后有王安石、曾巩、苏洵、苏轼、苏辙等。他们所取得的成就，表现在理论建树和创作实践两方面。在理论上，他们始终尊韩崇儒，较好地解决了文道关系。在创作上，他们撰写了大量堪称典范的文学作品，开创了平易流畅的一代文风。北宋诗文革新运动完成了韩、柳的未竟之业，使奇句单行的散文占据文坛主导地位。从而奠定了宋代以后的文章风貌，也开创了我国古代诗歌史上与"唐音"迥然有别的"宋调"，并影响了词、赋创作，使词风向疏隽豪放方向发展，使律赋变为文赋。

奉旨填词的柳永

柳永（987—1053年）是北宋开一代词风的大家，他曾为宋词的发展做出了全面巨大的贡献，在文学史上有着广泛深远的影响。

柳永原名三变，字耆卿，因排行第七，人称柳七。和当时的读书人一样，柳永年轻时一心追求功名，多次参加科举考试，可惜运气不好，屡考不中。柳永一再落榜，极度失望之下，曾写了一首《鹤冲天》的词自我解嘲：

黄金榜上，偶失龙头望。明代暂遗贤，如何向？未遂风云便，争不恣狂荡，何须论得丧？才子词人，自是白衣卿相。

烟花巷陌，依约丹青屏障。幸有意中人，堪寻访。且恁偎红倚翠，风流事，平生畅。青春都一饷。忍把浮名，换了浅斟低唱。

词的大意是：金榜无名，偶然失去做状元的希望。圣明时代，暂时漏掉贤才，有什么办法可想？不能顺利实现自己风云会合、出人头地的理想，怎能不放任遨游纵情放荡？何必计较得失短长！就做一个才子词人，自然也是个一身布衣的公卿宰相。来到烟花迷蒙的街巷小路，隐约看见院落里彩绘的屏障。幸好这里有我的意中人，值得我去寻访。聊且这样依偎着穿红着绿的佳人，风流潇洒，也是平生最令人快活的事。青春年华总是转瞬即逝，索性硬着心肠把那浮名丢在一旁，换来慢慢儿斟酒，轻轻儿吟唱。

词虽然流露出柳永名落孙山之后的愁闷情绪，但主要表达了他看淡功名利禄，向往自由自在世俗生活的人生态度。据说，当时的皇帝宋仁宗听人唱完此曲，很不高兴。后来，有一次参加科举考试，柳永本来已经榜上有名，但殿试时点到他，宋仁宗却说："这个人喜欢在花前月下'浅斟低唱'，又何必要这个'浮名'？我看他还是填词去吧。"

此后，柳永就自称"奉旨填词柳三变"。柳三变虽然仕途不畅，却占尽了词坛风流。他本来就精通音律，善于写歌词，对当时民间广泛流行的新曲调非常熟悉。每来到一个都会，出入秦楼楚馆，他就文思如潮，以自己非凡的文学才华，为歌伎们填制了许多歌曲，四处传唱。以致当时的人纷纷传言，凡有井水之处，皆能歌柳词。

柳词思想内容的一个重要方面，是在酬酢奉献之作中以铺叙之笔描写都市的繁华富庶。柳词的另一个重要内容，是以歌伎为描写对象的狎邪之作。这类词在《乐章集》中占有较大分量，它与前人同类作品的不同之处，在于其词多描写同属市民阶层的浪子与歌伎之间的冶艳情事，表达感情真实大胆，毫无顾忌地突破封建礼教和道德规范的束缚，反映了市民阶层特有的思想感情、生活态度和文化趣味。柳词还有一个重要内容，是表现羁旅行役的情怀。

柳永词标志北宋词发展的一个转折，显示出迥异前人的创新精神。

在词的体制结构、题材开拓和表现手法等方面，柳永都做出了卓越贡献，推动了词的发展。

首先，他大量改制、创作了新的词调，特别是制作了许多慢词长调，大大拓展了词体，为词家在传统采用的小令之外，提供了能够容纳更多内容的新形式，为后来苏轼词"无意不可入，无事不可言"创造了条件，从而为宋词的繁荣发展奠定了基础。

其次，柳永扩大了词的题材范围，他用词叙写都市的繁华富庶，描述男女冶艳情事，抒发羁旅行役情怀，还写过一些自叙怀抱、感慨身世遭际的作品。柳词突破了晚唐、五代至宋初词的狭隘内容，使词的内容题材有了新的开拓。

再次，柳永丰富并发展了词的表现手法，形成了自己的风格。他长于铺叙，由以往填词多用比兴手法，发展为较多运用赋的方式。他善于运用白描手法，语言明白如话，多吸收口语，不避俚俗，便于词作广泛流传。他的词情景交融，点染得法，使作品在浅近易懂、淋漓酣畅的基础上，保持了隽永深邃的韵味。柳永词以通俗流利著称，虽然他也有一些受文人士大夫叹赏的雅体词，但"俗"则是柳词的重要特色。柳词反映市民阶层生活情趣与艺术需求，风格平易直露，又典丽清疏，开创了宋词中的俚俗派。从柳永词开始，词作有了雅词和俚词的区别。

苏轼的诗文成就

苏轼的文学创作，以诗歌的数量最多。现存的二千七百多首苏诗，内容丰富，题材广泛，其中数量最多、艺术价值最高的作品，是抒发个人情感和歌咏自然景物的诗，如《和子由渑池怀旧》：

人生到处知何似？应是飞鸿踏雪泥。泥上偶然留指爪，鸿飞那复计东西？老僧已死成新塔，坏壁无由见旧题。往日崎岖还记否？路长人困蹇驴嘶。

这是苏轼嘉祐六年（1061年）赴凤翔府签判任时的作品。弟弟苏辙与他在郑州分手，过渑池时赋诗《怀渑池寄子瞻兄》，苏轼和了这首诗。诗歌追怀当年兄弟俩出川应试过渑池时题诗僧寺的往事，抒发人生感慨，表达诗人早年政治上的积极进取精神。

苏轼歌咏自然景物的诗作，往往把寻常景物写得精警动人，极富情趣或理趣。如《六月二十七日望湖楼醉书》《饮湖上初晴后雨》《惠崇春江晚景》等诗作，笔下描绘的湖光山色、风姿雨态及江南早春画面，无不曲尽其妙，具有悠然不尽的情致。《题西林壁》则由看山引发一个具有深刻哲理意味的问题。它告诫人们：由于各自立场、观点的不同，看问题的出发点不一，对客观事物的认识难免带有一定的片面性，要对事物有正确而全面的认识，就必须超越自己的狭小范围，摆脱个人偏见。它也启迪人们在认识复杂事物过程中，对整体与部分、宏观与微观、分析与综合等关系的思辨，以及在探索真理过程中"当局者迷，旁观者清"的警诫。苏诗将这种引人入胜的景色、耐人寻味的诗意、发人深省的哲理融为一体，就是所谓的宋诗"理趣"。

反映社会现实，关心民生疾苦，是苏轼诗歌的另一主要内容。苏轼是有志于经世济民的诗人。他出身寒素，入仕后累遭贬谪，接近下层民众，这为他写作此类诗提供了基础。《吴中田妇叹》描写谷贱伤农，针砭熙丰新法之弊。它借田妇之口，倾诉灾年农家的困顿："官今要钱不要米，西北万里招羌儿。龚黄满朝人更苦，不如却作河伯妇。"这是针对新法所造成的钱荒谷贱而作的，反映的是历史真貌。苏轼寄赠朋友王庆源的诗："青衫半作霜叶枯，遇民如儿吏如奴，吏民莫作官长看，我是识字耕田夫。妻啼儿号刺史怒，时有野人来挽须。拂衣自注下下考，芋魁饭豆吾岂无。"生动地描绘了这位做官不失农民本色的人物，实际上也写出了作者理想中的良吏形象。

苏轼还常常借用历史题材，揭露现实政治弊端。《荔枝叹》是这类诗的名作。它由进贡荔枝的历史故事，引出当代官僚献茶贡花、媚上邀宠的话题。《荔枝叹》先揭露汉唐官僚争献荔枝，使人民"颠坑仆谷相枕藉""惊尘溅血流千载"的罪行，进而直接联系本朝权贵"争新买宠"的事实，表现了诗人敢于抗争的精神。

苏轼无事不可入诗，就如当时人评论的："世间故实小说，有可入诗者，有不可入诗者。惟东坡全不拣择，入手便用。如街谈巷说，鄙俚之言，一经坡手，似神仙点瓦砾为黄金，自有妙处。"（朱弁《风月堂诗话》）散文化、议论化是苏轼诗歌的特点，各种题材他都能恰当地点染，触处生春，无不如意。清人赵翼《瓯北诗话》说："以文为诗，自昌黎始，至东坡益大放厥词，别开生面，成一代之大观。"

苏轼的散文与韩愈、柳宗元、欧阳修并称。《文章精义》揭示四家散文特色说："韩如潮，柳如泉，欧如澜，苏如海。"苏轼散文能集韩愈、欧阳修之大成而又有独特的发展：它有欧文的纡徐委备，又增加了流转变幻；有韩文的气盛言宜，又避免其艰涩险怪。无论是议论文、记叙文、杂文小品或散文赋，都有传世佳作。

苏轼的论说文包括奏议、进策、经解、杂说等，其中重要的是史论和政论。他青年时代喜爱"诵说古今，考论是非"，苏辙也称其兄"好贾谊、陆贽书，论古今治乱，不为空言"。其论文中有不少针对现实、议论精辟的佳篇。史论如《论周东迁》《留侯论》《贾谊论》《晁错论》等，都能依据常见史料，发表独到见识。其中《论周东迁》指出平王东迁是导致周朝灭亡的根本原因，论证凡处于逆境而不知自强，只知迁都苟安者，无一有好下场，实是反对北宋为躲避辽、夏入侵的迁都之议，具有现实意义。《留侯论》针对张良遇圯上老人得兵书而成就大事的传统说法，翻新出奇。文章专在"忍"字上立论，将张良博浪沙击秦皇与圯桥进履联系在一起，指出圯上老人"其意不在书"，而在于有意挫折张良"少年刚锐之气"，使他"忍小忿而就大谋"，揭示中心论点"天下有大勇者，卒然临之而不惊，无故加之而不怒，此其所以挟持者甚大，而其志甚远也"。苏轼的政论以《思治论》《进策》最有名。《思治论》一针见血地揭示北宋三大弊政：财不丰、兵不强、吏不择，提出要以"犯其至难而图其远"的勇气，坚决革去"三患"。《进策》是由25篇系列专论组成的鸿篇巨制，其中《教战守策》是一篇论述居安思危、教民习武备战的文章。作者针对北宋苟安的现状，提出战守策略，非常切中时弊。

苏轼的记叙文包括碑传文、山水游记和亭台楼堂记等，数量虽不多，却在苏文中艺术价值最高、最具独创性。碑传文代表作有《方山子传》《书刘庭式事》等。《方山子传》写友人陈季常甘守清贫而慷慨任侠的事迹，它不写人物的家世、行状，而紧扣"隐""侠"二字，塑造一个神采飞扬的隐侠形象，寄托作者对失意志士的同情。文章跌宕有奇气。山水游记《石钟山记》是一篇带有科学考察性质的文章，它以探求石钟山得名的原因组织成文，旨在说明"事不目见耳闻，而臆断其有无，可乎？"亭台楼堂记有《喜雨亭记》《超然台记》《凌虚台记》《放鹤亭记》等。其中《喜雨亭记》作于早年凤翔签判任上。大旱遇雨，官舍旁的亭子正好落成，所以起名"喜雨亭"。文章把亭和雨、建亭和与民同乐巧妙地结合起来，虽为记亭，重在喜雨，构思新颖，文笔轻松，体现苏文行云流水、变幻莫测的风格。

杂文小品在苏轼散文中也占有重要地位，数量大，艺术成就也很高，它包括随笔、序跋、书信、杂著等。此类文章大都信手拈来，信笔写成，展现了作者的襟怀和个性，且极富神韵和情趣。

苏轼的赋作，以前后《赤壁赋》名声最著。《前赤壁赋》写明月秋夜，与友人泛舟赤壁，在水光月色之中，借景抒怀，探索人生与宇宙的哲理。文章表述了作者在贬谪生活中的复杂、矛盾心理，虽有一定的消极情绪，但主要表达了超脱的人生态度和乐观的情怀。《后赤壁赋》写作者在冬夜月下，登高览物，表现出从清风明月和挟仙遨游中摆脱苦闷的潇洒和超脱。两赋语言骈散相间，声韵铿锵和谐，主宾问答自然，是宋代文赋的佳篇。

黄庭坚和江西诗派

黄庭坚（1045—1105年），字鲁直，号山谷道人，晚年又号涪翁，世称黄太史、豫章先生、黄文节公，洪州分宁（今江西修水）人。宋英宗治平四年（1067年）进士，历任叶县尉、国子监教授、太和县令、《神宗实录》检讨官等职。他以诗受知于苏轼，被视为旧党。宋哲宗亲政，新党上台，指责他修史"诬毁"先朝，贬授涪州别驾，黔州（今四川彭水）安置，后死于宜州（今广西宜山）贬所。著有《山谷集》。

黄庭坚的诗歌创作主张，铭刻着北宋后期党争、诗祸的时代烙印，注入了学者文化的审美意识。他不赞成用诗歌讥刺政治，而看重其娱悦性情、抒写襟怀、潜移默化的熏沐功能，追求一种温柔敦厚、"不怨之怨"（《胡宗元诗集序》）的诗风。他说："诗者，人之情性也，非强谏诤于庭，怨忿诟于道，怒邻骂座之为也。"（《书王知载朐山杂咏后》）他强调创新和自成一家，认为"文章最忌随人后"（《赠谢敞王博喻》），"随人作计终后人，自成一家始逼真"（《以右军书数种赠丘十四》）。他刻意标新，注重在修辞表意的技巧上出奇制胜。在前人诗句和古书典故运用上花样翻新，主张"无一字无来处""点铁成金""换骨夺胎"（《答洪驹父书》）。这种理论注重发展诗歌的美感魅力，却忽视现实生活是诗歌创作的唯一源泉，最终将诗歌创作导入以学问为诗的狭窄途径。

黄庭坚的诗歌作品只有少量涉及社会民生，如《和游景叔月报三捷》《流民叹》等。他的多数作品是赠答诗、咏物诗，抒写个人性情，表现自我意识，未能全面地、鲜明地反映他所处的时代。在诗法技巧上，他求新务奇，选择材料避熟就生，喜欢用僻典，有意造拗句，押险韵，做硬语，诗风瘦硬峭拔。

由于黄庭坚在政治上一再遭受打击，长期受贬谪。坎坷的生活遭遇，真实的生活感受，与他的诗法技巧相结合，也产生了一些格高意远、清新可喜的佳作。如《登快阁》：

> 痴儿了却公家事，快阁东西倚晚晴。
>
> 落木千山天远大，澄江一道月分明。
>
> 朱弦已为佳人绝，青眼聊因美酒横。
>
> 万里归船弄长笛，此心吾与白鸥盟。

诗歌抒写的是古诗中常见的官场失意之情，而构思独具匠心，风格明快浏亮，有杜甫的骨力、李白的豪放，而造句炼意，尤其是中间两联的瘦硬奇崛，显现出黄诗自家本色。此外，《寄黄几复》全诗"无一字无来处"，使用典故贴切自然。"桃李春风一杯酒，江湖夜雨十年灯"二句，造语工新奇巧，意从境出，确属佳作。《雨中登岳阳楼望君山二首》，也是清新流畅之作。

在黄庭坚的影响之下，北宋后期逐渐形成了江西诗派。南宋初年，吕本中作《江西诗社宗派图》，首列黄庭坚、陈师道、陈与义三人，以下还有韩驹、潘大临、徐俯等二十余人。江西诗派的名称由此确立。后来方回《瀛奎律髓》又以杜甫为一祖，黄庭坚、陈师道、陈与义为三宗。江西诗派因黄庭坚是江西人而得名，诗派中的其他诗人并不都是江西人，但他们都主张宗法杜甫，有共同的创作趋向与风格。江西诗派在北宋后期蔚为一大流派，影响所及直至明清近代。

江西诗派的北宋作家，除黄庭坚外，以陈师道的成就为最高，后人将他们并称"黄陈"。

陈师道（1053—1101年），字无己，又字履常，号后山居士，彭城（今江苏徐州）人。早年受业于曾巩，学习古文。元祐初，受苏轼赏识和推荐。他一生贫困，只担任过州学教授、秘书省正字等低级官吏，却能清贫自守。著有《后山集》。

陈师道是一个苦吟诗人。他的诗反映现实面不宽，而多"闭门觅句"，但诗风平易，感情真挚。他的《别三子》《送内》《寄外舅郭大夫》等诗，写骨肉亲情，言质情深，与杜甫《羌村》诗的风格比较接近。

婉约词人李清照

　　李清照（1084—1155年），号易安居士，南宋女词人，济南章丘人，婉约派代表词人。她的父亲李格非是当时著名学者，官至礼部员外郎、京东路提点刑狱，出自韩琦门下，曾以文章受知于苏轼，名列"苏门后四学士"之首，学识渊博，尤用意于经学，在齐、鲁一带颇负盛名。她的丈夫赵明诚为金石考据家。她的母亲是状元王拱宸孙女，很有文学修养。李清照出身于这样一个诗书簪缨之家，自幼受到良好的教育，少年时代便工诗善词。她曾作《如梦令》，描述她少女时代在济南的欢乐生活："常记溪亭日暮，沉醉不知归路。兴尽晚回舟，误入藕花深处。争渡，争渡，惊起一滩鸥鹭。"

　　早年生活安定，词作多写相思之情；中原沦陷后，与丈夫南流，过着颠沛流离、凄凉愁苦的生活。明诚病死，李清照境遇孤苦，词作多感慨身世飘零。她的诗文感时咏史，与词风迥异。她还擅长书画，兼通音律。现存诗文及词为后人所辑，有《漱玉词》等。

　　李清照的词风以婉约著称，而又兼得豪放之长，尤其是她的后期词，无论是反映生活的广度，抒发感情的深度，还是艺术概括的高度，都有突破性的提高，从而形成了她独具特色的"易安体"。其艺术特色大致表现为以下四个方面。

　　首先，李清照词的最大特色就是擅长以女性特有的心灵感受，用委婉细腻的笔触，来抒写自己在不同境况中的内心活动，具有深切感人的抒情性。如《点绛唇》："见有人来，袜刬金钗溜，和羞走。倚门回首，却把青梅嗅。"通过一连串的动态描写，把少女那妩媚婀娜的外表神态和含羞多情的内心世界极其生动逼真地传递给读者。《一剪梅》："此情无计可消除，才下眉头，却上心头。"抒写少妇的相思愁情，"下眉头"似有缓解，"上心头"反转增加，十分生动传神。

　　其次，善于运用白描的艺术手法，塑造鲜明生动、丰满感人的艺术形象，并通过这些成功的艺术形象抒情表意，大大增强了作品的感染力。如《如梦令》中的"应是绿肥红瘦"，通过对叶儿长胖了，花儿消瘦了的形象白描，表达了恋春惜花的情怀，蕴藉而含蓄。《醉花阴》中的"人比黄花瘦"，通过清瘦的菊花形象，传达人的相思憔悴之情，更是妙笔传神。

　　再次，善于运用叠字艺术来深化意境，加重语气，增强词的表现力。如《南歌子》中的"旧时天气旧时衣，只有情怀，不似旧家时"，连用三个"旧"字，描绘词人国破家亡、离乡背井的情怀，加重了"物是人非"的感叹。《声声慢》更是这方面的突出例子，此词起句一下连用14个叠字"寻寻觅觅，冷冷清清，凄凄惨惨戚戚"，后面又有"点点滴滴"四叠字，如此连续重叠，却毫无生硬堆砌之感，相反却显得十分自然妥帖，流转如珠，获得了意美音佳的艺术效果，尤其是起句的14个叠字，不仅笔法大胆新奇，而且从精神上写出了词人感情变化的因果历程，由表及里，由浅入深，且先声夺人，一下子就把愁情送上了高峰，并且浓烈地渲染了气氛，具有提携全篇、深化意境的功用，因此深受历代词话家的赞许。

最后，李清照词的语言自然清新，凝练优美，生动新颖；既明白如话，又流转如珠，富有音乐美，口语俚语的运用尤为精当传神。这种"用浅俗之语，发清新之思"的语言特色，几乎在李清照的全部词作中均有表现。由于作者善于以寻常语度入音律，使词的语言和词的音律以及词的意境达到高度的和谐统一，在炼字炼句中求得炼意炼格，获得了辞清如水而味醇如酒的艺术感染力。

总之，李清照的词能以故为新、以俗为雅，语浅意浓而跌宕多姿，意境优美而思想深刻，形象鲜明而感情真挚，把传统的婉约词发展到了后人"难乎为继"的高峰，因而赢得了许多著名词人的赞赏。

横绝六合的辛弃疾

南宋词坛，辛弃疾（1140—1207年）是以慷慨豪迈著称而被誉为"横绝六合，扫空万古"的伟大爱国词人。他与北宋苏轼以相似的词风双峰并峙，代表了两宋词的最高成就。

辛弃疾原字坦夫，改字幼安，别号稼轩，汉族，历城（今山东济南）人。出生时，中原已为金兵所占。21岁参加抗金义军，不久归南宋，历任湖北、江西、湖南、福建、浙东安抚使等职，一生力主抗金。

辛弃疾艺术风格多样，以豪放为主，曾上《美芹十论》与《九议》，条陈战守之策。现存词600多首，其词抒写力图恢复国家统一的爱国热情，倾诉壮志难酬的悲愤，对当时执政者的屈辱求和颇多谴责；也有不少吟咏祖国河山的作品。题材广阔又善化用前人典故入词，风格沉雄豪迈又不乏细腻柔媚之处。由于与当政的主和派政见不合，后被弹劾落职，退隐，1207年秋，辛弃疾逝世，年68岁。

辛词内容丰富，思想深刻，风格多样，技法高超，艺术特色鲜明。

突出表现为以下几个方面。

一是善于创造宏大的意境和雄壮的声势，表现出慷慨豪迈的风格。如《破阵子》词中，作者在宏大的意境中显示出不可阻挡的声势："醉里挑灯看剑，梦回吹角连营。八百里分麾下炙，五十弦翻塞外声，沙场秋点兵。马作的卢飞快，弓如霹雳弦惊，了却君王天下事，赢得生前身后名，可怜白发生！"真正是磅礴雄壮，气吞山河，威势凛然。辛弃疾的这种词风，一扫剪红刻翠、烟水迷离的柔弱境界，代之以金戈铁马、千岩万壑的刚健气势，把苏轼以来的豪放词风推向了高峰。

二是善于运用奇特的想象、夸张和比兴寄托手法，表现出浓厚的浪漫主义色彩。为了表达理想与现实的矛盾，辛弃疾常常借助奇特的想象、大胆的夸张、丰富的幻想，以特殊的精神和性格寄托自己雄伟壮美的理想，具有强烈的艺术感染力。

三是打破词固有的传统形式和格律束缚，表现出大胆的创新精神。辛弃疾在继承苏轼"以诗为词"的革新精神的基础上，进而采用"以文为词"的手法，使词的艺术形式更加解放，更加丰富多彩。这种创新精神，突出地表现在语言和谋篇布局上。辛词的语言，不仅运用古、近体诗的句法，还大量吸收骈文、散文的句法；不论经史诸子楚辞，还是李杜诗、韩柳文、成语典故、时人口语，往往拈来便是，而又自然妥帖，音韵和谐，如《永遇乐·京口北固亭怀古》连用了刘裕、刘义隆、廉颇等人的典故，而又紧扣京口怀古，抒写个人情怀，非常新鲜生动。

四是善于博采众家之长，表现出风格的多样化。辛弃疾的词风向来以"豪放"著称，但绝不是单纯的豪放。他的词有的慷慨激昂，有的苍凉沉郁，有的含蓄婉转，有的清丽明媚，而且往往把各种风格综合运用，刚健柔婉，嬉笑怒骂，皆成妙笔。例如《摸鱼儿》词，以惜春、留春、伤春、怨春的曲折笔调，表现忧虑国家大事、抒发胸襟大志、痛斥权奸误国的重大主题，这样就使婉约词风和豪放词风有机结合成为一体，浑然无痕。

总之，辛弃疾的笔下没有不可描绘的事物，没有不可表达的意境，没有不可运用的手法。他以大胆创新的精神赋予了词抒情、状物、记事、议论的多种功能，使词这种文学样式获得了空前的艺术力量，从而使辛词成为雄视词坛的典范。

永嘉四灵和江湖诗人

南宋中叶以后，诗坛上出现了四灵派和江湖派，他们代表了南宋后期诗歌创作上的一种倾向，也反映了当时社会的某种思想情绪。

四灵派是指浙江永嘉的四个诗人：徐照，字灵辉；徐玑，号灵渊；赵师秀，号灵秀；翁卷，字灵舒。因为他们都是永嘉人，诗风相近，名字中又都有一个"灵"字，故称"永嘉四灵"或"四灵派"。四灵里徐照、翁卷是布衣，徐玑、赵师秀做过小官。

四灵派的诗，风格上学习晚唐贾岛、姚合之体，标榜野逸清瘦之风，也融入了某些山水诗、田园诗的意味，表现出一种空灵淡泊的境界。这种风格正好迎合了南宋中叶以后社会表面相对安定，一些在政治上找不到出路的文人暂时满足于啸傲林泉、寄意田园的闲逸情趣，成为慰藉其情绪的共鸣声响。如翁卷《行药作》中说："有口不须谈世事，无机惟合卧山林。"赵师秀《哭徐玑》中说："泊然安贫贱，心夷语自秀。"就很能说明这种倾向。艺术形式上，四灵诗以五、七言近体著称，并能以精工优美的语言刻画寻常景物，既新巧出奇，而又不大显露斧凿的痕迹，在较大程度上纠正了江西派诗人以学问为诗、以议论为诗的习气，也写出了不少优秀的诗作。如徐玑《行秋》："嘎嘎秋蝉响似筝，听蝉闲傍柳边行。小溪清水平如镜，一叶飞来浪细生。"诗写山村的初秋景象，抓住细节特征，巧融"一叶知秋"于其中，表现了诗人的观察之细、体会之深，同时也表达出了诗人清澈明净的心灵。再如翁卷的《乡村四月》："绿遍山原白满川，子规声里雨如烟。乡村四月闲人少，才了蚕桑又插田。"简直是一幅烟雨江南、乡村四月的农忙图。

总的来看，四灵派的诗虽有失之于境界窄小、寄情偏僻的缺陷，但由于其艺术上的成就，仍然引起了不小的反响。刘克庄《题蔡炷主簿诗卷》中即说："旧止四人为律体，今通天下话头行。"足见其影响之广泛。

江湖派以南宋人陈起编印《江湖小集》而得名。该派诗人多以布衣身份流浪江湖，大都淡漠时事，专以干谒游食为诗，风格多含江湖末流之味，不值得深论。但这一派的代表作家刘克庄、戴复古、方岳等人，却写了不少忧念国事、讥弹时政的作品，取得了相当高的成就。

戴复古（1167—1250年），字式之，号石屏，浙江黄岩人。他是个布衣，终生未出仕，长期游历江湖，足迹遍及当时南方各重要地区，阅历颇深。他作诗最推崇杜甫和陈子昂，也曾从陆游学习，他的《石屏诗集》里有些抒发爱国情思和反映民生疾苦的作品，在一定程度上继承了陆游的爱国主义精神，如《频酌淮河水》诗末云："莫向北岸汲，中有英雄泪。"寄寓了南宋以淮河自守，不能复争中原的感慨，以及英雄为之泪下的爱国情思。又如《庚子荐饥》："饿走抛家舍，纵横死路歧。有天不雨粟，无地可埋尸。劫数惨如此，吾曹忍见之！官司行赈恤，不过是文移。"诗歌着意描写饥荒的惨象，揭露官家赈济的欺骗性，表达了对民生疾苦的深切关注和同情。

刘克庄的不少诗作也继承了陆游的爱国主义精神，如其代表作《书事》："人道山东入职方，书生胆小虏空长。遗民似蚁饥难给，侠士如鹰饱易扬。未见驰车修寝庙，先闻铸印拜侯王。青齐父老应垂涕，何日鸾旗驻路旁。"诗歌谴责南宋朝廷的腐朽与失策，为国土的沦丧和遗民的苦难而痛心，表现了对时世的极度忧虑。在他的《后村诗集》里，还有不少用乐府形式写成的诗歌，如《运粮行》《苦寒行》《筑城行》等，痛恨赋敛之急，慨叹征役之繁，哀伤民生之苦，也都有较强的思想性。

方岳，字巨山，号秋崖，安徽祁门人，著有《秋崖集》。他是江湖派中最善描写农村景象的诗人，如《农谣》："小麦青青大麦黄，护田沙径绕羊肠。秧畦岸岸水初饱，尘甑家家饭已香。"以白描手法从野外写到农家，真朴自然，极富生活气息。

严羽《沧浪诗话》

　　严羽（1192—？年），字仪卿，一字丹丘，邵武（今福建邵武县）人，其著作《沧浪诗话》是宋代一部着重讨论诗歌创作的艺术特点和规律的著作。此书约写成于南宋理宗在位时。它的系统性、理论性较强，是宋代最负盛名、对后世影响最大的一部诗话。

　　全书分为《诗辨》《诗体》《诗法》《诗评》《考证》五门，作者对此书甚为自负，认为是"自家实证实悟"之作，"乃断千百年公案，诚惊世绝俗之谈，至当归一之论"。

　　《诗辨》一门是全书总纲，鲜明地提出了论诗宗旨，大要在一"识"字。因为"诗有别材，非关书也；诗有别趣，非关理也"，所以"学诗者以识为主"。"识"的内涵，即是当时人常用的"禅""悟"。由有识而得妙悟，又由妙悟而通于禅道。具体说来，便是以汉魏盛唐诗为第一义的效法对象，加以深刻透彻的领悟，才能达到"不涉理路，不落言筌""羚羊挂角，无迹可求""言有尽而意无穷"

的最高艺术境界。从中可以明显看出，严羽论诗的基本方法是借禅理以喻诗、说诗。

《诗体》主要论述诗歌风格体制演进变化的历史，在一定程度上勾勒出中国古代诗歌发展的线索和轮廓。

《诗法》着重阐明做法和技巧方面的要求，如提出"学诗先除五俗""不必太着题，不必多使事""押韵不必有出处，用字不必拘来历"等。这些见解在一定程度上是针对当时江西诗派、四灵派的创作风气而发的。

《诗评》举例评析汉魏以来诗歌，进一步阐明汉魏盛唐诗为第一义的理由："诗有词理意兴。南朝人尚词而病于理，本朝人尚理而病于意兴，唐人尚意兴而理在其中；汉魏之诗，词理意兴无迹可求。"在具体评论中，态度比较公允全面，如说"盛唐人诗亦有一二滥觞晚唐者，……要当论其大概"，又说"李、杜二公，正不当优劣。太白有一二妙处，子美不能道；子美有一二妙处，太白不能作"。

《考证》是对某些诗篇的作者、分段、异文等的考辨。

《沧浪诗话》在当时就引起注意和争论，作者《答吴景仙书》实际上便是一篇答辩文字。明代的前七子、后七子和清代神韵、性灵两派诗论，对严氏观点的不同方面做了引申和发挥。《沧浪诗话》对诗歌的形象思维特征和艺术性方面的探讨，对中国古代诗歌的发展是有贡献的。但其脱离生活和某些唯心色彩的弊病，对后世也有不良影响。

话本的兴起

话本，是指宋元时代说话艺人表演所用的底本。宋元说话艺术分为小说、讲史、说经等。小说家的话本称为小说，均为短篇故事。按题材又分为灵怪、烟粉、传奇、公案、朴刀、杆棒、神仙、妖术等八类。

宋代的话本小说因受唐代变文的影响或因"说话"形式的需要，而形成其独特的形式。一篇话本可分为三个部分：入话、正文、结尾。

入话指在篇首先讲几首诗词，很像变文前的押座文，起着稳定听众情绪的作用。此即后来演化为杂剧的定场诗。在诗词之后往往还有一个小故事，引出正文，也叫"得胜回头"或叫"得胜利市回头"。正文是话本小说的主体，以散文为主，其中也穿插一些诗词。散文主要是讲述故事；诗词则帮助描绘景色和人物，以加强艺术感染效果。结尾一般以七言绝句作结，或点明主题，或评论故事，或以之劝诫。

由于话本是散文和韵文的混合体，因此，宋、元时期又将话本称为"诗话"或"词话"。

　　现存的宋元小说话本有三四十篇，见于明人编印的《清平山堂话本》和《古今小说》等书。其中较著名的作品有《错斩崔宁》等。《错斩崔宁》是一起典型冤狱案件，后被改编为昆剧《十五贯》，主要内容是：刘贵因经商亏本而借钱十五贯，回家后戏其妾陈二姐，说是将她典出而得的。二姐信之，当晚弃家借宿于邻居朱三老儿家，次晨便回娘家以告父母。路遇卖丝青年崔宁，便结伴而行。岂知二姐借宿之夜，一贼入其家，杀刘贵，掠钱而去。事发之后，朱三老等邻人急迫陈二姐，也从崔宁囊中搜出十五贯钱。于是官府就认定是奸夫奸妇图财害命，结果两个无辜者都被屈打成招，崔宁和陈氏被处斩。通过上述的简要情节，不难看出该话本的思想意义，在于揭露了南宋黑暗的社会现实，官场腐败，庸吏敷衍，任情用刑，率意断狱，以致造成了草菅人命的冤狱。

　　讲史的话本称作平话，篇幅较长，演说历史故事，作品有《新编五代史平话》《三国志平话》《大宋宣和遗事》等。说经是讲说佛经故事，没有话本流传。话本是民间口头文学的创作形式，继承了志怪传奇等古代小说的传统，对后世白话小说的发展影响很大，如《水浒传》《三国演义》《西游记》等明清长篇小说和短篇小说便是宋元话本继续发展的产物。

诸宫调的兴起

诸宫调，是指宋金元代流行于民间的叙述体说唱文学形式。它取同一宫调的若干曲牌联成短套，首尾一韵，中间插以简短的说白，再用不同宫调的许多短套，连成长篇，讲唱长篇故事，故称诸宫调，或称诸般宫调，因用琵琶等乐器伴奏，亦称"掐弹词"或"弦索"。它是说唱、歌舞向戏剧转化时期的过渡形式。

诸宫调继承和发展了唐代变文韵散相间的体制，以同一词调重复多遍并间以说白的鼓子词，以一诗一词交替演唱并与歌舞结合的"转踏"，以及集合若干同一宫调的曲调为一套曲的"唱赚"，形成了一种篇幅更大、结构更加宏伟的、便于表现更为丰富复杂内容的文艺样式。

据传，其首创者是北宋末年的民间艺人孔三传。《西厢记诸宫调》是现存唯一一部完整的诸宫调作品。《西厢记诸宫调》的作者是董解元（董解元的生平已无可考，"解元"是当时对读书人的通称），它由唐代元稹的传奇小说《莺莺传》改编而成。董解元保留了《莺莺传》的大致情节，但在四个方面做了较大的改动：在思想上，改变了原作对张生始乱终弃行为的偏袒和对女性的偏见，突出了歌颂婚姻自由的主题，使作品有了本质的提高。在人物塑造上，不仅增添了不少人物，更重要的是，改变了主人公的性格，使之成为正面形象，而且个性更为鲜明。例如张生，原来是一个玩弄女性的人物，董解元将他改编成一个有情有义、始终忠于爱情的正面人物。又如崔莺莺，原来是委曲求全、逆来顺受的弱者，董解元将她写成了一个大胆追求爱情的坚强女性。在情节安排上，增加了佛殿相逢、月下联吟、兵围普救寺、长亭送别、村店惊梦等情节，使故事更为曲折生动。在艺术手法上，大量吸收古曲诗词的典雅词语和借景抒情的手法，将写景、叙事、抒情融为一体，使作品更具诗意，如《长亭送别》等。同时，又吸收了大量的民间口语，使作品更生动活泼，如［黄钟宫·出队子］："滴滴风流，作为娇更柔，见人无语但回眸。料得娘行不自由，眉上新愁压旧愁。天天闷得人来毂，把深恩都变作仇，比及相见待追求，见了依前还又休，是背面相思对面羞。"与一般散曲的通俗活泼没有多少区别。

正是由于董解元在以上几个方面对《莺莺传》做了较大的改动，从而使《西厢记诸宫调》成为一部具有很高水平的作品，为王实甫《西厢记》的问世打下了坚实的基础。

第六章

元代文学

元代的历史不长，只有九十七年。如果从蒙古王朝灭金、统一北方算起，也只有一三三年。和前代文学相比，元代文学最突出的成就在戏曲方面，后人常把『元曲』和唐诗、宋词并称。诗、词、散文等文学样式则相对衰微。

散曲的兴盛

　　散曲是元代的一种新兴诗歌体裁。由于宋金时期北方民歌和少数民族音乐的输入，又吸收了宋词和一些说唱文学的有益成分而逐渐形成了这种艺术形式。宋金时期是散曲的萌芽、发生时期，至元代散曲进入了全盛期。由于散曲在元代最为兴盛，故又称元散曲。

　　散曲在元代被称为乐府或词，它包括小令和套数两种形式。小令又叫"叶儿"，是散曲的基本单位，它是独立的单支曲子，分属不同的宫调，有一个单独的曲牌名，如《醉太平》《水仙子》等。套数又叫散套、套曲，沿自诸宫调，把两首以上同一宫调的曲子连缀在一起，一般用一两支小曲开端，用"煞调"或"尾声"结束。

　　现存金元散曲多为歌唱山林隐逸和描写男女风情之作，也有一些接触到现实生活。而一些写景咏物的小令，清丽生动，艺术价值较高。元代散曲的发展大致可分为前、后两个时期。前期著名作家有关汉卿、马致远等，他们随物赋形、曲折尽意地抒发自己的感慨，风格质朴自然；

后期作家以张可久和乔吉为代表，散曲创作总的趋势是讲究格律辞藻，走向典雅工丽。

关汉卿《窦娥冤》

关汉卿是中国文学史和戏剧史上一位伟大的作家，他一生创作了许多杂剧和散曲，成就卓越。他的剧作为元杂剧的繁荣与发展打下了坚实的基础，是元代杂剧的奠基人。

关汉卿（约1220—1300年），号已斋（一作一斋）、已斋叟，解州（今山西省运城）人，关于他的籍贯，还有祁州（今河北省安国县）伍仁村、大都（今北京市）之说。他与马致远、郑光祖、白朴并称为"元曲四大家"，关汉卿居首。

关汉卿一生创作了60多部杂剧，从民间传说、历史资料和元代现实生活里汲取了许多素材，真实地表现了元代人民反对封建阶级压迫与民族压迫的斗争。关汉卿从不写作神仙道化与隐居乐道的题材。他的严肃的创作态度与批判现实的战斗精神对后世有巨大影响。

关汉卿是一位杰出的戏剧艺术家，他的悲剧《窦娥冤》是中国古典悲剧的典范，王国维在《宋元戏曲史》中称其"列之于世界大悲剧中亦无愧色"。

《窦娥冤》的主要内容是写一个读书人窦天章的女儿窦娥一生的不幸遭遇。窦娥3岁就死了母亲，7岁时由于抵债，被父亲送到蔡婆婆家做童养媳，17岁时结了婚。结婚后不到两年，丈夫就死去了，窦娥从此过着悲苦的寡居生活。蔡婆婆出外讨债，赛卢医要谋财害命勒死她。地痞张驴儿与其父亲借口救了蔡婆婆，便赖在蔡家。张驴儿见窦娥貌美，便要强迫娶她为妻，窦娥不肯。张驴儿想毒死蔡婆婆，结果却把他父亲毒死了，他便诬告窦娥杀害了他的父亲。审理此案的桃杌太守是个昏官，把窦娥屈打成招，判处死刑。临刑之前，窦娥对天发下三桩誓愿：倘若死得冤屈，刀过头落，一腔热血飞溅在白练上；六月天降三尺瑞雪，掩盖尸首；楚州大旱三年。她的誓愿感动了天地，果然三桩誓愿都得以应验。三年之后，她父亲做了提刑肃政廉访使，到楚州来察访。窦娥冤魂出现，要求父亲代她报仇。窦天章查明事情真相，为女儿雪了冤。

第三折"法场"是全剧的高潮，此折剧情是围绕"冤""怨"二字逐层展开的，可说是因冤屈而怨恨，从怨恨中见冤屈。随着主人公窦娥怨恨感情的一步步爆发，戏剧冲突也一步步紧张急迫、动人心弦。直至最后窦娥受刑，誓愿应验，终于感天动地、惊泣鬼神。窦娥的性格特征也因此得到了较充分的体现。

这一折，窦娥一上场就咒天骂地。她唱道："没来由犯王法，不提防遭刑宪，叫声屈动地惊天！顷刻间游魂先赴森罗殿，怎不将天地也生埋怨？"面对着清浊不辨、贤愚不分的天和地，她放声痛骂："为善的受贫穷更命短，造恶的享富贵又寿延。天地也！做得个怕硬欺软，却原来也这般顺水推船！地也，你不分好歹何为地！天也，你错勘贤愚枉做天！哎，只落得两泪涟涟。"

这时的窦娥，比起第二折中要跟张驴儿"官休"时的窦娥，在对官府、对黑暗现实的认识上，已发生根本的变化。她本来以为，"人心不可欺，冤枉事天地知，争到头，竞到底"，总会有个公正判决的。可万万没有想到，等待着自己的竟是杀身之祸。窦娥的骂，是对官府绝望，对现实痛恨的激烈表示。

接下来写窦娥向婆婆嘱咐后事，表现了她们婆媳之间的生死相依，情义深厚；而今生离死别，又怎不叫人痛断肠。

再写，窦娥对天发愿，既是本折中的高潮，更是全剧矛盾冲突激化、人物怨恨、感情爆发的顶点，是人物悲剧命运的集中表现。受刑前发的三愿——血溅白练、六月飞雪、大旱三年，这些现实生活中不可能发生的事情，一桩桩都应验，真个是连"皇天也肯从人愿"。可见，"冤""怨"二字是贯串始终的。剧作家这种浪漫主义手法的运用，由于是根植于现实生活的土壤之中，因而观众不仅不感到荒谬怪诞，相反，倒因此更加深切同情窦娥的悲惨遭际，深切痛恨社会的腐败和奸民恶吏的罪恶。

关汉卿是塑造人物的高手，他善于将人物置身于复杂的社会关系中多方面地刻画，因而人物形象显得真实、自然、具有立体感。《窦娥冤》矛盾集中、情节曲折、结构严整、场面悲壮，对后世戏剧艺术产生了极大的影响。

王实甫《西厢记》

王实甫，大都（今北京）人，天一阁本《录鬼簿》列为"前辈已死名公才人"而位于关汉卿之后，据此推断他大约与关汉卿同时或稍后，活动年代在元成宗元贞、大德（1295—1307年）前后，至少活了60岁。《录鬼簿》说他名德信，其他可靠的生平资料很少。

他早年为官，仕途坎坷，晚年弃官归隐，是位经常出入于勾栏瓦舍之中的风流落拓的文人，贾仲明所作悼词称其"作词章风韵美，士林中等辈伏低"，在当时有很高的声望。其剧作见于载录的有十三种，现存的除《西厢记》外，尚有《丽春堂》《破窑记》等，另外，《贩茶船》和《芙蓉亭》二剧各存一折曲文。他可以说是以一部《西厢记》"天下夺魁"。

作家善于提炼文句，长于细腻多致的描绘，所写曲文典雅清丽，具有如诗般意境，故能在杂剧中自成一家，与关汉卿分别开创了中国戏曲史上文采与本色两大流派。

　　《西厢记》可谓元杂剧中影响最大的单部作品。它以五本的宏大规模来敷演一对青年男女追求自由的爱情与婚姻的故事，不仅题材引人喜爱，而且人物刻画丰满细致，情节曲折动人，再配以与浪漫的内容相称的秀丽优雅而又活泼的语言，自然有一种不同寻常的魅力。

　　剧作通过张生和莺莺自由恋爱、冲破重重封建阻力而成就了美满姻缘的故事，猛烈抨击了不合理的封建婚姻制度，热情歌颂了青年男女追求婚姻自主的斗争，表现了"愿普天下有情的都成了眷属"的理想，是对封建婚姻制度发出冲击的呐喊，表现了一定的民主思想，具有突出的进步意义。

　　崔莺莺是一个追求爱情自由、背叛封建礼教的贵族少女的典型。她美丽而多情，性格内向深沉，外表矜持，内心炽热。作品细致生动地描写了莺莺叛逆封建礼教的表现及其叛逆性格的发展过程。

　　张生是《西厢记》中又一个封建礼教的叛逆者，是个喜剧色彩很浓的人物。他善良聪慧，才高性狂。作品通过描写他的痴情和酸迂，表现他对封建道德规范的轻蔑和背叛。他为了追求爱情，把科举仕进抛到九霄云外，他不管什么圣贤遗训，隔墙吟诗挑逗相国小姐；他拦住红娘自报家门，还把人家追荐相国亡灵的肃穆道场变成他与莺莺传情的雅会；他追求莺莺，人前人后毫无顾忌，喜怒哀乐表露无遗。张生的痴情到了"疯魔"的程度。但也可见他的真诚坦率，执着追求。他是个忠于爱情始终如一的"志诚种"。作品还写了他软弱的一面，"疯魔"之中也带有一点轻狂。

　　红娘是促成崔张美满姻缘的关键人物，是表现出卑贱者许多优秀品质的一个光彩照人的人物形象。她富有正义感、热情真诚、乐于助人、活泼爽朗、聪明机智而又勇敢泼辣。她不满老夫人赖婚负义的行为，同情和支持崔、张反抗封建礼教、追求婚姻自主的斗争。她一面给张生出谋划策，一面引导莺莺走上反抗道路；她冒着风险为他们传书送简，甚至受了委屈仍然热心为之奔走，最终玉成了崔张婚事。

《西厢记》结构宏伟，共有五本二十一折，突破了杂剧一本四折的限制，还突破了每本由一个角色独唱的通例，这有利于充分展开戏剧矛盾冲突和精细地刻画人物，表现出创新精神。

全剧是由两条线索、两类矛盾冲突交织在一起的。以老夫人为一方与以崔、张、红为一方而展开的维护和反抗封建礼教的矛盾冲突，是全剧的主线；崔、张、红三者之间由于出身教养和性格差异而引起的矛盾冲突是副线。前一种矛盾冲突在第二本赖婚，第四本拷红、逼试，第五本争婚中表现得最尖锐，后一种矛盾冲突在第三本赖简等情节中表现得最集中突出。两种矛盾交错发展而又互相影响。如封建势力的压迫，使得崔张的恋爱采取隐蔽的方式；封建礼教影响，使得莺莺顾虑重重，出尔反尔，导致了崔、张、红之间一系列的喜剧性冲突。而他们之间矛盾冲突的发展又推动着前一种矛盾冲突的变化发展，显得更为丰富多彩。

《西厢记》戏剧情节曲折多变，矛盾冲突波澜起伏，一波未平，一波又起，扣人心弦，加上崔、张、红三者之间的许多性格冲突穿插其间，更增喜剧色彩，收到了引人入胜的戏剧效果。

《西厢记》曲文的语言秀美典雅，它把剧中的爱情故事描述得风光旖旎，情调缠绵，蕴藉灵动，彼此相得益彰。剧中的宾白，基本上是鲜活的口语，能够传达各个人物的性格和生动的神态。

南戏和高明的《琵琶记》

南戏是南曲戏文的简称。它最初流行于浙江温州一带（古称永嘉），故又名"温州杂剧"或"永嘉杂剧"。南戏形成于北宋末期，南宋初期，南宋末年流传到杭州，发展成为成熟的戏曲艺术。到了元代初期，蒙古统治者提倡杂剧，南戏一度衰落，到了元末，杂剧衰落，南戏才得到了发展。

南戏的体制比杂剧自由灵活，杂剧基本体制是四折一楔子，篇幅紧凑，情节集中，南戏则没有固定的出数，长短自由；杂剧每折限用一个宫调，一韵到底，南戏一出不限于一个宫调，还能换韵；杂剧一般由一人主唱，南戏不限角色，各种角色都可以唱，还有对唱、合唱等多种形式；杂剧题目正名在剧本末尾，南戏题目则在剧本前面，演出时还有副末"开场"，报告剧情梗概，杂剧则没有"开场"；杂剧音乐是在诸宫调基础上形成的，以北乐为主，曲调高亢，伴奏以弦乐为主，南戏曲调在东南沿海的一些民歌基础上形成，还吸收了宋代流行的词体歌曲，曲调柔缓，伴奏以管乐为主。

流传至今的南戏有16本，题材基本上取自民间传说和现实生活，多写男女爱情故事。成就较高的有高明的《琵琶记》和有"元代四大传奇"之称的《荆钗记》《白兔记》《拜月亭记》《杀狗记》。

《琵琶记》是高明根据民间流传的南戏《赵贞女》改编的。改编中最重要的改动是把男主角蔡伯喈由一个抛弃双亲，背弃妻子，最后遭雷击的反面人物改写成了一个全忠全孝的正面人物，使剧的主题由谴责背亲弃妻变成了歌颂贞烈忠孝。之所以对原剧进行这样的改动，是与作者的写作意图分不开的。

高明写作《琵琶记》的意图十分明确，就是要宣扬封建的伦理道德，正好剧中副末在开场时记："不关风化体，纵好也徒然。""休论插科打诨，也不寻宫数调，只看子孝共妻贤。"在这种思想指导下，作品的人物无不涂上了封建说教的色彩。

然而，《琵琶记》的思想内容又是比较复杂的，在宣扬封建礼教的同时，对生活、对人物又做了不少真实的描绘，反映了一定的生活真实。如蔡伯喈，他本不愿出仕，甘愿隐居田园，可是又十分软弱，对父母、宰相、皇帝加之于他的压力，他只是逆来顺受，不敢有较量和反抗，这使他陷入矛盾的苦闷之中不能自拔。蔡伯喈软弱忍让，反映了封建礼教压抑下许多知识分子的趋同性格，他也使我们看到了所谓"忠孝"为主体的封建礼教无视人性、摧残人性的腐朽本质。又如赵五娘，作者的意图是将其塑造成为一个贞烈孝道的化身，通过她来宣传封建道德，但戏中的赵五娘却并不是一个概念化的人物，她的行为都很有个性特点，在对公婆的态度上，突出地显示了一个下层妇女所具有的自我牺牲的、坚韧的可贵品质。另外，《琵琶记》也客观地暴露了封建社会的一些黑暗现象，如地方官吏的贪赃枉法。对遭受饥荒的农村也有比较真实的描绘，表达了作者对劳苦人民的同情。

《琵琶记》这种思想内容的复杂性，一方面与作者世界观的复杂性有关，一方面也与艺术本身要求真实的特性分不开。

元代四大传奇

元代末期，南戏复兴，大型剧作相继问世，《荆钗记》《白兔记》《拜月亭》《杀狗记》是南戏复兴之重要作品，称为"四大传奇"，又称"古戏四大家"。其思想性虽不高，但情节曲折，极尽悲欢离合之情，故为歌场所重视。

《拜月亭》为四大传奇之佼佼者，艺术成就较高。此剧系根据关汉卿同名杂剧改编，取其精华，进行再刻造，将悲欢离合的爱情故事放在兵荒马乱、人民流离失所的社会背景下来描写，有着不同凡响的艺术特色，对王瑞兰形象的塑造也相当成功，特别是对王瑞兰内心的微妙活动以及矛盾心理的描写，更显得细致入微而富有喜剧性。身为尚书小姐，在旷野中孤零无依附，她无法顾及自己的身份，只能央求蒋世隆携带同行，甚至主动提出了"权说是夫妻"的建议，但到达旅舍，当蒋世隆正式提出成亲要求时，她心中愿意，却故作回避，表现出相府小姐的矜持。这一形象的出现，说明南戏的艺术水平上升到了一个新的阶段。

《拜月亭》的语言天然本色，一向为人们所称道，本色天然的唱词与说白浑然一体，很难区分，而曲白相生，耐人寻味，又大大增加了语言的表现力。

《荆钗记》的故事原型写的是文人王十朋抛弃玉莲，与《王魁》《赵贞女》属同一类型。今传文改为歌颂"义夫节妇"生死不渝的夫妇之爱。《荆钗记》的改编，在许多方面突破了儒家的价值观，像王十朋在误闻玉莲死讯后，守情不移，甚至宁无子嗣，也不再娶，就突破了"不孝有三，无后为大"的纲常观念；钱玉莲重才而轻财，为了自己的信念，甘赴一死，她的"节"虽有封建贞节的因素，但更多体现了"富贵不能动其志，威逼不能移其情"的品质。剧中涉及如何对待贫贱，如何对待富贵，如何处理夫妻关系、继母与前妻子的家庭关系，等等，这些都是旧时下层民众深为关切的社会问题。因而，它的出现吸引了广大观众的注意，王世贞称"《荆钗》近俗而时动人"（《曲藻》），所谓近俗正好说明它具有贴近现实生活的一面。

《荆钗记》情节结构颇为精巧，戏剧性较强，它以荆钗为线索贯串全剧，展开情节关目，特别适于表演。

《白兔记》突出地描绘剧中人物刘知远身处贫寒而备受欺凌的屈辱和最后扬眉吐气的情境，笔调淋漓痛快，引人入胜。剧本对李三娘的描写也很成功，塑造了一个历尽磨难，在痛苦中等待丈夫归来的一个善良的妇女形象，在李三娘身上表现了旧时代广大妇女的悲惨遭遇。

《杀狗记》是对"酒肉朋友"的无赖心理和卑劣行为的充分揭露，作品具有一定的劝诫作用。有极富表现力的说白，又杂有封建说教。但是，剧中强调的只有手足之亲是可以信赖的，狐朋狗友不可交的伦理道德是值得肯定的，剧中涉及的因财产纠纷而引起家庭破坏的社会现象，也是宗法社会广泛关注的社会问题，因而具有现实意义。戏文俚俗，明白如话，个别段落有失粗率。

南戏剧本，除上述四大戏之外，无名氏的《破窑记》《金印记》《赵氏孤儿》《牧羊记》《东窗记》等，影响都很深远。其中《破窑记》的成就较高。后来，这些南戏剧本经过明人的雅化，礼教伦理因素的加强使之明显地逊色于这四大南戏。

第七章

明代文学

明代是市民文学发达的时代，出现了《三国演义》《水浒传》《西游记》《金瓶梅》四大奇书，小说发展非常快，成就也很大，这是社会条件和小说艺术自身发展共同作用的结果。最根本的原因是商业的繁荣，市民阶层不断扩大，市民文化不断得到发展，形成了一个需求量大的小说读者群。而与小说、戏曲等俗文学昌盛相对应的，是正统诗文的相对衰微。

明代小说的繁荣

　　我国的小说直到明代才真正繁荣起来，出现了《三国演义》《水浒传》《西游记》《金瓶梅》四大奇书，小说发展非常快，成就也很大，这是社会条件和小说艺术自身发展共同作用的结果。

　　首先，最根本的原因是商业的繁荣，生产力提高了，市民有了需要，小说才有繁荣的基础。从宋元到明初，市民阶层不断扩大，市民文化也不断得到发展。市民的力量强大，成为一个需求量大的小说读者群。他们物质生活相对富足，因此提出了精神上的要求：政治上要求平等，人际关系上讲求义气，对英雄人物和功名富贵充满崇敬和羡慕之情。所以体现君臣平等、歌颂忠义道德的《三国演义》有了市场；体现江湖义气的《水浒传》也深受市民的欢迎；渴望自由自在的生活的《西游记》更是受到广大市民的赞赏；文化层次不高的市民对色情艳遇津津乐道，因而有了《金瓶梅》。市民的需求无疑刺激了小说家的创作热情，使小说创作后能够广泛流行。

其次，明中叶以后，政局混乱，社会矛盾尖锐，许多士人对政治产生厌倦情绪而转向追求自我解脱和自我享乐，这些算是当时的进步社会思潮。比如王学左派猛烈攻击程朱理学，掀起了追求人性解放的启蒙思潮，反对束缚个性的禁欲主义，否定圣贤的权威，并明确肯定人的私欲、情欲和凡俗的日常生活。这些进步思想深深地影响了文学创作。因此，描写市井生活的文学层出不穷，不仅热情表现商人的追财逐利，而且大胆描写男女之间的情欲。

再次，出版业的发达是小说发展的重要条件。印刷业的发展使得小说的广泛流行有了可能，而且统治阶级对小说戏剧的出版控制有所放松。官家、私坊的竞争为书商谋利提供了条件，商业利润又反过来促进了印刷业的发展，使小说创作数量急剧增长，促进了小说的繁荣。

最后，小说理论的发展推动了小说创作。文学的发展史是文学创作和文学理论、文学批评、文学鉴赏共同推进的历史，因此小说理论的发展能推动小说的创作。中国小说理论魏晋以后才逐渐出现，唐宋时有一定发展，在明代则繁盛起来。明初基本上还是史学家的小说理论，把小说看作正史的附庸，并未将小说当作独立的文体去评论。到了明中叶，随着小说地位的提高，经过李贽、汤显祖、袁宏道、冯梦龙、凌濛初和金圣叹等评论家的努力，确定了小说的文本意识，小说的美学价值和社会作用得到了肯定，小说人物塑造、虚实关系等也被人们研究，这就大大推动了小说家的创作，使小说的思想艺术水平得到提高，因此，明代的小说出现了前所未有的繁荣。

罗贯中《三国演义》

三国故事很早就流传于民间。元末明初罗贯中"据正史，采小说，证文辞，通好尚"，综合民间传说和戏曲话本，结合陈寿《三国志》和裴松之注以及其他一些史籍所提供的材料，根据他个人对社会人生的体悟，创作了《三国志通俗演义》，现存最早刊本是明嘉靖年所刊刻的，俗称"嘉靖本"，24卷，分为240则，每则前有七言一句的小标题。清康熙年间，毛纶、毛宗岗父子辨正史事、增删文字，修改成今日通行的120回本《三国演义》。

《三国演义》结构宏大而又完整细密，头绪繁复而又有条不紊，画面壮阔又波谲云诡。

《三国演义》在原有史料的基础上，增添了不少纯粹虚构的情节，充分地描绘出魏、蜀、吴三方之间错综复杂的矛盾关系，显示出作者高度的史学修养和叙事技巧：如刘备三顾茅庐，一步一步把主角诸葛亮从喧天的锣鼓声中引出场来；又如"草船借箭"的写箭，"借东风"的写风，一步逼一步地扣得极紧；再如三方同时卷入、决定三国鼎立之势的赤壁之战，《三国志》中只作了一个简略的记载，但在罗贯中笔下，变成小说中整整八回的篇幅，从战事的起因写起，分别写到三方在这场战争中的力量的对比、彼此的方略，以及随着战争发展而引起的各方面的变化、有关人物在战争中的作用等，都叙述得生动而具体，写得波澜壮阔、高潮迭起，始终充满戏剧性的变化，写出了战争的巨大声势和紧张气氛，处处扣人心弦。不仅如此，《三国演义》中大大小小数百场战争，都能做到构思宏伟、手法多样、互不相同，将战争描写得波澜起伏、跌宕跳跃，使人读来惊心动魄。

在人物塑造方面，《三国演义》也有自己的特色。《三国演义》刻画了近200个人物形象，几乎每个人物都面目清楚。忠就忠得义薄云天，奸就奸得狠毒无比，如刘备的宽厚仁爱、曹操的雄豪奸诈、关羽的勇武忠义、张飞的勇猛暴烈、诸葛亮的谋略高超和勤于国事、周瑜的聪明自信和器量狭小等，都能给人留下深刻的印象。以前的通俗小说，都是以写故事为主，对人物的性格很少注意；比起后来的小说，《三国演义》尽管写人物的笔墨还不够细致，人物的性格层次也不够丰富，但作者在叙述历史故事的同时注意到人物个性的差异，这种意识对促进小说艺术的发展起了很大作用。

《三国演义》写人物不直接叙述其内心，单凭言语动作，人物精神自出，这是戏剧的手法，也是中国古典小说的高度技巧。小说中的这类例子比比皆是，如第十二回写曹操在濮阳与吕布作战时，中了陈宫之计，仓皇败逃，"火光里正撞见吕布挺戟跃马而来，操以手掩面，加鞭纵马竟过。吕布从后拍马赶来，将戟于操盔上一击，问曰：'曹操何在？'操反指曰：'前面骑黄马者是他。'吕布听说，弃了曹操，纵马向前追赶"，由是得以脱险。后负伤逃出，从将拜伏问安，他却仰面大笑道："误中匹夫之计，吾必当报之！"寥寥数语，将曹操处变不惊、在险境中镇定自若，以及奸诈喜报复的复杂性格刻画得跃然纸上！

另外，《三国演义》使用文白相杂的语言，文不甚深，言不甚俗，气势充沛，生动活泼，简练而不失流畅，真正做到了雅俗共赏。

《三国演义》带来我国历史小说创作的热潮，它所塑造的一系列人物形象在我国已家喻户晓，妇孺皆知。也许正因如此，才会被称为"第一才子书"和"第一奇书"。

施耐庵《水浒传》

《水浒传》，全称《忠义水浒传》，另有一个别名叫《英雄谱》。今人一致认为元末明初的施耐庵是《水浒传》作者。也有人认为是他同弟子罗贯中合著或者由罗贯中续写。

施耐庵的其他著作据传还有《志余》《隋唐志传》《三遂平妖传》等，甚至有人说他还参与了《三国演义》的编撰，这些都是其墓志铭上所言。究竟是否真实可信，都还有待进一步的考证研究。

《水浒传》有较高的艺术成就。首先是在结构上，首尾完整的总体与局部有机结合。全书起义的全过程构成总体，使读者清晰地看到梁山泊的来龙去脉；同时又把108位好汉各自走上梁山当作独立局部，使每个人的局部反抗成为总体的一部分。这样，读者就从官逼民反、百川归海的革命史诗中得到快慰，也从招安失败的英雄悲剧中产生哀怨，从而接受了全书主题。其次，梁山好汉侠肝义胆，敢打抱天下不平，光彩照人令世人敬仰的英雄群像也是该书的大闪光点。书中人物有姓名的800多位，包括了社会的各种人物。作者不仅写出他们阶级、阶层的特点，而且能同中见异地写出个性，表现出塑造典型的艺术能力。作者继承和发展了话本的写作手法，通过人物的行为、语言来揭示其复杂的内心世界，使得作品具有鲜明的民族风格，如林冲抓住高衙内欲打又不敢下拳的瞬间，就包含了他微妙复杂的心理斗争过程。

在表现相近人物的个性时，小说常用同中见异的表现手法，来区分他们的不同：鲁达与李逵的个性都豪爽粗犷，又粗中有细，但细比较起来，却相差甚远。李逵"细"中显得天真、可爱，如他初次见宋江迟迟不肯下拜，原因是怕受戏弄；而鲁达的"细"中则见江湖的老到和经验，如打死镇关西后说他装死，机智地逃走就是很好的说明。金圣叹说书中"人有其性情，人有其气质，人有其形状，人有其声口"（《〈第五才子书施耐庵水浒传〉序三》），这固然有些夸大，但就其中几十个主要人物而言，是可以当之无愧的。

《水浒传》在人物形象塑造上还有一个突出特点，就是继承民间传奇的特点，十分重视故事情节的生动曲折：它很少静止地描绘环境、人物外貌和心理，而总是在情节的展开中通过人物的行动来刻画人物的性格。这些情节又通常包含着激烈的矛盾冲突，包含偶然性的作用和惊险紧张的场面，包含着跌宕起伏的变化，富于传奇色彩。这种非凡人物与非凡故事的结合，使得整部小说充满了紧张感，很能引人入胜。比如说，林冲、杨志、鲁达同为军官，林冲生活优越，安于现状，但同时他又具有耿直、侠义、不甘居于人下的个性，因此，在一再被迫害一再退让之后，终于一怒冲天，雪夜杀敌，奔赴梁山。将门之后杨志满腹功名利禄，面对仕途的曲折，高俅的排挤，他宁可委曲求全，直到一切后路断绝，才不得已上了梁山。与他们相比，鲁达的反叛更具主动性，这与他酷爱自由、豪爽、好打抱不平的个性与现实社会根本对立有直接关系。书中将人物置身于不同的环境中，通过他们不同的经历、身份来表现他们不同的性格特征和不同的反抗道路，具有很强的真实性和可读性。

小说中许多不重要的人物以及反面人物，虽然着墨不多，却也写得相当精彩。像高俅发迹的一段，写他未得志时对权势人物十足的温顺乖巧、善于逢迎；一旦得志，公报私仇、欺凌下属，又是逞足了威风，凶蛮无比。这种略带漫画味的描绘有很强的真实感。还有杨志卖刀所遇到的牛二，那种泼皮味道真是浓到了家。潘金莲是小说中写得比较成功的女性，虽然作者出于陈旧的道德观念，对她缺乏同情心，但从对生活的观察出发，作者还是把这个出身微贱、受尽欺凌，在不幸的人生中不惜以邪恶手段追求个人幸福的女子写得活灵活现。后来《金瓶梅》用她作主要人物，固然有很大的发展，但毕竟也是利用了《水浒传》的基础。

《水浒传》在文学史上的巨大成就还表现在它是中国白话文学的一

座里程碑。白话虽在唐代变文和话本中就开始运用，但还是文白相杂、粗糙简朴；元话本中一些较好的作品在运用白话上有明显进步，但成就和影响都还有限；此前的文言小说虽然也能写得精美雅致，但终究是脱离口语的书面语言，要做到"绘声绘色，惟妙惟肖"八字，总是困难的。《水浒传》的作者以很高的文化修养，驾驭流利纯熟的白话，来刻画人物的性格，描述各种场景，显得极其生动活泼。特别是写人物对话时，更是闻其声如见其人，其效果是文言所不可能达到的，有了《水浒传》，白话文体在小说创作方面的优势得到了完全的确立，这在整个中国文学史上的意义极为深远。《水浒传》的问世，标志着我国白话文的发展进入了比较成熟的阶段。

吴承恩《西游记》

吴承恩（约1500—约1582年），明代小说家，字汝忠，号射阳山人，江苏涟水人，出生于一个世代书香后败落为小商人的家庭，幼敏慧好学，聪明过人，博览群书，年轻时即以文名著于乡里。但他科考不利，至中年以后才补上"岁贡生"。后流寓南京，长期靠卖文补贴家用。晚年归居故里，放浪诗酒，贫病以终。

吴承恩自幼喜欢读野言稗史，熟悉古代神话和民间传说。科场的失意、生活的困顿，使他加深了对封建科举制度、黑暗社会现实的认识，促使他运用志怪小说的形式来表达内心的不满和愤懑。他自言："虽然吾书名为志怪，盖不专明鬼，实记人间变异，亦微有鉴戒寓焉。"

《西游记》是古代长篇浪漫主义小说的高峰，在世界文学史上，它也是浪漫主义的杰作。从19世纪开始，它被翻译为日、英、法、德、俄等十多种文字流传于世。

《西游记》中的"唐僧取经"是历史上的一件真事。唐太宗贞观元年（627年），年仅25岁的青年和尚玄奘带领一个弟子离开京城长安，只身到天竺（印度）游学。他从长安出发后，途经中亚、阿富汗、巴基斯坦，最后到达天竺。他在那里学习了两年多，并在一次大型佛教经学辩论会任主讲，受到了赞誉。贞观十九年（645年），玄奘回到了长安，带回佛经657部。为防止经文被盗，玄奘在唐皇的帮助下修筑了大雁塔，保存经文。他这次西天取经，前后十九年，行程几万里，是一次传奇式的万里长征，轰动一时。后来玄奘口述西行见闻，由弟子辩机辑录成《大唐西域记》十二卷。但这部书主要讲述了路上所见各国的历史、地理及交通，没有什么故事。直到他的弟子慧立、彦琮撰写的《大唐大慈恩寺三藏法师传》，则为玄奘的经历增添了许多神话色彩。从此，唐僧取经的故事便开始在民间广为流传。南宋有《大唐三藏取经诗话》，金代院本有《唐三藏》《蟠桃会》等，元杂剧有吴昌龄的《唐三藏西天取经》、无名氏的《二郎神锁齐天大圣》等，这些都为《西游记》的创作奠定了基础。吴承恩也正是在民间传说、话本和戏曲的基础上，经过艰苦的再创造，完成了这部令中华民族为之骄傲的伟大文学巨著。

在中国古典小说中，《西游记》的内容是最为庞杂的。它融合了佛、道、儒三家的思想和内容，既让佛、道两教的仙人们同时登场表演，又在神佛的世界里注入了现实社会的人情世态，有时还掉书袋似的插进几句儒家的至理名言，使它显得亦庄亦谐，妙趣横生。这种特点，无疑使该书赢得了各种文化层次的读者的爱好。

《西游记》的出现，开辟了神魔长篇章回小说的新门类。书中将善意的嘲笑、辛辣的讽刺和严肃的批判巧妙地结合的特点直接影响着讽刺小说的发展。《西游记》是古代长篇浪漫主义小说的高峰，在世界文学史上，它也是浪漫主义的杰作。

市民文学的代表"三言二拍"

"三言"是明代小说家冯梦龙润色、编纂的三部小说集，包括《喻世明言》《警世通言》《醒世恒言》，每部40篇，共120篇，是中国白话短篇小说选集的经典之作。"二拍"指明代小说家凌濛初编撰的小说集《初刻拍案惊奇》和《二刻拍案惊奇》，每集40篇。

"三言二拍"作为市民文学的代表作，其价值在于细致描写了市民阶级的生活，传达出市民的心声，反映了晚明的时代特点。

"三言"对小说艺术的发展有着重要贡献。其中明人话本和拟话本，不仅继承了宋元话本的艺术传统，而且叙事角度由诉诸听觉转向诉诸视觉，充分发挥了文学书面语言的表达优势，艺术上也有发展和创新。

一是拓宽题材，扩大篇幅，使作品富有现实感。宋元话本多从历史和神话传说中取材，"三言"则更多地从现实生活中取材，使题材丰富多样。如明代中叶以后出现的资本主义萌芽，在小说中就有生动形象的反映。《施润泽滩阙遇友》通过嘉靖年间苏州地区盛泽镇"四方商贾"的描写，再现了东南城镇商业的繁荣盛况；并通过小手工业者施润泽发家致富的过程，描绘了一幅原始资本积累的形象图画。《杜十娘怒沉百宝箱》讲述的就是发生在万历年间的故事。《沈小霞相会出师表》《玉堂春落难逢夫》等都是根据明代史实加工而成，人物的思想感情与现实生活紧密结合，生活气息很浓。

二是故事情节更加曲折生动。"三言"中的不少篇章十分重视情节结构的丰富复杂，并注意围绕刻画人物性格来组织情节，如《蒋兴哥重会珍珠衫》写蒋兴哥和王三巧夫妻恩爱情深，依恋不舍，但为了牟利不得不分别；别后王三巧思念丈夫，情真意切，卜卦问讯，"画饼充饥"，痴心等待；接着是薛婆引诱王三巧与陈商勾搭，通过试探、结识、放线、回请、深交、挑逗、下勾等一系列复杂过程，曲折有致地描绘了一场精心策划的诱奸骗局，薛婆心性奸狡老练的性格也表现得淋漓尽致。

"三言"的情节曲折复杂还表现在双线结构上，如《玉堂春落难逢夫》中王景隆与玉堂春相爱，情节由单线推进；王景隆回金陵攻读，玉堂春在北京经受波折，情节变成双线发展；最后西安重逢，两线汇合，组成一个严密的整体，包含的生活容量大，描写的空间广阔，情节曲折生动。

三是细腻的心理描写。宋元话本的心理描写非常薄弱，这与诉诸听觉的特点有关。"三言"比较注重人物的心理描写，反映了作家对人物刻画的深化。如《卖油郎独占花魁》中，卖油郎爱上花魁后，又喜又闷，不断在肚里打草稿；然后又胡思乱想，自言自语，盘算何时能积得十两银子一见；最后回到家里，"连夜饭也不要吃，便上了床"，但"牵挂着美人，哪里睡得着"。作者紧紧抓住秦重的身份、生活环境、思想状态，展开具体而细腻的心理描写，给人以一种动态的心灵写照。

总之，"三言"代表了拟话本小说的最高成就，是市民文学的代表作，冯梦龙也因此在小说史上占有重要地位。

在艺术上，"二拍"继承了"三言"的传统，故事情节丰富而生动，人物描写细致，大量运用活泼的口语等，但缺乏艺术创造，总体成就不及"三言"。但"二拍"对后来的小说创作仍有很大的影响。

兰陵笑笑生《金瓶梅》

　　《金瓶梅》是一部具有深刻时代内蕴的长篇小说。它以《水浒传》中"武松杀嫂"一段故事为引子，加以创造性发展，成为一部共100回、长达百万余言的巨著。这部作品以富商西门庆的家庭生活为核心，并以这个家庭的广泛社会联系反映社会的各个方面，从而描写了上自封建统治机构，下至市井无赖所构成的黑暗世界；同时，它又表现了对人的真实生活状态的深入关注与思考。它虽然托名宋代，所反映的却是明代的现实。

　　《金瓶梅》的作者及成书时间，学术界意见不一，一般认为作者是山东人"兰陵笑笑生"，酝酿和成书是在嘉靖、隆庆、万历年间，当时帝王荒淫腐朽，朝中奸臣专权，官场贿赂公行，正如第30回所说："风俗颓败，赃官贪吏，遍满天下"。因此，《金瓶梅》以北宋为时代背景，但它体现的社会面貌却有着鲜明的晚明时代特征，作者用指宋骂明的方法，其真意却是暴露明代社会政治及生活中的腐败现象。

　　小说的主人公西门庆一方面是一个暴发户式的人物，是明代新兴市民阶层中的显赫一员。他依赖金钱的力量，勾结朝中权贵和地方官府，并获得地方官职，"热结十兄弟"，从而在清河县称霸一方。小说中写蔡太师过生日，西门庆两次奉上寿礼，两次升官，深刻暴露了明代社会贿赂公行的现实。

　　另一方面，西门庆恣意妄为、追求享乐，尤其在男女之欲方面的追逐永无满足：迎娶潘金莲，再收李瓶儿，又曾收用潘金莲的贴身丫鬟春梅，而在此之前又有一妻四妾。然而，正当他在攀附权贵和增殖财富两方面都顺利发展的时候，却因纵欲过度一病而亡。西门庆以一种邪恶而又生气勃勃的姿态，侵蚀着北宋末的封建社会肌体，使之走向灭亡；但其肆滥宣泄的生命力，也代表了这种新兴社会力量难以健康成长的现实，从而使小说以空前的写实力量，描绘了这一时代活生生的社会状态。可见，抹杀这部作品的社会意义和认识价值，片面地称其为"淫书"，是不符合客观实际的。

　　但是，《金瓶梅》中没有一个包含理想的正面人物，让人看到许多难雪的不平、无告的沉冤，读它的时候，常引起窒息感。一方面是社会的混乱不堪，另一方面是作者对传统的社会秩序失去信心，对传统的道德失去信心。而《金瓶梅》受后人批评最多的，是书中大量的性描写。虽然这种描写是当时整个社会不以谈房闱之事为耻的社会风气的产物，并且这种描写和晚明肯定"好色"的思潮有很大关联，但是，文学是高于生活的精神产品，作家应当从美感上考虑，从而使作品具有更高的艺术和认识价值。

　　《金瓶梅》在中国小说史上具有开创性的意义，是中国第一部以家庭生活为题材的小说，具有承前启后的作用。在此之前，《三国演义》《水浒传》《西游记》等长篇小说重故事情节，人物形象单薄；而《金瓶梅》则描写普通细微的生活琐事，从而广泛描绘社会，塑造一大批活生生的艺术形象，把注重传奇性的中国古典小说引入到注重写实性的新境界，开辟了一个新的方向。《金瓶梅》对后世小说影响很大，《儒林外史》《红楼梦》都对它有所借鉴。脂砚斋评《红楼梦》"深得《金瓶》壶奥"，就是针对《金瓶梅》的题材选择、细节描写、网状结构安排等方面对《红楼梦》的影响而说的。

"前后七子"的复古主张

"前七子""后七子"都是明代的文学流派代表人物。"前七子"以李梦阳、何景明为代表，还包括徐祯卿、边贡、康海、王九思、王廷相。"梦阳才思雄鸷，卓然以复古自命……倡言文必秦汉，诗必盛唐，非是者弗道"。学古尽管不是前七子文学理论的唯一宗旨，但确实是其中最核心的主张。对于诗歌学古应取法的榜样，前七子的看法基本一致，即古诗以汉魏为师，旁及六朝；近体诗以盛唐为师，旁及初唐；而中唐，尤其是宋元以下，则不足为法。散文方面，"文必秦汉"之说，只有康海、王九思提过。对于学古的具体方法，则李、何之间存在着分歧。简言之，李偏重音声句法，何偏重修辞结构；何不像李那样主张"尺寸古法"，而提出"舍筏登岸"（《与李空同论诗书》）。

"后七子"以李攀龙、王世贞为代表，还包括谢榛、宗臣、梁有誉、徐中行、吴国伦。他们与前七子此唱彼和，声应气求，在复古的基本倾向上如出一辙。李攀龙曾"高自夸许，诗自天宝以下，文自西京以下，誓不污我毫素也"（《列朝诗集小传》）。"后七子"中声望最高、影响最大的是王世贞，他主张诗歌要华与实统一，提倡"学古而化"。其诗歌反映现实的内容较多，对时弊多有揭露和批判。

"前后七子"作为以复古求革新的文学派流，在改变台阁体、八股文陈腐僵化的文风方面，有不可忽略的历史功绩。由于其作品与古人雷同，缺乏新意，渐渐引起广泛的不满，在公安派、竟陵派的攻击下已不能左右当时的文坛。

公安派和竟陵派

在晚明文学发展进程中，小品文的创作占据着一席重要的地位，它代表了晚明散文所具有的时代特色。

顾名思义，小品文体制较为短小精练，与"春容大篇"相区别。体裁上则不拘一格，序、记、跋、传、铭、赞、尺牍等文体都可适用。小品文在晚明时期趋向兴盛，与当时文人文学趣味发生变化有着重要的联系，人们的欣赏视线从往日庄重古板的"高文大册"，转移到了轻俊灵巧而有情韵的"小文小说"，从而扩大了小品欣赏的读者群和创作的数量，一些小品文的选本和以小品命名的文集也随之出现。

晚明小品文内容题材上的一个显著特点是趋于生活化、个人化，不少作家喜欢在文章中反映自己日常生活状貌及趣味，渗透着晚明文人特有的生活情调。公安派与竟陵派的作品在这方面具有代表性。

公安派的代表人物是袁宗道、袁宏道和袁中道兄弟三人，因他们是湖北公安人，遂以名派。袁宗道（1560—1600年），字伯修，著有《白苏斋集》。袁宏道（1568—1610年），字中郎，著有《袁中郎全集》。袁中道（1570—1624年），字小修，著有《珂雪斋集》。其中以袁宏道的成就最大。

公安派的文学主张，从文学发展观来说，要求文随时变，反对盲目尊古。袁宏道明确提出："世道既变，文亦因之。"（《与江进之》）从创作观来说，认为诗文创作要"独抒性灵，不拘格套"（《叙小修诗》）。这种重个性、贵独创，强调表现自我的"性灵说"，就成了公安派论文的核心。公安派的文学主张，对前后七子复古主义的打击是有力的。但由于他们把创作之源归之"心灵"，认为"心灵无涯，搜之愈出"（袁中道《中郎先生全集序》），而忽视社会实践对作家的重要意义，因而他们的作品不免题材狭窄，思想贫弱，影响了各自的创作成就。

公安派的创作成就主要在散文，其特点是打破古文的陈规，脱尽模拟习气，语言干净流利，不事雕琢，如袁宏道的游记《虎丘记》《满井游记》等，清新俊逸，生气流转，颇为后人称许。他们的诗歌虽在形式上注意创新，但内容却不够深厚，多写士大夫的闲情逸趣，较少反映社会现实，末流所趋，更表现得浅薄轻率。

继之而起的是以竟陵（今湖北天门）人钟惺（1574—1625年）、谭元春（1586—1637年）为代表的竟陵派，他们既反对前后七子的形式拟古，也试图矫正公安派轻佻浅率的偏失，而提倡一种"幽深孤峭"的风格。但他们的诗歌也严重脱离现实，而且为了表现"幽情单绪""孤行静记"，将诗歌导入更狭小的境地。公安派不过把文学反映现实的任务缩小为表现自我，竟陵派却把文学引入逃避世俗的虚幻之境。但他们毕竟也写有一些好诗文，特别是散文，清新隽永的可读之作很多，如收入钟惺《隐秀轩集》中的《夏梅说》《游武夷山记》，收入谭元春《谭友夏合集》中的《游南岳记》等，都较有特色。

李贽的文艺理论

李贽（1527—1602年），号卓吾，明代思想家、文艺理论家。他是王学左派后期的代表人物，思想中具有唯物主义因素，故当时人和清人都视之为"异端"之尤。他崇释理，非孔孟。在他的重要著作《焚书》中，他猛烈地抨击了封建礼教，大胆地攻击儒学，认为儒家经典绝非"万世之至论"（《焚书·童心说》），所以"以孔子之是非为是非，故未尝有是非耳"（《李氏藏书·纪传总目前论》）；他还认为道不在于禁欲，而在于人们需要的满足和物质快乐的追求。他一生屡遭迫害，最终以"惑世诬民"罪名被劾入狱，自刭而死。

李贽在文艺理论上有突出的贡献。首先，他提出"童心说"。他说：童心就是真心，"天下之至文，未有不出于童心焉者也"（《焚书·童心说》），并且嘲笑"《六经》《语》《孟》乃道学之口实，假人之渊薮也"（《焚书·童心说》）。因此，他提倡的"童心"，并不只是简单地强调真情实感，而是强调打破孔孟之道的樊篱，以反礼教反封建的叛逆性市民思想来指导创作。

其实，他提倡愤世嫉俗的风格和自然之美。他提出："世之真能文者，比其初，皆非有意于文也，其胸中有如许无状可怪之事，其喉间有如许欲吐而不敢吐之物，其口头又时时有许多欲语而莫可所以告语之处。"（《焚书·杂说》）他还认为，情性自然远胜矫饰，"化工"远胜"画工"。因此，他称《水浒传》为"发愤之作"，认为它是别有所指的；此外，他还极力推崇《西厢记》，称它为"化工之文"。

与以上两点相联系，李贽一反传统观点，重视小说、戏曲的文学价值。他把一些优秀的戏曲小说与秦汉文、六朝诗并提，称为古今之至文，实现了文学观的一大转变。李贽是明代最著名的小说、戏曲评点家。署名李卓吾评点的小说有《三国志通俗演义》《水浒传》《西游记》，戏曲有《西厢记》《幽闺记》等。李贽的文艺观点，从思想、艺术、体裁上提出了反封建反礼教的市民文学体系，从而对当时思想界和文学界产生了积极的影响。这种理论实际代表了明代社会发展的要求，当时汤显祖、袁宏道、冯梦龙等进步文学家都接受了他的影响；清代王夫之、叶燮等人的文学主张与他的思想也是相通的；五四新文化运动时期，李贽的主张又重新得到肯定。

清代文学

清代文学集封建时代文学发展之大成，是古代文学的一个光辉总结。各种文体无不具备，蔚为大观，诸多样式齐头并进，全面繁荣。诗、词、散文等传统文学样式得到复兴；小说、戏曲、民间讲唱等新兴文学样式则达到了登峰造极的高度。

李渔的戏曲理论

李渔（1611—1680年），字笠鸿，号笠翁，浙江兰溪人。他在明清之际的剧坛中占有重要地位。

李渔青少年时代，生活优裕，豪放不羁。清顺治三年（1646年），清兵入关，他家道中落，移家杭州、南京，绝意仕进。李渔以家姬组成戏班，亲自执导，周游各地，并自编传奇，供戏班演出，著名的《笠翁十种曲》就是这样写出来的。

李渔以戏曲为职业，也尊重自己的职业，他跳出了三四个世纪戏曲理论家们始终没有越过的摘章选句的圈子，走上舞台去认识和研究戏剧，写出了我国第一部从舞台艺术角度来探讨戏剧理论的专著《闲情偶寄》。后人将"词曲""演习"两部单独录出，题为《李笠翁曲话》或《笠翁曲论》，是中国古典戏剧理论中有代表性的自成体系之作。

《词曲部》从结构、词采、音律、宾白、科诨、格局六个方面论述戏曲文学；《演习部》从选剧、变调、授曲、教白、脱套五个方面论述戏曲表演（另有《声容部》从习技方面论述歌舞）。其中不乏独创新颖的见解，如立主脑、脱窠臼、贵显浅等。

立主脑指剧本组织结构应有一主脑事件、主脑人物，要有中心线索。针对一些传奇剧本内容庞杂、头绪纷繁的情况，他提出"减头绪""密针线"的主张。

脱窠臼主要是提倡独创，反对因袭。他认为"填词之家，务解'传奇'二字。欲为此剧，先问古今院本曾有此等情节与否。如其未有，则急急传之。否则枉费辛勤，徒作效颦之妇"。

贵显浅则要求剧本做到雅俗共赏。"话则本之街谈巷议，事则取其直说明言"，因"传奇不比文章，文章作与读书人看，故不怪其深。戏文作与读书人与不读书人同看，又与不读书之妇人、小儿同看，故贵浅不贵深"。

李渔还提出了"戒讽刺""戒淫亵""忌俗恶""重关系""贵自然"等主张；对于戏剧的人物语言（宾白）方面，乃至演员的培训、演出艺术和导演艺术等也有很多精辟见解。

李渔的戏剧理论非常注重舞台演出效果，认为"填词之役，专为登场"，反对只重文辞音律的"案头戏剧"；同时，他的理论富于针对性，密切联系当时戏剧创作和演出实际，具有现实指导意义。

李渔还是中国戏曲史上第一个专门从事喜剧创作的戏剧家，他的有些剧本很早就被译成日文和西文，流传到了日本和欧洲。

蒲松龄《聊斋志异》

蒲松龄（1640—1715年），生活于明崇祯至清康熙年间，字留仙，又字剑臣，别号柳泉居士，世称聊斋先生，自称异史氏，清代杰出文学家，小说家，山东淄川人，出生于一个逐渐败落的地主家庭。18岁应童子试，以县、府、道三考皆第一而闻名乡里，补博士弟子员。但后来却屡应省试不第，直至71岁时才补了一个岁贡生。

蒲松龄一生热衷科举，却始终不得志，因此对科举制度的不合理深有感触。他用毕生精力完成《聊斋志异》8卷491篇，40余万字。内容丰富多彩，故事多采自民间传说和野史逸闻，将花妖狐魅和幽冥世界的事物人格化、社会化，充分表达了作者的爱憎感情和美好理想。作品继承和发展了我国文学中志怪传奇文学的优秀传统和表现手法，情节幻异曲折，跌宕多变，文笔简练，叙次井然，被誉为我国古代文言短篇小说中成就最高的作品集。鲁迅先生在《中国小说史略》中说此书是"专集之最有名者"，郭沫若先生赞他"写鬼写妖高人一等，刺贪刺虐入骨三分"。

《聊斋志异》书成后，蒲松龄因家贫无力印行，直至清乾隆三十一年（1766年）方刊刻行世。后多家竞相翻印，国内外各种版本达30余种，著名版本有青柯亭本、铸雪斋本等，近20个国家有译本出版。以聊斋故事为内容编写的戏剧、影视作品层出不穷。

《聊斋志异》是在蒲松龄40岁左右时基本完成的，此后不断有所增补和修改。"聊斋"是蒲松龄的书屋名称，"志"是记述的意思，"异"指奇异的故事。全书有短篇小说491篇。题材非常广泛，内容极其丰富。多数作品通过谈狐说鬼的手法，对当时社会的腐败、黑暗进行了有力批判，在一定程度上揭露了社会矛盾，表达了人民的愿望。但其中也夹杂着一些封建伦理观念和因果报应的宿命论思想。《聊斋志异》的艺术成就很高。它成功地塑造了众多的艺术典型，人物形象鲜明生动，故事情节曲折离奇，结构布局严谨巧妙，文笔简练，描写细腻，堪称中国古典短篇小说之巅峰。

据说蒲松龄在写这部《聊斋志异》时，专门在家门口开了一家茶馆，请喝茶的人给他讲故事，讲过后可不付茶钱。听完之后再做修改写到书里面去。

《聊斋志异》是一部具有独特思想风貌和艺术风貌的文言短篇小说集。多数小说是通过幻想的形式谈狐说鬼，但内容却深深地扎根于现实生活的土壤之中，曲折地反映了蒲松龄所生活的时代的社会矛盾和人民的思想愿望，熔铸进了作家对生活的独特的感受和认识。蒲松龄在《聊斋自志》中说："集腋为裘，妄续幽冥之录；浮白载笔，仅成孤愤之书。寄托如此，亦足悲矣！"在这部小说集中，作者是寄托了他从现实生活中产生的深沉的孤愤的。因此我们不能只是看《聊斋志异》中奇异有趣的故事，当作一本消愁解闷的书来读，而应该深入地去体会作者寄寓其中的爱和恨，悲愤和喜悦，以及产生这些思想感情的现实生活和深刻的历史内容。

由于《聊斋志异》是一部经历了漫长时期才完成的短篇小说集，故事来源不同，蒲松龄的思想认识前后有发展变化，加上他的世界观本身存在矛盾，因而全书的思想内容良莠不齐，比较复杂。但从总体看来，优秀之作占半数以上，主要倾向是进步的，真实地揭示了现实生活的矛盾，反映了人民的理想、愿望和要求，歌颂生活中的真、善、美，抨击假、恶、丑，是蒲松龄创作《聊斋志异》总的艺术追求，也是这部短篇小说集最突出的思想特色。

《长生殿》与《桃花扇》

清代是古代戏曲发展的新的繁荣时期。元明以来兴肇起来的杂剧和传奇，到这时仍有许多优秀的作家作品。当杂剧和传奇衰落以后，又有各种地方戏兴起。戏曲理论和戏曲批评也在进一步成熟。

清代传奇中艺术成就最高的是洪昇的《长生殿》和孔尚任的《桃花

扇》。这两位剧作家被誉为"南洪北孔"。

洪昇（1645—1704年），字昉思，号稗畦，浙江钱塘人。出身"累叶清华"的名门望族。但后遭家难，家境败落，科场一直不得志，在北京做了二十余年的国子监生。他具有一定的民族思想，在一些诗文中流露了亡国之恨，兴废之感，其著名剧作《长生殿》于1688年脱稿后曾轰动京城剧坛，由于在佟皇后丧期上演，被削职还乡后溺水而死。洪昇颇有诗名，诗作有《稗畦集》《啸月楼集》。他还嗜好音律，戏曲作品可考知的有传奇九种，杂剧一种。今存杂剧《四婵娟》，传奇《长生殿》等。《长生殿》是他的代表作。

《长生殿》写唐明皇与杨贵妃的爱情故事。这个故事于安史之乱后在民间就广泛流传，并被写进了新旧《唐书》。在文学作品中，有唐代白居易的《长恨歌》和陈鸿的《长恨歌传》，宋代乐史的《杨太真外传》，元代王伯成的《天宝遗事诸宫调》等诗文小说及说唱材料；还有元代白朴的《梧桐雨》，明代屠隆的《彩毫记》、吴世美的《惊鸿记》等以李、杨故事为题材的戏曲作品。这些作品对洪昇《长生殿》的创作都有过深刻的影响。

洪昇写作《长生殿》传奇，前后历时十余年，"三易其稿而始成"。开始写成《沉香亭》，主要表现李白的怀才不遇，后又改为《舞霓裳》，企图表现李泌辅肃宗中兴，最后才写成《长生殿》。在不断修改的过程中，作品的主题也不断深化。

《长生殿》的思想内容相当复杂。作者一方面通过对李、杨爱情的描写，歌颂了坚贞不渝的爱情理想；另一方面又联系李、杨爱情的发展，描写了安史之乱前后广阔的社会背景，从而揭露了李、杨爱情给国家和民族所带来的深重灾难，流露出作者对国家兴亡的感伤情绪，寄托了作者的爱国思想。

《长生殿》的爱情描写有三个显著的特点。一是剧中描写的爱情生活既有深刻的真实性，又有浓厚的理想色彩。对马嵬之变以前，李、杨那种具有浓厚宫廷色彩的爱情生活，作了真实的、忠于现实生活的描绘。而将他们在马嵬之变以后的爱情，写成了带有浓厚民间传说色彩，闪烁着理想光华的爱情之花。二是作者是以十分矛盾的态度来描写李、杨爱情生活的，既歌颂又谴责。三是把杨玉环塑造成一个完整统一的，具有鲜明性格的形象，突破了"女人倾国，女人祸水"的封建历史观的樊篱。

在创作方法上，作者把现实主义和浪漫主义有机地结合起来，很好地表现了作者的创作意图。在题材处理上，把爱情生活的描写同政治斗争的描写结合起来。在戏曲结构上，以李、杨爱情为经线，以社会政治的演变为纬线来结构全剧，而爱情生活又以钗盒为经，盟言为纬编织起来，构成了一个宏大而又精巧的结构。场面壮丽，情节曲折，悲欢离合，错综参差、冷热相间，有张有弛。在语言上，清丽流畅，充满诗意，具有浓厚的抒情色彩。

孔尚任（1648—1718年），孔子的第六十四代孙，从小受儒家正统教育。科举不得志，隐居在曲阜石门山中，研究儒家的"礼乐兵农"之学。1686年康熙南巡北归，到曲阜祭孔时，因在御前讲经，博得康熙的赏识，被破例任命为北京国子监博士。1688年去淮扬一带治河，看到了官僚的腐败和人民的苦难，游历了南明王朝的残山剩水，凭吊过史可法的衣冠冢，访问过不少明末遗老，为创作《桃花扇》做好了思想上和材料上的准备。

剧本以侯方域和秦淮名姬李香君的爱情故事为主要线索，以东林党人与阉党之间的斗争为主要冲突，广阔地展示了明末社会的历史画卷，反映了当时民族的、阶级的和统治阶级内部复杂而尖锐的矛盾，从而揭示出明王朝"三百年之基业，隳于何人，败于何事，消于何年，歇于何地"的历史教训，曲折地表达了作者的民族意识和在"太平盛世"下人们的沉闷和痛苦，有着深刻的认识价值和教育意义。

在处理历史真实与艺术真实方面，作者既基本忠于历史真实，又根据作品主题的需要进行了必要的增删与虚构，达到了艺术真实与历史真实的完美统一。例如田仰聘李香君之事，史料的记载极为简略，而孔尚任却将此事同阮大铖报复香君，陷害复社文人的阴谋结合起来，构成复杂的戏剧冲突，生发出了《拒媒》《守楼》《骂筵》等有声有色的戏来，使李香君的艺术形象十分鲜明。

在人物形象的塑造方面，善于写出同一类型人物的不同性格，又善于写出某些人物性格的多面性。例如同是妓女，李香君、李贞丽、卞玉京、郑妥娘性格各异；同是奸臣，阮大铖、马士英大有区别。

全剧构思精巧，结构精妙。借离合之情写兴亡之感，以侯、李的爱情波折作为贯穿全剧的中心线索。然后再围绕这一中心线索来展示南明王朝一代兴亡的历史画面。为了使"离合之情"这个复杂的爱情悲剧写得不枝不蔓，作者又利用一柄宫扇，充分发挥了这个小道具的作用。孔尚任在《凡例》中也说道："剧名《桃花扇》，则桃花扇譬则珠也，作《桃花扇》之笔譬则龙也。穿云入雾，或正或侧，而龙睛龙爪，总不离乎珠。"

曹雪芹《红楼梦》

　　曹雪芹（1715—1763年）是清代小说家。名霑，字梦阮，号雪芹、芹圃、芹溪，先世本来是汉人，后来成为满洲正白旗"包衣"。康熙年间，从曾祖父曹玺起，三代四人世袭江宁织造60年，成了煊赫一时的贵族世家。后因清宫内部斗争激烈，其父被株连，获罪削官，家产被抄，家道日渐衰微。曹雪芹一生恰值曹家由盛极而衰的时期。曹雪芹晚年移居北京西郊，生活更加贫困。1762年他的小儿子夭亡，曹雪芹悲痛欲绝，一病不起。1763年2月12日终因贫病无医而去世（也有说1764年去世的）。

　　曹雪芹是一位诗人，其诗立意新奇，风格近于唐代诗人李贺。他又是一位画家，喜绘突兀奇峭的石头。可惜，他的诗画留存下来的不多。曹雪芹最大的贡献是创作了文学巨著《红楼梦》。

　　《红楼梦》的初名叫《石头记》，它以手抄本的形式在社会上流传时，就受到人们的喜爱。由于《红楼梦》没有完成，有很多人顺着曹雪芹的思路续写，其中高鹗续写的后40回比较好。他大体遵循了曹雪芹的创作，完成了《红楼梦》悲剧的主题。有些情节处理得很精彩。1792年，一个叫程伟元的出版家把曹雪芹的《红楼梦》80回与高鹗续写的后40回合在一起出版了两次，从此120回的《红楼梦》便流行起来。

《红楼梦》主要描写的是一个悲剧的爱情故事，并以爱情故事为中心，通过一个贵族大家庭的兴衰变化，揭露了封建统治阶级的奢靡、丑恶，展示出封建社会必然走向崩溃的历史命运。

《红楼梦》一开始就把读者带进五光十色的荣国府。这是一个由少数主子和数百奴仆所组成的贵族大家庭。这些贵族家庭成员每天想的就是如何享乐。就在这个贵族家庭中，曹雪芹塑造出贾宝玉、林黛玉两个具有光彩的男女主人公，以及众多的少女形象。

男主人公贾宝玉是贯串全书始终的人物。根据考证，这一形象中，有作者的亲身体验。贾宝玉生长在贵族之家，家族对他寄予厚望，但是他不爱读书，憎恨封建传统思想，厌恶束缚他的家庭，充满叛逆精神。由于他生活在一群美丽、单纯的侍女中间，而对生活在下层的女性饱含同情。

少女林黛玉是曹雪芹着意刻画的女性。这个寄居在荣国府中的弱女子，有着极强的自尊心，她才华横溢而又多愁善感。她与贾宝玉两小无猜，后来成为生死相恋的情人，但最终他们的爱情被封建势力所扼杀。

曹雪芹可谓是塑造人物的高手，在《红楼梦》中，共出现450多个人物，而每个人都有自己的特色。另外，由于曹雪芹对诗词、金石、书画、医学、建筑、烹调、印染等各门学问都十分精通，所以在描写贵族家庭的饮食起居、园林建筑、家具器皿、服饰摆设、车轿排场等细节上，都真实而细腻。

《红楼梦》问世以后，人们争相阅读它、谈论它，青年读者们多为书中的男女主人公的爱情感动流泪。但是《红楼梦》也引起了封建官僚和封建卫道者的猛烈攻击，被列为了禁书。但无论怎么禁止，《红楼梦》仍然在群众中流传，而围绕《红楼梦》的研究还形成了一种学问，叫"红学"。

吴敬梓《儒林外史》

《儒林外史》是清代作家吴敬梓的一部反映士林百态的小说。

在封建时代，"士"是社会的中坚阶层。按照儒学本来的理想，士的职业虽然是"仕"，其人生的根本目标却应该是求"道"，这也是士林人物引以为傲的。然而事实上，随着专制政治的强化，读书人日益依附于国家政权而失去独立思考的权利乃至能力，导致人格的奴化和猥琐。如何摆脱这种状态，是晚明以来的文学十分关注的问题。《儒林外史》就是一部对晚明儒林人物群像的剖析、批判之作。

小说首先对科举大力抨击。第一回"楔子"中，借王冕之口批评因有了科举这一条"荣身之路"，使读书人忽视了传统儒学对"士"的学问、品格和进退之道的要求。第二回进入正文，又首先集中力量描写了周进与范进这两个穷儒生科场沉浮的经历，揭示科举制度如何以巨大的力量引诱并摧残着读书人的心灵。二人原为在科举中挣扎了几十年尚未出头的老"童生"，平日受尽轻蔑和凌辱；而一旦中举成为缙绅阶层，"不是亲的也来认亲，不相与的也来认相与"，房子、田产、金银、奴仆，也自有人送上来。在科举这一门槛的两边，隔着贫富、贵贱与荣辱。难怪范进中举后竟欢喜得发了疯，幸亏岳父一巴掌，才恢复神智。读书人，尤其出身贫寒的读书人是如何为科举而癫狂的情状，通过这两个人物充分显露了出来。

作为儒林群像的画谱，小说的锋芒并未仅停留在科举考试上。作品所描写的士林人物形形色色，除了周进、范进这一类型外，还有张静斋、严贡生那样卑劣的乡绅，有王太守、汤知县那样贪暴的官员，有王玉辉那样被封建道德扭曲了人性的穷秀才，有马二先生那样对八股文津津乐道而完全失去对于美的感受力的迂儒，有景兰江、赵雪斋那样面目各异而大抵是奔走于官绅富豪之门的斗方名士，有娄三公子、娄四公子及杜慎卿那样喜欢弄些"礼贤下士"或自命风雅的名堂，其实只是些无所事事的贵公子。这些人物并不能简单地一概归之为"反面角色"，但他们都从不同意义、不同程度上反映了在读书人中普遍存在的极端空虚的精神状况，从而反映出社会文化的萎靡状态。像马二先生好谈文章而不识李清照，范进当了一省的学道而不知苏轼为何人，反映出科举对士林文化修养的破坏；像上至某"大学士太保公"借口"祖宗法度"以徇私，下至穷秀才王德、王十二标榜"伦理纲常"而取利；等等，都反映出士林人物在道义原则上的虚伪。《儒林外史》描摹出这种普遍性的社会景观，从根本上揭示了封建制度对人才的摧毁和它自身因此而丧失生机的命运。

在把《儒林外史》看作"讽刺杰作"时，我们特别要注意其写实性。以前的小说如《金瓶梅》也有讽刺的妙笔，某些不动声色而入木三分的刻画手段也为《儒林外史》所继承，但从全书来看仍有不少夸张和漫画式的成分。《儒林外史》则不同，其讽刺主要是通过选取合适的素材和准确、深层心理的刻画来完成。许多在日常生活中司空见惯的事情，经作者的提炼和描摹，有时加上稍稍的夸张，便清晰地透出了社会的荒谬与人心的虚伪，而当人们读这些故事时，却又觉得它仍是真实的生活写照。

桐城派对散文的贡献

桐城派在康熙年间由安徽桐城人方苞开创，同乡刘大櫆、姚鼐等继承发展，成为清代影响最大的散文派别，与其异趣的是袁枚、郑燮等桐城派之外的散文。

桐城派先驱戴名世（1653—1713年），字田有，安徽桐城人主张为文以"精、气、神"为主，"言有物"为"立言之道"（《答赵少宰书》），提倡"道也、法也、辞也，三者有一之不备而不可谓之文也"（《己卯行书小题序》）。他铺石开路，为桐城派理论的发轫。

方苞（1668—1749年）首标"义法"为文章纲领，义指的是文章的思想内容，法指的是文章的表现形式，"义法"就是要求做到两者的统一。他所重者在于"法"，要求文章取舍精当，结构布局合理，以及语言文字雅洁。方苞、姚鼐所写的一些人物传文、碑铭，择取最能表现人物生平大节的事迹，而撇开一般的细枝末节，颇能体现剪裁的匠心。他们的文章结构严谨，条理清晰，如方苞的《狱中杂记》记事虽多，但都是围绕当时的治狱之弊来写，多而不杂，繁而有序。方苞对于语言典雅、简约的要求更为严格，且多为后代桐城派文人遵守。

刘大櫆（1698—1779年）进一步发展了方苞的"义法"说，提出了"神气""音节""字句"为文章要素的理论。神气即文章的气势和风格，它要通过具体的章节和字句去表现，因此刘格外重视音调节奏。他本人的文章音调高朗，读起来铿锵有力，抑扬顿挫。桐城派把作文的音节作为通往古文殿堂的钥匙，学习古人作品，会通其神气，亦从诵读音节入手。

姚鼐（1731—1816年）继承了方、刘的理论，但由于他生在乾嘉考据学风盛行之际，为文往往发挥义理，而辅以考证，更为笃实谨严。他的一些游记以记叙精确为特色。语言上，"洁净"可视为他的特色，如他的名篇《登泰山记》最后一段：

山多石，少土，石苍黑色，多平方，少圆。少杂树，多松，生石𫘝，皆平顶。冰雪，无瀑水，无鸟兽音迹。至日观数里内无树，而雪与人膝齐。

此段皆为短句，无一赘语，体现了他为文精确的特点。

桐城派以"义法"为基础，结构严谨，条理清晰，文辞雅洁，声调顿挫，发展了具有严密体系的古文理论，它切合古代散文发展的格局，遂能形成纵贯清代文坛的蔚蔚大派。桐城派提倡古文运动，文章恪守程朱义理，行文讲究开阖、顿挫、呼应之法，与科举八股文十分相似，因此很适合科举，这也是它兴盛的重要原因。

桐城派余脉是道光末叶曾国藩领导的湘乡派和曾门弟子，声威重振，呈一时之盛，但已是回光返照的末势；到"桐城嫡派"的严复、林纾，他们翻译西方著作的业绩，未能挽救桐城派古文的颓势，终于在"五四"新文化运动的浪潮里结束了该派的历史命运。

沈复《浮生六记》

在清代，桐城派声名显著，归附者众。而文章不傍桐城门户、具有明代小品文风采的是袁枚、郑燮和沈复等人。

　　说起沈复，很多人都知道他的《浮生六记》。这部书是我国文学史上少有的一部以抒情散文笔法来写的自传。沈复生平不详，据《浮生六记》来看，他是长洲（今苏州）人，出生于幕僚家庭，没有参加过科举考试，曾以卖画维持生计。乾隆四十二年（1777年）随父亲到浙江绍兴求学。乾隆四十九年（1784年），乾隆皇帝巡江南，沈复随父亲恭迎圣驾。后来到苏州从事酒业。他与妻子陈芸感情甚好，因遭家庭变故，夫妻曾旅居外地，历经坎坷。妻子去世后，他到四川充当幕僚。此后情况不明。

　　原书六卷，现存"闺房记乐""闲情记趣""坎坷记愁""浪游记快"四卷，"中山记历""养生记道"两卷已佚。

　　在《闲情记趣》中，作者记述自己童年时代的趣事。有一段大意是这样的：

　　我童年时候，能睁大眼睛直视太阳，能清楚地看见最细微的事物，细察其纹理，颇能得物外之趣。夏天的傍晚，蚊群发出雷鸣般的声音，我就把它们想象成群鹤在空中飞舞，我心里这样想着，那成百上千的蚊子果然变成鹤了，我抬着头看，脖子都僵硬了。我又留几只蚊子在帐子里，慢慢地用烟喷它们，让它们冲着烟雾鸣叫，我想象着鹤舞青云的景观，高兴得拍手称快。

　　一天，我看见两个小虫在草间争斗，就仔细观察它们。看得正兴致勃勃时，突然有一个极大的家伙，声势浩大地跳来，原来是一只癞蛤蟆！它舌头一吐，两只小虫就被它吃掉了。我那时年纪小，正看得出神，不禁"哎呀"一声惊叫。等我定过神来，便捉住这只蛤蟆，鞭打几十下，赶到别的院子去了。

在"闺房记乐"里，作者以细腻的笔触，描写了他和陈芸之间婚前两小无猜，婚后耳鬓厮磨，形影相随，种种"难以言语形容"的"爱恋之情"。"记趣"内更是以大量笔墨写及家庭琐事，如食物、服饰省俭之法，假山、花卉整治之技，都一一娓娓叙来，充满了生活的情趣。总之，在描写夫妇感情生活和柴米油盐等琐屑方面，《浮生六记》作为我国文学史上的一个"例外创作"，有其应有的价值和地位。

《浮生六记》的价值，更主要的是它通过对夫妇生活和家庭关系的深入细致的描写，委婉而含蓄地提示了封建礼教和家庭到处不断地制造悲剧，戕害生命，从而对罪恶的封建礼教提出了沉痛的控诉。沈复和陈芸的婚姻在那个时代应该说还是相当美满的，两人趣味相投，感情敦笃，一往情深，这在当时的婚姻制度下是一对不可多得的贤伉俪。然而，好景不长，在他们度过了一段短暂的美好岁月之后，很快便阴云四起，家庭之变机接踵而至。开始仅仅是因为陈芸代婆婆写家信如此区区小事，婆婆怀疑陈芸"述事不当""不令代笔"，而在外的公公则认为是"汝妇不屑代笔"，以至发怒，从而使陈芸既"失欢于姑"，又"受责于翁"。以后竟演至被逐出家门。最后复因其他事故，陈芸被翁指为不守闺训，沈复也被斥为滥伍小人，夫妇俩不得不抛儿别女，再度离家出走。而此一行，陈芸就惨死异乡，与儿女竟成永诀！

陈芸早逝，固然因她"素有血疾"，身体虚弱，但更重要的，是因为她受各种物议愤激，以致"血疾大发"，病势危殆。她临终前对沈复说："满望努力做一好媳妇，而不能得。"这是多么沉痛的控诉！透过这凄凉惨恻之语，我们不难看到封建礼教和封建家庭制度对青年妇女的戕害！沈复本人于家庭内也备受冷眼歧视，严父之呵斥，兄弟之暗箭，其间隐痛，无不一一委婉及之。作者虽无反抗家庭之意，而其态度行为已处处流露于篇中。

作家林语堂曾将《浮生六记》翻译成英文介绍到美国，也得到如俞平伯等名家的赞誉。道光二十九年（1849年），王韬曾为此书作跋，称赞此书"笔墨之间，缠绵哀感，一往情深"。

晚清四大谴责小说

晚清，特别是1900年"庚子事变"之后，骤然繁荣起来的近代小说界，又出现了一大批"谴责小说"。吴趼人的《二十年目睹之怪现状》、李宝嘉的《官场现形记》、刘鹗的《老残游记》、曾朴的《孽海花》，被鲁迅称为"四大谴责小说"。

《官场现形记》是晚清谴责小说中最有代表性的作品，共60回，结构安排与《儒林外史》相仿，演述一人后即转入下一人，如此蝉联而下。作品以晚清官场为表现对象，集中描写封建社会崩溃时期旧官场的种种腐败、黑暗和丑恶的情形。这里既有军机大臣、总督巡抚、提督道台，也有知县典史、管带佐杂，他们或龌龊卑鄙或昏聩糊涂或腐败堕落，构成一幅清末官僚的百丑图。

《二十年目睹之怪现状》共108回。这是一部带有自传色彩的长篇小说。它通过主人公九死一生，从奔父丧开始，至其经商失败为止所耳闻目睹的近二百个小故事，勾画出中法战争后至20世纪初的20多年间，晚清社会出现的种种怪现状，所反映的社会生活范围比《官场现形记》更为广阔，除官场外，还涉及商场、洋场、科场，兼及医卜星相，三教九流，深刻揭露日益殖民地化的中国封建社会的政治状况、道德面貌、社会风尚以及世态人情，具有较高的认识价值，可以帮助读者透视晚清社会和封建制度行将灭亡、无可挽救的历史命运。

《老残游记》共20回。刘鹗办过实业，做过幕僚，并不是职业作家。这部小说是他晚年所写的带有自传性质的未竟作品。小说以一个摇串铃的江湖医生老残（铁英）为主人公，叙写其在中国北方游历期间的见闻和活动，对清政府的腐朽黑暗、官吏的残暴昏庸、百姓的贫困交迫等，都有所暴露，尤其着重地对那些名为"清官"，实为酷吏的虐民行为进行了有力抨击。作者借《老残游记》表达自己对社会、国家危亡现实的强烈忧患意识。小说的艺术成就很高，首先是高超的描写技巧，无论状物、写景，还是叙事，都能历历如绘，如千佛山、大明湖的景致，明湖居说书，桃花山月下夜行等，使人有身临其境之感。其次是它的心理描写和心理分析，能用贴切的语言出色地展现人物的内心世界。

《孽海花》既是一部谴责小说，又具有历史小说、政治小说的特点。初版署名为"爱自由者发起，东亚病夫编述"。全书共35回，以苏州状元金沟和名妓傅彩云的经历为线索，展现了同治初年至甲午战争这三十年，中国社会政治文化生活的历史变迁。在具体写作中，作者采用了近代较流行的块状小说结构与传统的网状小说结构相结合的方式展开情节，波澜起伏，曲折感人，井然有序，始终围绕主线，时放时收，东西交错，结构宛如一朵珠花。作者又工于细节描写，词采华美，寥寥数笔，就能使人物的神态毕肖，故鲁迅称赞它"结构工巧，文采斐然"。

晚清谴责小说的盛行，主要有两方面的原因。

一方面，清政府从甲午战争失败以后，镇压戊戌变法，出卖义和团，内政反动腐朽之极，外交软弱无能，至庚子事变之后，完全变成了帝国主义统治奴役中国人民的工具。吏治的败坏，社会的黑暗丑恶为谴责小说提供了生活的原型，提供了丰富的创作素材。同时，丑恶的社会现实也激起了文学家用笔来声讨、诅咒它的强烈愿望。

另一方面，鸦片战争以后，中国产生了资本主义的新经济和新政治，一些改良主义政治家把小说视为改良社会、启发群众的武器，如康有为说：识字的人，有的不读经书，但却没有不读小说的，所以六经、正史不一定能对百姓起教化作用，小说却可以起到这个作用。

梁启超在《论小说与群治之关系》一文中更明确地说："欲新一国之民，不可不先新一国之小说。故欲新道德，必新小说；……欲新风俗，必新小说……"因为"小说有不可思议之力支配人道故"。在"小说界革命"的口号下，许多有改良思想的文人以小说为武器，向腐朽不堪的旧世界开火。所以谴责小说的大量出现，是急剧变化着的近代中国进步力量与反动力量斗争的产物。

第九章

近现代文学

1840年鸦片战争打开了中国的国门，迫使中国人睁眼看世界，救亡图存成了时代主潮。这一历史变局给中国社会带来的变化是前所未有的。文学为政治服务的目的更加明确，各种文学形式一时都成为革命斗争的工具，进步的文学得到进一步的发展。中国文学开始了挥别传统、重塑现代精神的漫漫长路。

五四新文学运动

　　五四新文学运动是一场以提倡白话文反对文言文、提倡新文学反对旧文学为旗帜的文学革命运动。晚清的"文界革命""诗界革命"和"小说界革命"为其先导，西方的科学与民主思潮为其思想来源。

　　1917年初，《新青年》连续发表了胡适的《文学改良刍议》和陈独秀的《文学革命论》，这是倡导文学革命的正式宣言，他们各提出文学革命的"八事"和"三大主义"。在这两篇文章的鼓动下，文学革命运动随之蓬勃兴起，响应者越来越多，如钱玄同、刘半农、傅斯年等人。1918年胡适发表的《建设的文学革命论》，进一步提出了"国语的文学，文学的国语"，胡适、刘半农、沈尹默等开始了以白话写作新诗的尝试。

　　1918年5月，鲁迅发表了显示文学革命实绩的白话小说《狂人日记》，同月，《新青年》全部改用白话；接着周作人发表了《人的文学》《思想革命》《平民文学》等文，自觉地把文化思想启蒙运动引进文学领域。大量新报刊也涌现出来，如《每周评论》《新潮》《晨报副刊》等。1921年，文学研究会和创造社创立，更壮大了运动的声威。

在文学观念上，鲁迅提出"改良思想，是第一事"；周作人积极倡导"人的文学"观和平民文学观；李大钊力主创作"为社会写实的文学"；文学研究会提倡为人生的文学；创造社倡导为艺术的文学。在文学创作上，鲁迅、冰心、叶绍钧、郁达夫、庐隐等的小说，郭沫若、刘半农、刘大白、康白情等的新诗，周作人、朱自清等的散文小品，胡适、田汉等的话剧，都是最早的果实。

王国维《人间词话》

王国维（1877—1927年），中国近现代学贯中西的大师，字静安，号观堂，浙江海宁人。幼年时接受私塾教育，青年时受到康有为思想影响，曾为梁启超的《时务报》工作。后来到日本留学，回国后从事莢学、文学理论和戏曲艺术史的研究工作，著有《人间词话》和《宋元戏曲考》等。辛亥革命后东渡日本，埋头著述。1923年成为溥仪的文学侍从。1925年任清华大学国学研究院教授，从事史学和古文字研究。1927

年，投昆明湖自杀。

《人间词话》分上下两卷，主要是王国维对词及词人的评价。

第一部分是对词的评价。

王国维提出著名的"境界"说，他认为，境界是判断词高下优劣的标准。他认为，古人评价词的时候，谈的是气质和神韵，但都不如他的境界好。他又说："词以境界为最上。有境界则自成高格，自有名句。五代北宋之词所以独绝者在此。"所以，有境界的词是最好的词。但关于词的境界，王国维并没有专门解释它，而只是在书中零碎地提到什么样的诗词有境界。例如：有自然美的词是有境界的；境界不分优劣，但是有大境界和小境界之分。

王国维的境界又有另一个说法，即"意境"。他说："原夫文学之所以有意境者，以其能观也。"意境就是境界。

境界具有两种表现的形态，"有造境，有写境，此理想与写实二派之所由分"。那么，什么是造境，什么是写境呢？王国维又提出"有我之境"和"无我之境"来说明造境和写境。有我之境就是造境，诗词中的万物都感染了自己的感情；无我之境就是写境，要达到的境界就是"不知何者为我，何者为物"。两种境界的特征是不一样的。王国维说："无我之境，人惟于静中得之。有我之境，于由动之静时得之。故一优美，一宏壮也。"也就是说，无我之境，体会的是"优美之情"，有我之境，体会的是"壮美之情"。前者相当于阴柔之美，后者则是阳刚之美。但是，无我之境和有我之境的区别是相对的而不是绝对的。写实和写情是一体的，好的诗人和词人能够情景交融，在现实中、平淡中见真性情，这也是真境界。

第二部分是对历史上的词人的评价。

王国维认为词人的修养对于词的创作是最重要的。他提出词人必须具有"内美"，要有胸襟、有人格、有性格，然后再加上杰出的才能，作出的词才有意境，有境界。词人尤其重要的是胸襟，因为词是抒发词人的胸襟和抱负的，所以词的品位高下以词人的胸襟高下为第一要素。他说，苏东坡和辛弃疾是有胸襟的词人，作的词才气宇不凡，具有逼人的力量。他特别批评了以作词工整著称的姜夔（白石），认为姜白石的写作技巧是很高的，但是他的词在境界上却非常低下，相比苏东坡的词来说，品格要低得多，因为姜白石写词没有真正的胸襟，因此也就没有风格。他说，气象是胸襟的表现，李白的诗词，就是以气象胜的："太白纯以气象胜，'西风残照，汉家陵阙'，寥寥八字，遂关千古登临之口"。最后，王国维总结说，没有高尚伟大的人格，就没有高尚伟大的文学。文学就是人格的再现，即所谓的"文如其人"。

王国维认为，胸襟也是可以培养出来的，词人应当深入生活，在生活中体验词的意境，但是，又要和生活保持距离，从生活中跳出来，在创作的层次上把握生活，然后才能有真正的胸襟。如果词人离开了生活，就没有真情实感，所作的词就会流于"游"，词的感情是虚假的，是游离于生活之外的。

最后，王国维提出了成为词人的三种境界——"古今之成大事业、大学问者，必经过三种之境界：'昨夜西风凋碧树。独上高楼，望尽天涯路'。此第一境也。'衣带渐宽终不悔，为伊消得人憔悴。'此第二境也。'众里寻他千百度，蓦然回首，那人却在，灯火阑珊处'。此第三境也"。

王国维的《人间词话》并不是无源之水，它实际上受启发于清代的浙西词派和常州词派，但又有所不同。而且，《人间词话》有一个很大的特点是用西方的哲学来解释中国的诗词，这是当时西学东渐的一个结果，也是王国维早年学习尼采、叔本华哲学的一个反映。但是，《人间词话》仍然在文艺和美学领域取得了重大的成就。他在书中提出的"境界论"，一直是学者学习和研究的对象。《人间词话》是中国近代文艺美学领域中具有重要地位的作品。该书中的许多经典评论已经成为名言警句，为世人所传诵。时光流逝，但这部作品的价值是不可磨灭的。

鲁迅：铁屋中的呐喊

鲁迅（1881—1936年），原名周树人，字豫才，出生于浙江绍兴一个没落的封建家庭。1902年，鲁迅留学东瀛，此次空间的转移对其人生之路、文学之路均影响深远。经由明治维新而迅速发展起来的日本，刺激他生发出"立国、立人"之心，并认为改造国民精神首推文艺，故弃医从文。留日期间曾回国奉母命与朱安成婚，1909年回国，先后在杭州、绍兴任教。

辛亥革命后，曾任南京临时政府和北京政府教育部部员，并在北京大学、女子师范大学等高校兼授课。"鲁迅"是其于1918年5月发表第一篇白话小说《狂人日记》时所使用，也是日后使用最多、最为世人熟知的笔名。"五四"运动前后，他参加《新青年》杂志工作，成为新文化运动的主将。

1926年8月，鲁迅因支持北京学生运动而遭北洋军阀政府通缉，遂南下厦门大学任职。1927年10月抵达上海，并与许广平共同生活。先后参加中国自由运动大同盟、中国左翼作家联盟和中国民权保障同盟，反抗国民党政府专制统治。1936年10月19日因肺结核病逝于上海，各界民众万人举行公祭。

鲁迅笔耕一生，留有大量著述，主要有短篇小说集《呐喊》《彷徨》《故事新编》，散文诗集《野草》，散文集《朝花夕拾》，以及《热风》《坟》《华盖集》等16部杂文集和书信集《两地书》。此外，还写有《中国小说史略》《汉文学史纲要》等学术著作。

《呐喊》收录了作家前期创作的十四篇小说，其中包括《狂人日记》《阿Q正传》等精华之作。

鲁迅持"为人生"的文学观，他以笔为匕首投枪，直指封建宗法制度对民众尤其是处于底层的广大农民的严重毒害，发出震人心魄的反封建的呼声。《狂人日记》借"精神迫害狂"之口控诉中国的历史是一场吃人的宴席；《阿Q正传》中的主人公，不仅被剥夺了生产资料，甚至是姓赵的资格，参加革命也不被准许，最后只落得受诬而被枪毙的结局；《故乡》中，当"我"回到阔别多年的故乡，重遇记忆中活泼可爱的儿时伙伴少年闰土时，却悲哀地发现，在"兵、匪、官、绅"的长期压榨和"多子、饥荒、苛税"的沉重负担之下，"苦得他像一个木偶人了"，如无言的大地一般默默承受着一切的苦痛，而他的一声"老爷"，表明封建等级制度的森严壁垒已经横亘在一对原本亲密无间的儿时伙伴之间了；《白光》中头发斑白、屡做中举梦的陈士成，在第十六次县考失败后，终于神经错乱而死，控诉了科举制度对人的精神毒害的罪恶。

鲁迅的深刻，远不止于高举反封建的旗帜，为民众的不幸洒一把同情之泪，还在于其关注点为病态社会中不幸人们的精神病态。被视为"中国新文学的第一杰作"的《阿Q正传》，最成功之处便在于塑造了阿Q这样一位辛亥革命时期从物质到精神都受到严重戕害的落后农民的典型形象，在于写出了人物的基本性格——"精神胜利法"。处于未庄社会的最底层的阿Q，却对自己的失败命运与奴隶地位采取了令人难以置信的辩护与粉饰的态度。或者"闭眼睛"，沉醉于没有根据的自尊中——"我们先前——比你们阔多啦！"；或者"忘却"——刚刚挨了假洋鬼子的哭丧棒，就忘记一切而且"有些高兴了"；或者向更弱者（小尼姑之类）泄愤，在转嫁屈辱中得到满足；或者自轻自贱，甘居落后与被奴役——"我是虫豸。"这种以虚幻的精神优胜取代现实中的劣败的国民性格，是中华民族觉醒与振兴的最严重的思想阻力。《药》中华老栓一家的物质困窘，仅用"满幅补丁的夹被"稍作暗示，笔力着重于底层民众用革命烈士的鲜血蘸馒头医病的愚昧。鲁迅是伟大的审判官，也是伟大的犯人，他不但拷问读者，也拷问着自身。《一件小事》在与人力车夫的两相对照中，暴露出知识分子楚楚衣冠下存在的精神弱点……对人的精神创伤与病态的无止境的开掘，使鲁迅的小说具有一种内向性，具有"搅动人的灵魂"的深刻性与震撼力。

鲁迅小说具有很浓的象征性，比如《药》的表层故事非常简单：去年城里杀了个犯人，还有一个生痨病的人，用馒头蘸血舐。但深层寓意却是：作为病人的华小栓不仅仅是一个病人，也是一个"被拯救者"；作为革命者的夏瑜也就同时成为一个"拯救者"；革命者以自己的生命和鲜血为代价去拯救人类、拯救民族，所以血也是他治疗社会病症的"药"；病人吃了革命者的血，便可以置换为"被拯救者"吃了"拯救者"，当然也就无法获得拯救，结局必然为同归于尽。作家还特意安排两个悲剧主人公的家庭，一家姓"华"，一家姓"夏"，合起来恰恰是中国的古称——"华夏"，这看似淡淡的不显眼的一笔，却把悲剧意义提升到更为普遍而深广的高度。

鲁迅的作品中往往有多种声音在互相补充、争吵、消解与颠覆，这些对立因素的缠绕、扭结，呈现出一种撕裂的张力。《狂人日记》中，白话日记本文中的"我"与文言小序中的"余"，形成两个对立的叙述者，白话语言载体里表现的是一个"狂人（非正常）的世界"，主人公却表现出疯狂中的清醒，处处显示了对旧有秩序的反抗；文言载体却表现了一个"正常人的世界"，主人公最后成为候补（官员），于是，小说文本便具有了对立因素间相互嘲弄与颠覆的反讽结构。

文学研究会和创造社

　　文学研究会是现代文学史上一个重要的文学社团，1921年1月4日成立于北京，是中国最早成立的新文学团体。由周作人、朱希祖、耿济之、郑振铎、瞿世英、王统照、沈雁冰、蒋百里、叶绍钧、孙伏园、许地山等发起，其后陆续发展的会员有俞平伯、朱自清、夏丏尊、徐玉诺、冰心、庐隐、胡愈之、刘延陵、刘半农、刘大白、徐志摩、彭家煌等共170余人，该会陆续编辑出版了《小说月报》、《文学旬刊》（后改名《文学》《文学周报》）和《诗》月刊等期刊以及《文学研究会丛书》《文学研究会创作丛书》《文学周报社丛书》《文学研究会世界文学名著丛书》《小说月报丛书》等丛书。该会在北京、上海、广州、郑州等地设立了分会，各分会在当地也出版刊物。文学研究会组织相当松散，五卅运动后活动减少，1932年《小说月报》停刊，该会即无形解散。但该会的丛书却继续出版到1948年。

　　文学研究会以"研究介绍世界文学、整理中国旧文学、创造新文学"为宗旨，主张为人生而艺术，提倡写实主义的文学，反对"将文艺当作高兴时的游戏和失意时的消遣"（《文学研究会宣言》），一段时间内集中力量批判封建文学和鸳鸯蝴蝶派的消极影响。文学研究会诸作家在文学创作、文艺理论批评、外国文学现实主义名著的翻译和现代思想的介绍方面，均做出了重要的贡献，促进了新文学运动的发展。文学研究会以其成立早、成员多、活动影响大而成为新文学运动中最为重要的一个文学社团。

民国初年另一个重要文学社团是创造社。1921年7月，由在日本留学的郭沫若、郁达夫、成仿吾、张资平、田汉、郑伯奇等人发起，在东京成立了创造社。早期成员有穆木天、张凤举、徐祖正、陶晶孙、何畏、王独清、方光焘等。1922年起先后创办了《创造季刊》《创造周报》《创造日》等报刊以及《创造社丛书》。

创造社的活动，按照它的文学思想和主张的发展变化，可分为前后两个时期。前期创造社作家强调文学必须忠实地表现作者自己"内心的要求"，他们推崇天才，尊重艺术，追求文学的"全"与"美"，同时又注重文学"对于时代的使命"（成仿吾《新文学之使命》）。前期作家的创作侧重表现自我，带有浓重的抒情色彩，作品大都具有反帝反封建的时代内容，但其基本的艺术倾向是浪漫主义的，较早受到了现代派艺术的某些影响。1925年"五卅"运动后，创造社主要成员参加革命，先后创刊《洪水》《创造月刊》《文化批判》等刊物，吸收了新从国外回来的李初梨、冯乃超、彭康、朱镜我等成员，《创造月刊》倡导无产阶级革命文学，冯乃超、李初梨则提出作家"转换方向"和建设革命文学的理论主张，但都错误地批判了鲁迅、茅盾等作家，引起了关于革命文学的一场论争。

　　1929年2月，创造社被国民党当局查封。创造社是"五四"新文学运动中成立最早的文学社团之一，它在浪漫主义文学的创作、革命文学的倡导和革命文学理论的建设方面颇有成绩。它与文学研究会一起，对新文学的开拓与建设做出了重要贡献，对现代文学不同流派的发展产生了深远的影响。

《女神》：现代新诗的奠基之作

　　郭沫若（1892—1978年），四川乐山人，当代著名作家、文学家、诗人、考古学家、思想家、革命活动家。著有诗集《女神》，历史剧《屈原》《虎符》《蔡文姬》等，学术著作有《中国古代社会研究》《甲骨文字研究》等，是一位才华横溢、多有建树的巨匠。

　　国家不幸诗家幸。20世纪初叶的华夏，封建专制的压迫、学校与社会的腐败、弱国子民所受的歧视，让郭沫若热切盼望着祖国的自强。

　　《女神》便是在这样的时代背景下横空出世的。它是诗人胸中积聚的情思的熔岩的"喷火口"，个人的郁积、民族的郁积，都在创作中获得了尽情的释放；它是郭沫若诗人气质与浪漫主义艺术风格完美结合的产物；它是新诗坛上响起的一声春雷，以崭新的形式与内容开一代诗风，堪称中国新诗的奠基之作。

《女神》代表了真正的诗体大解放，闻一多说《女神》的形式"距旧诗最远"。《女神》以开辟洪荒的大我姿态、火山爆发般的情感、雄浑激越的气势、鲜明的自我抒情主人公形象，崇拜创造与力，肯定彻底的反叛，追求精神的自由和个体的解放，表现出宏大的眼光与放眼未来的开放意识，形成了独特的雄丽豪放的风格，在现代中国文学史上留下了标志性的灿烂一笔。

《女神》除《序诗》外，共收录诗作53首，诗剧3篇，由三辑而成。

《女神之再生》借用女娲补天和共工与颛顼争帝的神话，展现为权势而战的浩劫，通过"黑暗中女性之声"表达了受压迫的中华民族的新的觉醒。"新造的葡萄酒浆，不能盛在那旧了的皮囊""破了的天体""我们尽他破坏不用再补他了！待我们新造的太阳出来，要照彻天内的世界，天外的世界！"

《凤凰涅槃》采用了东方国度的典故，虽包含了一个来自异域的故事，却被有意识地赋予了中国化的外壳。西方家喻户晓的"菲尼克斯"被赋于民族色彩的"凤凰"取代，"复活"之类的西方宗教概念则被"涅槃"这同样有着中国文化意味的佛家语所置换。诗作重述凤凰集香木自焚，复从死灰中更生的神话，抒发向往光明与新生的凤凰破毁旧有黑暗的一切，投身于火中，弃旧图新的热情与勇气。凤凰涅槃，象征了我们伟大而古老的民族在烈火中的重生，诗中处处洋溢着雄浑、壮美、激越的诗情。

《女神》中高扬着主体意识，这个新生的巨人崇拜自己的本质，热烈地追求精神自由和个性的解放。《女神》中处处喧嚣着这样自觉的呼声："我崇拜我"（《我是个偶像崇拜者》），"我赞美我自己"（《梅花树下的醉歌》），"我创造尊严的山岳，宏伟的海洋，我创造日月星辰，我驰骋风云雷电"（《湘累》）……这在中国历史上是第一次：对"人"的价值的充分肯定，个体不再消融在类之中，而是凸现于世界万物、宇宙之上，人获得了肯定、尊重与赞美。

郭沫若是使新诗的翅膀沸腾起来的第一人。《女神》的艺术想象与形象体系建筑在泛神论的基础之上。诗人从布鲁诺、斯宾诺莎为代表的西欧十六七世纪泛神论哲学以及中国、印度古代哲学那里吸取了泛神论的思想，"我即是神，一切自然都是我的表现"。从这样的哲学出发，诗人把整个大自然都作为自己的抒情对象，于是，宇宙地球、日月星辰、草木飞禽……统统奔入笔底，构成了囊括宇宙万物的极其壮阔的形象体系。

从泛神论出发，诗人把宇宙世界看作一个不断进化、更新的过程，从宇宙万物看到了"动的精神"和创造的"力"，赋予其形象以飞动的色彩："无限的大自然……到处都是生命的光波""山在那儿燃烧，银在波里舞蹈"（《光海》）。赋予破坏与创造以力的美："无限的太平洋提起他全身的力量来要把地球推倒""力哟！力哟！力的绘画，力的舞蹈，力的音乐，力的诗歌"（《立在地球边上放号》）。这些构成了《女神》形象的基本特色：壮阔性、奇异性、飞动性，由此构成了"女神体"雄奇的艺术风格。

《女神》创造了自由诗的形式。郭沫若强调形式方面的绝对的自由和自主，认为情绪的世界便是一个波动的世界、节奏的世界，虽没有一定的外形的韵律，但在自体是有节奏的。因此总体看《女神》形式是自由的，每首诗的节数、诗节的行数、每行的字数都不固定，押韵也没有统一的规律，但在每一首诗歌中，却要求格律的某种统一。这种节奏是诗人内在的情感节奏。随着情绪的高涨，整齐的短句增多，加上排比、复沓，节奏就显得急促、欢快；当情绪舒缓时，就偏于用长句来减慢诗歌的速度。这之外，还有一些有迹可循的外在手法如重复咏唱等，用来在自由变动的抒情中取得相对的和谐。

"新月派"诗人徐志摩

郭沫若的《女神》为新诗的发展开辟了道路，但新诗还需要确立它的艺术形式和美学原则，走向规范化。以徐志摩、闻一多为代表的"新月派"担负了这一历史使命。

徐志摩（1897—1931年），现代诗人、散文家，浙江海宁人，名章垿，字槱森，赴美留学时改名志摩。徐志摩是新月派代表诗人。早年就读于杭州一中、上海沪江大学、天津北洋大学和北京大学。1921年入伦敦剑桥大学当特别生，研究政治经济学。在剑桥两年深受西方教育的熏陶及欧美浪漫主义和唯美派诗人的影响。诗集有《志摩的诗》《翡冷翠的一夜》《猛虎集》《云游》等。

徐诗字句清新，韵律谐和，比喻新奇，想象丰富，意境优美，神思飘逸，富于变化，并追求艺术形式的整饬、华美，具有鲜明的艺术个性，为新月派的代表诗人。

《志摩的诗》是徐志摩的第一本诗集，共收录55题72首诗歌，包括《雪花的快乐》《她是睡着了》《落叶小唱》《沙扬娜拉十八首》《我有一个恋爱》等诗作。

胡适尝言："他的人生观真是一种'单纯信仰'，这里面只有三个大字，一个是'爱'，一个是'自由'，一个是'美'。他梦想这三个理想的条件能够会合在一个人生里，这是他的'单纯信仰'。他的一生的历史，只是他追求这个单纯信仰的实现的历史。"（《追悼徐志摩》）

徐志摩是主张艺术的诗的：他深崇闻一多音乐美、绘画美、建筑美的诗学主张，而尤重音乐美。他甚至说："……明白了诗的生命是在它的内在的音节的道理，我们才能领会到诗的真的趣味；不论思想怎样高尚，情绪怎样热烈，你得拿来彻底的'音乐化'（那就是诗化），才能取得诗的认识……"（《诗刊放假》）

徐志摩的诗歌是妩媚的。梁实秋写道："志摩的诗之异与他人者，在于他的丰富的情感之中带着一股不可抵挡的'媚'。这妩媚，不可形容，你不会觉得到，它直诉之于你的灵府。"

我们来看一首《雪花的快乐》。雪花在半空中"翩翩的""潇洒"，它有另一种追求，另一个"我的方向"，"飞扬、飞扬、飞扬"，直奔向"清幽的住所"。会见"花园"里的"她"，融进"她柔波似的心胸"。这里，雪花的精灵、诗人的精灵、"五四"时代的精灵，竟如此自然天成地消融为一体，没有丝毫雕琢的痕迹：诗歌中的"她"是诗人想象中的情人，这是一种升华了的神圣纯洁的理想的爱情，"她"更是一种精神的力量，理想境界的人格化。这些都显示出徐志摩诗歌的特点：他执着地追寻从心灵深处来的诗句，在诗歌里真诚地表现内心深处的真实情感与独特个性，并投射于客观物象。追求主、客体内在神韵和外在形态之间的契合。

再看《赠日本女郎》（沙扬娜拉）：1924年5月，泰戈尔、徐志摩携手游历了东瀛岛国。这次扶桑之行的一个纪念品便是长诗《沙扬娜拉》：最初的规模是18个小节，收入1925年8月版的《志摩的诗》。再版时，诗人拿掉了前面17个小节，只剩下题为"赠日本女郎"的最后一个小节，便是我们看到的这首玲珑之作了。

也许是受泰戈尔耳提面命之故，《沙扬娜拉》这组诗无论在情趣和文体上，都明显受泰翁的影响，所短的只是长者的睿智和彻悟，所长的却是浪漫诗人的灵动。诚如徐志摩后来在《猛虎集·序文》里所说的："在这集子里（指《志摩的诗》），初期的汹涌性虽已消减，但大部分还是情感的无关拦的泛滥……"不过这情实在是"滥"得可以，"滥"得美丽，特别是"赠日本女郎"这一节，那萍水相逢、执手相看的朦胧情意，被诗人淋漓尽致地发挥出来。

诗的伊始，以一个构思精巧的比喻，描摹了少女的娇羞之态："低头的温柔"与"水莲花不胜凉风的娇羞"，两个并列的意象妥帖地重叠在一起，人耶？花耶？抑或花亦人，人亦花？我们已分辨不清了，但感到一股朦胧的美感透彻肺腑；接下来，是阳关三叠式的互道珍重，情透纸背，浓得化不开。"蜜甜的忧愁"当是全诗的诗眼，使用矛盾修辞法，不仅拉大了情感之间的张力，而且使其更趋于饱满。"沙扬娜拉"是迄今为止对日语"再见"一词最美丽的意译，既是杨柳依依的挥手作别，又仿佛在呼唤那女郎温柔的名字。悠悠离愁，千种风情，尽在不言之中！

《志摩的诗》可以说是徐志摩诗歌的实验室：内容丰富多彩，形式多种多样，可以清楚地看出作者在诗歌艺术上探索的痕迹。

冰心小诗的艺术风格

冰心（1900—1999年），原名谢婉莹，生于福建长乐，是中国当代文学史上最重要的人物之一，著有诗集《繁星》《春水》，诗文合集《小桔灯》，散文集《寄小读者》等，是"五四新文学运动"的最后一名元老，人们称她为"文学祖母"，她的读者有整整五代人，是整个文学界的最长者，又是作品最多的人。

　　《繁星·春水》，在观念上冲破了中国诗歌"尚情"的樊篱，打开了诗歌通往哲理的大门。由于中国社会文化心理与思维特质，带来"抒情为本位"的文学观念，带来千年诗国一派抒情诗的繁荣景象，哲理诗只能成为墙隅之花。而《繁星·春水》的出版带来了小诗蔚然成风的景况。

　　弗罗斯特在《诗美学》中写道："一首完美的诗，应该是情感找到了思想，思想又找到了文字，……始于喜悦，终于智慧。"冰心的哲理诗，便让我们在"终于智慧"中感悟、思索。诗人带着自己独有的思想情感与美学观念，以哲学家的慧眼观照宇宙万物，捕捉刹那间的思索，并将其零碎的闪光的思想火花，注入短小的诗行，赋以朴素深邃的哲理。其哲理视野异常开阔，大到宇宙人生，小到为人处世方面种种智慧明达之理，几乎无所不包。

　　在创作方法上，冰心纠正了以诗说理之弊，使哲理获得了诗意化的阐释。《繁星·春水》从某种意义上说，可谓我国诗歌史上的创格，因为其哲理小诗，一改古代谈禅说理诗的呆板，以理入诗，却又诗意不减，理趣盎然。或寓情于理，或以物喻理，或事理交融，使哲理美与诗意美融汇一体。

　　诗人不做抽象的空洞的说教，使哲理诗因有饱满、真挚的感情因子的融入与渗透而获得持久的美感。随手翻阅《繁星·春水》，便可见到情感洋溢的诗作，如《繁星·五五》：成功的花／人们只惊慕她现时的明艳／而当初她的芽儿／浸透了奋斗的泪泉／洒满了牺牲的血雨。字里行间渗透了对于人们在成功背后所必须付出的艰辛劳动的深刻体认，饱含情感地阐发了成功道路铺满荆棘，洒满汗水这一朴素而又深刻的真理。

　　冰心擅长将哲理寄托于一花一木、一人一事之中，善于将情感融入夏花秋叶、皓月繁星之中，从中生发出哲理的启悟。例如《春水·三三》：墙角的花／你孤芳自赏时／天地便小了。以居于墙角的花的形象，有力嘲讽了有如井底之蛙的孤芳自赏者的狭隘视野，诗人既未直接诉诸哲理，也没有停留在事物表层，而是让哲理附丽于物的联想上，折射出理性的光芒。

　　有些诗作使事件叙述与思想寄托相融合，以达到事理和谐。例如《繁星·三六》：阳光穿进石隙里／和极小的刺果说／借我的力量伸出头来罢／解放了你幽囚的自己／树干儿穿出来了／坚固的磐石／裂成两半了。该诗寄事寓理，看似童话，实为一首思想深刻的哲理诗，以叙述故事的方式揭示真理，赞扬反抗斗争的精神。

　　同时，冰心的小诗的格式上，受印度诗人泰戈尔和日本俳句的影响，但在选词与炼句上，充分吸取了中国古典诗、词、曲的遗泽，从而在民族传统文化与外国文学的吸收借鉴上，表现出兼收并蓄的艺术胸襟。

鸳鸯蝴蝶派

　　"鸳鸯蝴蝶派"又称"礼拜六"派，是清末民初出现的都市通俗小说流派。最早提出这一名称的是周作人和钱玄同。鲁迅在《上海文艺之一瞥》中，也提及过这一流派。它的代表作家以写言情小说著名，故而被称为鸳鸯蝴蝶派。

　　他们继承了中国传统小说中的志怪、传奇、讲史、神魔、讽刺、谴责、人情、狎邪、侠义和公案等多种分支，故而有人用该派代表性的刊物《礼拜六》为派名。除此之外，他们还有众多的刊物和书局。1922年，成立过青社和星社。其代表作家之一包天笑宣称其创作宗旨是"提倡新政制，保守旧道德"（《钏影楼回忆录》）。他们对旧民主主义革命是拥戴的，但他们大多又维护旧家族制度和旧礼教。他们既继承古代文学的某些优良传统，而对其陈旧的创作思路也予以吸收。他们以"人之常情""事之常理"去指导创作，以一股市民的情趣和价值取向为标准，更多地重视作品的商业效应。

这一流派的代表作家有徐枕亚、李涵秋、包天笑、周瘦鹃、向恺然、毕倚虹、何海鸣、张恨水、刘云若等。他们的作品，大多善于描摹当时社会的世相人情，因此，他们的不少作品能反映当时市民的心态和价值观的变化。从社会学的角度，可窥见清末和民国时期某些社会机体的大体景观；从文化学角度，能看到特定时期民族传统文化的流变过程；从民俗学视角，可得到许多民俗沿革的资料；从文学的视角，也可从中认出中国民间的阅读心理和欣赏喜好。

张恨水《金粉世家》

张恨水（1895—1967年），原名张心远，祖籍安徽潜山，民国时期妇孺皆知的通俗小说家和报人。他最初从事报刊编辑，写连载小说原是副业。由于他努力写作，他的小说为众多的城市平民所喜爱，这才成了专门的小说家。他一生中写下的通俗小说共有120余部，早期创作的《春明外史》《金粉世家》《啼笑因缘》等作品，名噪一时。他善于用白描的手法，细致入微地刻画社会生活；又十分熟悉旧中国的市民生活，对底层社会小人物的举手投足、情趣追求了然于心，写起来自然得心应手。张恨水多被看作"鸳鸯蝴蝶派"的小说家，这和他走通俗小说的路子有关，但他的写作又远不是鸳鸯蝴蝶派小说所能概括的，他吸取新文艺的长处，在故事中尽力开掘对人性和社会的认识，不浮泛、不为言情而言情。有人说，"《金粉世家》如果不是章回小说，而是用的现代语法，它就是《家》；如果不是小说，而是写成戏剧，它就是《雷雨》"。

《金粉世家》从1927年起在《世界日报》上连载，到1932年历时五年写毕，是张恨水最早走出鸳鸯蝴蝶派章回小说的起始。这一长篇的写作不拘于写情，它以寒门出身的女子冷清秋与金家少爷金燕西的婚姻悲剧为主线，描绘大家庭的腐朽没落，探索作品的社会意义，同时避免类型化的人物塑造和对故事的浮泛理解。

《金粉世家》结构完整、谨严，以"楔子"引入故事，用抑扬烘托的办法写出"飘茵阁"奇女子的敏捷才思和迷离身世，造成悬念引起读者的好奇心，进而自然地由倒叙转入顺叙，进入冷清秋与金燕西爱情悲剧的描写。全书112回，穿插金家20多个人物的生活故事，色彩瑰丽，散而不乱。小说写一个家族的衰亡史，写出身寒门嫁入官宦之家的才女冷清秋受到丈夫冷落的失意与孤寂。在张恨水看来，是门第殊异和性情的不同使他们的感情走到了绝处，这正与市民阶层固有的"门当户对"的观念相合。对于冷清秋这样一个沉静秀美的女子，作家寄予了同情和喜爱的感情。他用了很多笔墨来写她秀丽的容貌、淡雅的装束与不凡的谈吐气质，写她的洁身自好、委曲求全和最后的反抗。冷清秋的身上，既有古典文学和传统妇德的影响，又有新式教育带来的个体自由的幻想，这两种迥乎不同的性格奇异地糅合在她清高淡远的才女气质中。她虽遇人不淑，但在忍让还未达到极限的时候，她温和、谦让、恭顺，自持而不逾矩；直到了无可挽回之际，便毫无眷恋地舍弃掉一切身外之物，毅然携子出走，此后自食其力，不肯受任何的施舍。她的不幸与坚忍深深地打动了每一个正直和善良的人的心。

《金粉世家》在艺术处理上运用章回小说的形式，选取生活化的情节，生动自然，使人感到亲切。小说语言朴素、圆润，多用活泼的口语，有着鲜明的社会意识和平易的平民意识，写作中充满诗情美和意趣美，艺术上雅俗相宜，适合不同人的口味。

茅盾与社会剖析小说

茅盾（1886—1981年），原名沈德鸿，字雁冰，浙江省桐乡县乌镇人。20世纪30年代左翼文坛的文学巨匠。1913年入北京大学预科，1916年因家境贫困辍学进入商务印书馆做文学编辑。

他接编的《小说月报》是我国现代文学的第一个新文学刊物。1921年，他与郑振铎、叶圣陶等人组织了中国现代文学史上第一个社团"文学研究会"。

茅盾的小说富于现实主义精神，注重题材与主题的时代性与重大性，追求"巨大的思想深度"与"广阔的历史内容"，被称为"社会剖析小说"。

《子夜》是他的代表作。在这部书里，作者以雄浑而又细密的艺术之笔，成功地塑造了吴荪甫这个20世纪30年代初期中国民族资产阶级的典型人物。这是继鲁迅笔下的阿Q之后，在中国现代文学中又一极为鲜明突出而且具有巨大艺术概括力的典型。

《子夜》从多方面的错综复杂的社会关系中突出吴荪甫的性格特征。作为半封建半殖民地中国的民族资产阶级的典型人物，吴荪甫的性格是一个鲜明的矛盾统一体。他一方面有"站在民族工业立场的义愤"，但另一方面，压倒他的一切的却是"个人利害的筹虑"。他是"办实业"的，以发展民族工业为己任，他向来反对拥有大资本的杜竹斋一类人专做地皮、金子、公债的买卖，但是他也不能不钻在疯狂的公债投机活动里。他精明强悍，但又时时显露出中国民族资产阶级先天的软弱性。他时而果决专断，时而狐疑惶惑，时而满怀信心，时而又垂头丧气；表面上好像是遇事成竹在胸，实质上则是举措乖张。这一切，都是如此矛盾又很自然地统一在吴荪甫的性格里。贯穿全书的主线是吴荪甫和赵伯韬之间的矛盾和斗争，但作者虚实结合，在曲折中显示革命力量的蓬勃发展。结尾处侧面带出工农红军的日益壮大，以此对照吴荪甫失败的命运，指出了中国的真正出路。

茅盾特别擅长刻画人物的心理状态。他并不是对他们做静止的和孤立的分析和描写，而是在时代生活的激流里，在尖锐的矛盾和冲突中进行细致、深入的刻画。他让吴荪甫同时在几条战线上作战，让他不断处在胜利和失败的起伏的波澜里，时而兴奋，时而忧虑，时而指挥若定，时而急躁不安。这样，吴荪甫的心理状态和精神面貌就毫发毕露地呈现在读者的面前。杜竹斋的唯利是图的性格，在公债市场的决战阶段显得分外清楚。李玉亭两面讨好的豪门清客的心理，在吴、赵两家明争暗斗最为紧张的时候暴露得格外分明。茅盾还在很多地方通过对自然景物的描写来渲染气氛、衬托人物情绪的变化，借以鲜明地显示人物的性格。他绝不为写景而写景，写景即为了写人。有时是因情取景，有时是借景写情，情景交融，文无虚笔。

《子夜》的语言具有简洁、细腻、生动的特点。它没有过度欧化的语言，偶尔运用古代成语，也是恰到好处，趣味盎然。人物的语言和叙述者的语言，都能随故事和人物的性格发展而具有不同的特色，使读者如闻其声，如见其人，如临其境。

张爱玲《倾城之恋》

张爱玲（1920—1995年），笔名梁京，现代著名作家，原籍河北丰润，生于上海。20世纪40年代在上海成名，其小说拥有女性的细腻与古典的美感，对人物心理的把握令人惊异，而作者独特的人生态度在当时亦是极为罕见。

今天，当我们重新阅读张爱玲的作品时，谁也不能否认她是空前绝后的。那种唯美，精致到只有中国文字才能表达，迷惘到只有20世纪40年代的中国才能产生，冷静到只有张爱玲才能写出。张爱玲用一眼就可以透彻人性的本质，所以她的《倾城之恋》中的人物没有爱，范柳原与白流苏不得不将情感一笔一笔地算清楚，他们急切地想要抓住一些实实在在的物质，用那些冰冷的奢华来填补内心的空虚与绝望。

张爱玲的小说所描写的生活，时代跨度大，从清朝末期到辛亥革命，从五四运动到抗日战争，再到解放战争。这样一个社会转型的特殊历史阶段，封建文化与现代文化，民族文化与外来文化在动荡社会中相互渗透又相互竞争，古老而腐朽的封建传统遭受"现代文明"的冲击，形成了一种亦洋亦中、亦新亦旧的生活圈子。在这样的社会背景下，生活在其中的芸芸众生，他们的思想意识、道德观念，以及价值取向，正在经历一场前所未有的蜕变与挣扎。而作家张爱玲从女性的一种独特而阴柔的视角出发，她没有描写战争，极力回避政治，也许她并不关心这些，也许她想关心却心有余而力不足。她所关心的是日常生活，关心的是一些"俗世人群"，在剔除了流行的政治话语与浓墨重彩后，她刻意展现的是一幅幅灰暗的人生戏剧。

张爱玲以一种冷静的笔调，描写的是俗人的生活。活跃在她笔下的女性，为了爱情更是不计后果，爱得疯狂。张爱玲冷眼旁观，用嘲讽的语气说道："无条件的爱是可钦佩的，唯一的危险就是迟早理想要撞见了现实，每每使他们倒抽一口冷气，把心渐渐冷了。"而她脍炙人口的

《倾城之恋》便对理想中的男女之爱做了无情的颠覆与嘲谑。

白流苏，一个寄居娘家的离婚女人，遇上了一个原是介绍给她妹妹的男人范柳原。柳原对流苏有一点爱意，但这点爱意不足以让他承担起婚姻的责任，流苏却只要一纸婚契，她是离了婚的女人，知道爱情不能长久，而婚姻能提供生存所需的一切，她只是想生存，生存得好一点而已。在绵绵情话营造成的甜腻腻的气氛中，展开的却是一场无声的战争，各自设了精妙的陷阱，期待能猎获对方，却都不能如意。流苏回到上海，以退为进，希望柳原会带着"较优的议和条件"妥协。然而一个秋天，她已经老了两年——她可经不起老，于是柳原一个电报又把她拘回香港，带着失败的心情，流苏已甘心于情妇的身份，然而战争成全了她，使她得到了范太太的身份。而"柳原现在从来不跟她闹着玩了。他把他的俏皮话省下来说给旁的女人听。那是值得庆幸的好现象，表示他完全把她当作自家人看待——名正言顺的妻子"，一个很自然的结果。

张爱玲传奇人生的传奇故事是说不尽、道不完的。她笔下形形色色的女性形象如今也是众说纷纭，也许她并不关心这些，她只是在讲述故事而已，却留给了千千万万读者无尽的思索。张爱玲以及她笔下的女性，像雾，像风，如诗，如画，像梦般迷离，像迷般扑朔，正待着多少人去解读。

京派作家老舍

老舍（1899—1966年），原名舒庆春，满族正红旗人，北京人，父亲是一名满族的护军，阵亡在八国联军攻打北京城的时候。老舍这一笔名最初在小说《老张的哲学》中使用，其他笔名还有舍予、絜青、絜予、非我、鸿来等。著有长篇小说《小坡的生日》《猫城记》《牛天赐传》《骆驼祥子》等，短篇小说《赶集》等。老舍的文学语言通俗简易、朴实无华、幽默诙谐，具有较强的北京韵味。

《骆驼祥子》是他的代表作之一。这部作品成功塑造了一个社会地位低下的人力车夫祥子的形象，着力描写他三起三落的挣扎与奋斗。他的正当的生活愿望和理想最终完全破灭，精神也随之崩溃，终于走向堕落。作品还描写了在祥子周围活动着的各色人物生活的畸形社会，多方面展示了祥子生活的社会环境，写出祥子不可避免的悲剧命运，控诉了黑暗社会人吃人的罪恶。

小说在揭示这一悲剧社会原因的同时，还从城市贫民思想性格的弱点去挖掘造成悲剧的内在原因，否定了想以个人奋斗改变自己命运的道路。

作品的构思以祥子为中心，主要写他的拉车生活，如他租哪一个车主的车，拉过什么样的人，这样就把其他阶层的人物和车厂、公馆、小茶馆、大杂院、白房子等各种生活场景组织成一个有机的整体。作品对人物的刻画也颇为细致、深刻。作者写祥子的时候，很重视细节描写和心理描写。在艺术风格上，作者极力避免以幽默去冲淡悲剧的严峻性，但是《骆驼祥子》也不完全是只有严峻没有幽默，例如，对杨宅家庭生活的描写就不乏幽默，但这种幽默是出自事实本身的可笑，而不是由文字里硬挤出来的，而且在某些段落的幽默叙述中，仍透露着严峻，融幽默于悲哀、辛酸之中。

《骆驼祥子》的语言平易而极富北京地方色彩，语言纯粹、亲切、活泼、朗朗上口。老舍无愧于语言大师的称号。

小说的人物形象鲜明、生动。作者采用朴实的描述和细致的心理描写，着力展示人物的内心世界和性格特征，让人物活起来。小说的语言朴实、平易、简劲有力，没有堆砌辞藻，极少运用典故；那种由文字里硬挤出来的幽默也不见了。令人于朴素中见优美，于简练中见含蓄。加之作者非常熟悉北京市民的语言，并能非常熟练地运用加工过的北京方言，作品具有浓郁的地方色彩和生活气息。

另外，小说的景物描写也十分出色。通过景物描写介绍了人物活动的环境，借以表现人物在特定环境中的心理状态，显示人物的思想性格。如小说对烈日、暴雨的描写，对阴沉灰暗的西直门外景物的描写，都充分展示了人物的心情，推动了情节的发展。

　　《四世同堂》无疑是老舍长篇小说创作中的重大收获，其所取得的思想与艺术成就主要应归功于作者文化视角的选择。小说在抗战的大时代背景下，对中国传统文化中的家族文化所造成的国民劣根性进行了批判性的反思，而且这种理性的反思又与作者情感上对家族伦理的眷恋之情相伴随。作者理性与情感上不同的审美选择又决定了其对小说中正反人物不同的审美态度，这在某种程度上一方面增加了作品的审美效果，同时又带来了一定的艺术局限。

　　《四世同堂》以抗战时期北平一个普通的小羊圈胡同作为故事展开的具体环境，以几个家庭众多小人物屈辱、悲惨的经历来反映北平市民在抗日战争中惶惑、偷生、苟安的社会心态，再现他们在国破家亡之际缓慢、痛苦而又艰难的觉醒历程。作品深刻的思想意蕴表明，一个民族的兴衰存亡，不仅在于其经济的发达、武器的先进，还取决于该民族普遍的社会心态。拥有几千年灿烂文明的大国为什么却遭受日本人的侵略，这不能不引起包括作者在内的知识分子的深刻反省。老舍继承了鲁迅改造国民灵魂的五四传统，他把造成国人性格懦弱、敷衍、苟且偷生的思想根源指向传统的北平文化，而整个北平文化又是以家族文化为基础的。因此老舍在作品中便集中地审视了中国的家族文化，对其消极性因素进行了理性的审视与批判。众所周知，"家，在中国是礼教的堡垒"，而这个堡垒却容纳了包括等级观念、宗法思想、伦理道德、风俗习惯等在内的家族文化的诸多内容。

　　四世同堂是传统中国人的家族理想，是历来为人们所崇尚的家庭模式，也是祁老人唯一可以向他人夸耀的资本。他尽一切可能去保持这个家庭的圆满，享受别人所没有的天伦之乐，因此，他对祁瑞宣未经他的允许而放走老三感到不满，对瑞宣在中秋节日驱逐瑞丰不以为然，对儿子因受日本人的侮辱而含恨自杀深表愤怒，对孙女被饥饿夺去幼小的生命义愤填膺，他在忍无可忍之际终于站起来向日本人发出愤怒的呐喊，然而一旦抗战结束，他又很快忘掉了自己所遭遇过的苦难，对他的重孙小顺子说，"只要咱俩能活下去，打仗不打仗的，有什么要紧！即使我死了，你也得活到我这把年纪，当你那个四世同堂的老宗"。家族文化的精神重负，就是这样一代一代沿袭下来的。作品告诉我们，如果不改变中国人这种多子多福的文化心态，打破四世同堂式的家庭理想，中国人不论怎样人口众多，也不管体格如何健壮，最终也只能做毫无意义的示众的材料与看客。

《雷雨》：中国现代话剧的成熟

曹禺（1910—1996年），现当代剧作家。原名万家宝，祖籍湖北潜江，生于天津一个封建官僚家庭。从小爱好文学和戏剧，读了不少古今中外的文学作品。1922年入天津南开中学，参加南开新剧团，演出中外剧作，显示了表演才能，并广泛涉猎新文学作品，开始写作小说和新诗。1928年考入南开大学政治系。1930年转清华大学西洋文学系，广泛接触欧美文学作品，深为古希腊悲剧作家及莎士比亚、契诃夫等人的剧作所吸引，同时也陶醉于中国的传统戏剧艺术。

1933年，他只有23岁，便创作了处女作四幕剧《雷雨》。此剧暴露了具有浓厚封建性的资产阶级家庭的腐朽和罪恶，揭示了旧制度必将灭亡的历史趋势，以高度的艺术成就和现实主义的艺术力量震动了当时的戏剧界，标志着中国话剧艺术开始走向成熟，几十年来成为最受观众欢迎的话剧之一。

1933年大学毕业后，曹禺入清华研究院当研究生，专事戏剧研究。翌年到天津河北女子师范学校任教。1935年写成剧本《日出》，深刻剖析了30年代中国的都市生活，批判了那个"损不足以奉有余"的罪恶社会，曾获《大公报》文艺奖。它与《雷雨》前后辉映于剧坛，奠定了曹禺在中国话剧史上的地位。此后，他又创作出《北京人》等一系列优秀剧作，并将巴金的小说《家》改编成剧本。

《雷雨》标志了中国现代话剧的成熟。该剧主题为天地间最残忍的"爱"（母子私通、兄妹乱伦）与最不忍的"恨"（兄弟相残、父子相仇）。

剧本将周鲁两家前后30年的矛盾纠葛集中在一天的时间（上午至午夜两点）、两个空间（周家客厅和鲁家住房）内进行表现，具有高度概括与集中性。全剧由"过去的戏剧"（周朴园与侍萍"始乱终弃"的故事，作为后母的繁漪与周家长子周萍恋爱的故事）和"现在的戏剧"（繁漪与周朴园之间的冲撞，繁漪、周萍、四凤、周冲之间的情感纠葛，周朴园与侍萍的重逢，周朴园与鲁大海之间的冲突）交织而成，展现了下层妇女（侍萍）被离弃的悲剧，上层妇女（繁漪）个性受压抑的悲剧，青年男女（周萍、四凤）得不到正常的爱情的悲剧，青春幻梦（周冲）破灭的悲剧，以及劳动者（大海）反抗失败的悲剧。血缘的关系与阶级的矛盾相互纠缠，所有的悲剧最后都归结于"罪恶的渊薮"——作为具有浓厚封建色彩的资产阶级家庭的家长的代表——周朴园。

作品通过周朴园与其他人物的关系来揭开其"仁厚""正直""教养"的外衣下的伪善和卑劣。在与大海的关系中表现出其野蛮、残暴、贪婪的资本家本性：周朴园是踩着无数劳动者的累累白骨而发家的，多年前故意引发江堤出险，淹死千名工人而牟利；如今又残酷剥削、武力镇压开矿工人；开除作为罢工代表的鲁大海，毫不顾及其为自己的亲骨肉。而他与两个女性的关系可见其作为封建家长的冷酷、专横、自私与虚伪：二十年前他为迎娶有钱人家的小姐而将刚为自己生下第二个孩子的丫鬟侍萍逐出家门，逼得这位可怜的女性投河自尽，虽被人救起却受尽人间最惨痛的折磨，多年后偶遇却企图用金钱将其打发，撕下了所谓"怀念"的温情脉脉的面纱；对待妻子繁漪也毫无温情可言，专横霸道，一心只想维持自己作为一家之长的权威性。

该剧塑造的另一杰出形象便是繁漪这样一位追求个性解放的资产阶级女性，作家的成功之处不在于写出其可爱之处，而是刻画出其不可爱的特殊性格。一是雷雨性格：繁漪如一团热情之火，能烧毁她所爱和所恨的人，有如雷雨一般摧毁一切封建势力的力量，坚韧、热烈、强悍、蛮劲而疯狂。二是自私性格：繁漪在追求个人爱情与幸福的时候，往往不惜迫害他人的爱情与幸福，例如对周萍与四凤进行威胁，怂恿周冲去追求四凤以拆散二人，表现出利己、残忍、阴鸷与乖戾的性格，作家深刻揭示出了导致其悲剧性格与命运的社会及环境因素。最初的繁漪是一位接受"五四"新思想、追求个性解放与爱情自由的年轻女学生，纯洁而美丽，然而18年不幸的婚姻生活使其变为一个忧郁、孤寂、病态的贵妇人。周萍的出现给她带来一线生机，年轻时候对爱情的渴望此时变成一股蛮劲，她大胆献身于周萍以作为对专制丈夫的反抗，但两人间形成的并不是正常健康而只是病态甚至变态的情爱关系：周萍逃跑后，她的追求变为乞求、强悍变为脆弱，她向周萍妥协，甚至愿意让周萍与四凤结合，只求在其心中保留一点儿位置：要求被拒绝后，她的蛮劲复活，变得乖戾、阴毒，疯狂地进行报复。

全剧仅八个人物，但作家却设置了第九种性格——雷雨，这一自然现象既是剧作的氛围又是一种巨大的力量，仿佛于冥冥之中安排着人物的命运，是作者抒发感情的某种依据，又是戏剧紧张节奏的条件，甚至人物性格的发展也与之产生感应。

作家将自然界的天气变化与剧情发展紧密联系：剧本开场时，天气闷热、令人窒息，剧情冲突开始酝酿；一再出现的蝉鸣、蛙噪、雷响，不断渲染的郁热的苦夏氛围将悲剧色彩一步步推进；当午夜雷雨交加之时，人物矛盾激化，高潮到来。作品以过去的戏剧来推动现在的戏剧，让它穿插其中，推波助澜。另外，剧作还充分利用了偶然与巧合因素来构成情节，如30年前的分散和30年后的重聚，如四凤的触电身亡等。

参考文献

[1]郑振铎. 插图本中国文学史[M]. 长沙: 岳麓书社, 2013.

[2]袁行霈. 中国文学史[M]. 北京: 高等教育出版社, 2005.

[3]汪政. 诗词名句分类手册[M]. 上海: 上海百家出版社, 2009.

[4]张岱年, 方克立. 中国文化概论[M]. 北京: 北京师范大学出版社, 2011.

[5]程裕祯. 中国文化要略[M]. 北京: 外语教学与研究出版社, 2011.

[6]辜正坤. 中西文化比较导论[M]. 北京: 北京大学出版社, 2007.

[7]葛兆光. 古代中国文化讲义[M]. 上海: 复旦大学出版社, 2012.

[8]章培恒, 骆玉明主编. 中国文学史[M]. 上海: 复旦大学出版社, 2005.

[9]游国恩, 等. 中国文学史（修订本）[M]. 北京: 人民文学出版社, 2002.